横関大
Yokozeki Dai

ミス・パーフェクトが行く!

幻冬舎

次の問いに答えよ。

全問正解なるか?!

ミス・パーフェクトが行く！

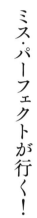

装幀　bookwall
カバー写真　amanaimages

第一問

某政治家の不適切発言による炎上を収束させなさい。

会議が長引いている。ただしこれは想定していたことだった。真波莉子《まなみりこ》はアジェンダにペンを走らせた。

千代田《ちよだ》区霞《かすみ》が関《せき》、中央合同庁舎第五号館内にある会議室だ。おこなわれているのは第四回ワークライフバランス有識者会議だ。円形のテーブルを囲んでいるのは大学教授、国会議員、企業経営者、医師など総勢十二名のメンバーだ。それとは別に各省庁の担当者が会議の進行を見守っている。莉子は厚生労働省を代表し、この会議の司会を任されている。

「……やはりコロナ禍で仕事の在り方というか、そういう価値観が見直されたことが大きいですよね。テレワークを積極的に活用した企業が増えたため、通勤などの……」

参加者の前にはノートパソコンが置かれており、そこにはリモートで参加している二名の顔が映しだされている。大阪在住の建築家と、仙台から参加している弁護士だ。

「……おうち時間が増えたことにより、男性が家事をする機会も増えたという報告も上がっております。実際、私もテレワークのときには家で昼食を作ることもありました。いやあ、何年振りですかね。自宅のキッチンに立ったのは」

笑いが起きる。今、話しているのは国内最大手の電機メーカーの社長だ。自伝なども出しており、このメンバーの中では座長的な立場の人だ。

「少しよろしいですか」和やかなムードの中、一人の女性が手を挙げた。彼女は精神科の医師だ。「人と人との接触が減った昨今、いわゆる非婚化にも拍車がかかっているように見受けられます。少子化にも深刻な影響を与えることも予想できますが、そのあたりの数字っていうんですかね、どうなっているのでしょうか？」

これは事務局に向けられた質問だと解釈し、莉子はすぐさまマウスを操り、グラフを表示させた。それを共有のフォルダに持っていく。全員のパソコンの画面に映っているはずだ。マイクを通じて莉子は発言した。

「表示した資料はここ数年の出生数のグラフです。先生のご指摘のように、前年度の出生数は過去最少となっております」

「この数字は衝撃的ですね。少子化の波を食い止めないといけないわね」

「おっしゃる通りです」と莉子は応じた。「少子化対策検討委員会においても、より効果的な方策を検討しているところでございます」実はそちらの委員会でも莉子は事務局に名を連ねている。「機会がありましたら、皆様の助言を賜りたく存じます」

隣に座る男が指で腕時計を叩く仕草をしている。早く終わらせろという意味だろう。男は局は違うが、莉子と同じく厚労省の職員だ。

「それでは定刻に……」

莉子がそう声を発したとき、それに被せるようにしわがれた声が聞こえてきた。

「少子化というのは、まあ大きな問題ではありますな。私の息子も結婚して五年目になりますが、いまだに子供が生まれる気配すらない」

衆議院議員の黒羽敏正《くろばねとしまさ》だ。現在は役職に就いていないが、かつては大臣を歴任していた大物政治家だ。年齢は今年で七十歳。いわゆる昔ながらの政治家だった。

「黒羽さん、孫は可愛いものですよ。目に入れても痛くないとはこのことです」

応じたのは座長的な立場である電機メーカーの社長だ。黒羽と渡り合えるのはこの人くらいしかいない。それほど黒羽の実績はずば抜けている。有識者会議のメンバーを選考する際、黒羽では格が違うというか、ワークライフバランスを語るという観点においても、その趣旨に反するのではないかという意見も出た。莉子も黒羽の参加に反対した者の一人だった。しかし上の方から圧力がかかり、黒羽はねじ込まれる形となった。大臣を辞めてしまった今、この手の会議のメンバーに名前を連ねることは、彼にとっても政治活動の一部と言えよう。

「社長はお孫さんがいらっしゃるんですか？」

「うちは三人です。一番下の子は先月生まれたばかりですよ」

「それは羨ましい限りですな」

二人の会話が始まってしまう。他愛のない世間話ではあるが、重鎮の二人の間に割って入るメンバーはいない。隣の男が苛立ちを抑えるかのようにボールペンのノックをしきりに押している。すでに定刻から七分が経過していた。

「黒羽さんもそのうち私のように孫バカになりますよ。保証します」

「是非ともそうなりたいものですな。それにしても女性の社会進出とか言われている一方で、こういう少子化という由々しき問題もある。私なんかに言わせれば女というのは子供を産んでなんぼだと思っているんですけどね」

一瞬にして場が凍りつく。女というのは子供を産んでなんぼ。完全にアウトな発言だ。それに気づいた大学教授が取り繕うように言った。

「まあ黒羽さん、時代が時代ですからね」

「時代のせいにするのはよくありませんよ」と黒羽はなおも続ける。「ステイホームとか言って家にいるんでしょう？　となったらやることは一つでしょうに。草食系でしたっけ？　そういう訳のわからん輩が昨今の日本には増えてきたんでしょうな」

最悪だ。しかもこの会議の模様はリアルタイムでネット中継されている。誰が好き好んでこんな退屈な会議を見るだろうか。それが莉子の率直な気持ちなのだが、現時点でも五百人近い視聴者がネット中継を見ているのが、手元のタブレット端末を見ても明らかだった。

このバカ！　そう怒鳴りつけたい気持ちを飲み込み、莉子は咳払いをしてからマイクに向かって言った。

「それでは定刻になりましたので、会議を終了させていただきます。皆様、お疲れ様でございました」

しんとした空気が流れている。どのメンバーもお互いの顔色を窺っているのは明らかだ。今の発言、まずいんじゃないのか。そんなことを言いたげな顔つきだった。

莉子は振り返る。中継を担当する職員を見る。カメラの背後に立つ職員は首を横に振った。今さらどうにもできないという意味だろう。

莉子は溜め息をつく。誰もが困惑気味にしている中、当の黒羽議員だけはスマートフォンで何やら話しながら、大股で会議室から出ていった。

「真波君、こいつはさすがにヤバいだろ。すでに炎上してるじゃないか」

「そうですね。大炎上ですね」

莉子はパソコンの画面から目を離さずに答えた。会議録を作っていた。大方は会議のときに作成していたので、あとはまとめるだけでよかった。録画しているのだから会議録など必要ないのではないか。かつてはそんな疑問を抱いたものだが、文書として残しておくことにも意味があったりするのだ。

「おい、ニュースになってるみたいだぞ。夕方のニュースだ。こいつはまずいな」

そう言いながらスマートフォンを見ているのは課長補佐の中村芳樹《なかむらよしき》だ。莉子の直属の上司に当たる。莉子と同じく東大卒のキャリア官僚だ。

「局長から呼び出しの電話がかかってくるのも時間の問題だな」

中村がうんざりとした顔でそう言った。会議が終わったのが午後三時過ぎのことで、最初にネットでニュースになったのが午後四時のことだった。ネット中継を見ていた視聴者がツイッターに投稿し、その動画が拡散した結果だった。そして今、六時台の夕方のテレビニュースで流れている。このあたりの世間の反応は本当に早い。グッジョブと褒めてあげたくなるほどに。

黒羽の発言は見事に炎上した。議員の失言関連では、ここ最近では一番とも言えるくらいに燃え盛っている。おそらく明日以降、騒ぎはもっと大きくなるはずだ。各局のワイドショーでもとり上げられることは確実だ。

「まずいな。しかも通常国会の最中っていうのが痛いな」

莉子は厚生労働省雇用環境・均等局総務課に所属している。いわゆるキャリア官僚だ。厚労省には医学や薬学などの各分野に通じた専門職の官僚も多いが、莉子は事務職の官僚だ。入庁して六年目、今年で二十九歳になった。仕事のスピードと正確性では誰にも引けをとることなく、総務課に真波ありと言われるほどに省内外にその名は鳴り響いている。

ついたあだ名は「何でも屋」。どんな仕事でもいとも簡単にこなしてしまうという意味でもあるし、自分の担当業務以外でも頼めば引き受けてくれるというフットワークの軽さを表す通り名でもあった。今年度、莉子が関与している委員会、会議は三十を軽く超えている。ワークライフバランス有識者会議、働き方改革推進委員会、非正規雇用労働者の待遇を改善する専門家会議、勤務間インターバル導入促進委員会、ひとり親世帯バックアップ対策会議、女性の働きやすい職場づくりシンポジウム、新型コロナウイルスに起因する雇用影響を考える会、などなど。すべての会議で裏方として携わっているが、仕事はそれだけではない。これらはおまけみたいなもので、本業である総務課としての担当業務、たとえば都道府県から上がってくる雇用関係の集計のとりまとめや、その他諸々の膨大な事務仕事がある。

「もしもし、中村です。あ、局長」

中村のデスクの内線電話が鳴り、中村が受話器をとり上げた。すでに彼は椅子から立ち上がり、背もたれにかけたスーツの上着に袖を通している。受話器を置いた中村が莉子を見て言った。

「早速お呼びがかかった。行くよ、真波君」

「わかりました」

莉子は立ち上がり、中村とともに歩き始める。時刻は午後七時過ぎ。退庁時刻を過ぎているが、まだ多くの職員が残っている。ここはある意味で不夜城だ。深夜零時過ぎまで煌々と明かりが点いており、多くの職員が残業をしている。莉子の平均帰宅時間は午後十一時だが、それでもまだ早い方だ。法改正などが絡んできた場合、明け方に帰宅して二時間ほどの仮眠ののち、朝食をとって登庁、などという生活を送っている職員もいる。ただしこれは厚労省に限った話ではなく、どの省庁でも聞かれる話だ。

「失礼します」

中村とともに局長室に足を踏み入れると、デスクに座っていた局長が顔を上げた。背後にはゴルフバッグが置いてある。厚労大臣から譲られた高価なゴルフクラブらしく、たまに自慢してくるのだが莉子は全然興味がない。

「まったく大変なことになったようだね」

そう言って局長は壁際に置かれたテレビを指でさした。午後七時のＮＨＫニュースが流れていた。さすがのＮＨＫも看過できないと思ったらしく、黒羽の失言を報じていた。画面にはイメージ画像として中央合同庁舎第五号館の外観が映っている。

「申し訳ございません」と中村が頭を下げた。「私の不徳の致すところでございます。今後は二度とこのようなことが起きないように注意します」

「さっき事務次官から電話がかかってきた。黒羽さん、謝罪する気持ちはまったくないらしい。弱ったもんだよね。あの人、もう七十歳だっけ？　あの人に物申せる人なんて永田町《ながたちよう》で一人か二人だろ、多分」

あれだけの失言をしておきながら、本人は謝罪するつもりがない。聞いて呆れるとはこのことだ。

「それで真波君」

そう言って局長がこちらを見た。いよいよ本題に入りそうな雰囲気だったので、莉子は背筋を伸ばした。「何でしょうか？」

「今回の騒動の後始末だが、君に任せたい。黒羽さんが臍《へそ》を曲げてしまった以上、所管しているうちで責任をとるのが筋。そういう話になってしまったようなんだよ、上の方で」

触らぬ神に祟りなし。誰もがそう思ったことだろう。結果、会議を仕切っていた厚労省が貧乏クジを引かされたというわけだ。そして上の方の誰かさんは考える。あの女にやらせたらどうだ。何でも屋と呼ばれている、あの女に。

「というわけだから、よろしく頼むよ。あっち方面のコネを使えば何とかなるだろ。中村君も補佐してあげて」

あっち方面のコネ。省内では莉子は総理の遠縁の娘として知られている。だからあの女は優遇されているんじゃないか。そういうやっかみの声があるのも知っているが、利用できるものはすべて利用するというのが莉子の基本方針でもある。

「わかりました。この問題、私が解決いたします」

莉子は一礼して局長室から出た。中村は局長と別の話があるようだった。自席に戻った莉子は充電中のスマートフォンを手にとった。指紋認証でロックを外すと、そこにはやはりあの人からの着信が入っていた。

『父』とだけ短く表示されている。決して誰にも言えない莉子の秘密。そう、莉子は内閣総理大臣の隠し子なのである。

○

時折焚かれるフラッシュが眩しかった。城島真司《じょうじましんじ》はイヤホンに指を押し当てた。声が聞こえてくる。

「あと一分で第一陣が到着予定。それから三分後に第二陣だ。A班は準備につけ。B班はその場で待機」

城島は襟元に仕込んだマイクに向かって返事をした。

「A班、城島、了解」

レッドカーペットが敷かれている。場所は有楽町《ゆうらくちょう》の映画館の前だ。ビルの裏手にある通りで、今日からここで某映画の上映記念イベントがおこなわれる予定になっており、ここを出演者たちが歩くのだ。

レッドカーペットの両脇にはずらりと見物人が並んでいて、今や遅しと出演者の到着を待ち侘びている。城島は見物人たちに目を配りながらレッドカーペットの一番端に向かった。そこにはA班のほかの二名がすでに到着し、周囲に目を配っていた。

〈ジャパン警備保障〉。それが城島の勤務先である警備会社だった。城島はそこで民間セキュリティポリス、いわゆるSPとして勤務している。今回は映画配給会社からのオファーで、出演者たちの護衛を依頼されたのである。ひと昔前では考えられなかったことだが、最近ではこの手の依頼があとを絶たない。

ほかの二人と目を交わす。二人とも二十代の若者だ。今年で四十二歳になる城島にとっては、眩しくなってしまうほどに彼らは若い。おそらく体力面では何をやっても勝てないに違いない。それでも城島がA班のリーダーを任されているのは、警視庁でSPとして勤務していた経験があるからにほかならない。

セキュリティポリスとは、警視庁警備部警護課に配属された警察官のことだ。身長や格闘技の段位など、さまざまな資格要件を備えた者しか配属されない、いわば選ばれた集団だ。総理大臣などの要人の警護に当たるのが任務であり、非常時には命を張って盾となる。それ相応の覚悟が必要な厳しい職場だった。

SPになるのは幼い頃からの目標だった。警護課に配属されたのは三十二歳のときだった。年齢的にはやや遅い配属だったが、やる気だけは誰にも負けない自信があった。ちょうど当時、妻が身籠もっていたというのも大きい。一家を支えていくために、ここで職務を遂行しなければならない。そう思って燃えていた。

最初に担当したのは内閣総理大臣の警護だ。いきなり総理を警護するのは大役ではないか。そう思われがちだが、実は総理の警護というのはもっとも多くの人員を割いているので、新人を紛れ込ませるにはうってつけの環境なのだ。つまり戦力として期待されているわけではなく、単に現場の空気を吸わせるのが目的だ。

二年目になり、城島は与党の幹事長の警護チームに入ることになった。二年目からは完全に戦力として数に入っている配置であり、その役割も大きかった。ちょうどこの年に子供が生まれたばかりだった。よし、これからだ。そう思っていた矢先――。

「そろそろだ」

イヤホンから声が聞こえた。指示を出しているのは警護部門の部長、的場毅《まとばつよし》だった。的場も元警視庁ＳＰであり、城島をジャパン警備保障に誘った男だった。的場は今、真向かいのビルの三階から、現場を俯瞰する形で指示を出している。

黒いリムジンが到着する。助手席から降りた男が後部座席のドアを開けると、歓声が一際高まった。姿を現したのは三人の若い男女だ。タキシードを着た男が二人と、赤いドレスを着た女が一人。三人ともテレビコマーシャルで見かける顔だ。特に白いタキシードを着た若い男は若者の間で絶大な人気を誇るアイドルユニットのメンバーだ。いいなあ、お父さんは。カナタ君に会えるなんて羨ましいな。今朝、朝食をとっていたときに娘の愛梨《あいり》がつぶやいた声が耳をよぎるが、すぐに城島はそれを打ち消した。

三人は歓声に応えながらレッドカーペットを歩いていく。見物人たちはスマートフォンで写真を撮りつつ、三人の名前を連呼している。サインは禁止されているが、メモ帳のようなものを差しだしてくる者もいた。レッドカーペットの長さは五十メートルほどだ。城島らＳＰに警護される形で三人はゆっくりと進んでいった。

「Ｂ班、準備につけ」

もう一台のリムジンがやってくるようだ。そちらの方にはベテラン俳優陣が乗っているという話だった。映画は三人の男女の三角関係を描いた恋愛サスペンスらしいが、おそらく自分は絶対にその映画を観ないだろうという変な自信が城島にはあった。ここ最近、映画は観ていないが、実はセキュリティポリスを志したのは中学生のときに観た一本の映画がきっかけだった。

当時、生まれて初めて付き合った同級生と映画を観に行った。『ボディガード』という映画で、ケビン・コスナー演じる元SPが、ホイットニー・ヒューストン演じる人気歌手を警護するという内容だった。ラストシーンに心を打たれた。こういう風に人を守る存在になりたいと思い、いろいろと調べた結果、まずは警察官になるのが先決だと知った。映画の中でケビン・コスナーは大統領暗殺未遂事件に責任を感じ、シークレット・サービスを去ったという設定になっていた。まさかそんなところまで似てしまうとは、運命というのは皮肉なものだ。

「二時の方向、黒い帽子を被った男。懐に手を入れている。注視せよ」

的場の声で我に返る。言われた方向に目を向けると、黒い帽子を被った男の姿が視界に入った。たしかに上着の内側に手を入れている。何かを出そうとしているかのようだ。男の視線の先には赤いドレスを着た若手女優がいた。彼女は男に背を向ける形で手を振っていた。

「どうします?」

マイクを通じて若手SPの一人が声をかけてきた。黒い帽子の男の一番近くにいるのは城島だった。「俺が行く」と短く応じて、城島は男の方に向かって歩きだした。立ち入り規制のために張られたロープのすぐ後ろに男は立っている。

「ちょっといい……」

城島がそう声を発したとき、男が上着から手を抜いた。その手に握られていたのはスマートフォンだった。ほっと息をついたその瞬間だった。ロープの下をくぐり抜けた小さな影が見えた。

「待ちなさいっ」

手を伸ばしたが届かなかった。一人の少女だった。年齢はおそらく小学校低学年くらいか。少女は真っ直ぐに白いタキシードの男性アイドルのもとに向かっていく。近づいてきた少女に気づき、男性アイドルも立ち止まった。少女が差しだしたのは小さな花束だった。

男性アイドルは花束を受けとり、少女の頭を撫でる。微笑ましい光景ではあるが、SPとしてはミスと言われても仕方のない出来事だった。城島は少女のもとに駆け寄り、彼女の背中に手をやって、レッドカーペットの外に連れだした。

二台目のリムジンが到着した。その前にはB班の連中が待機している。少女をロープの向こう側に出してから、城島は再び警護に戻った。

さっきのシーンが頭からこびりついて離れなかった。どうして反応が遅れたのか。年のせいだけでは済まされない問題だ。もしあの少女が危険物を手にしていたら？　取り返しのつかない事態に発展していた可能性もある。

若手SPと視線が合った。しっかりしてくださいよ。そんなことを言われたような気がした。

集中しろ。みずからを奮い立たせるため、城島は自分の頬を軽く叩いた。

○

莉子は非常階段の踊り場に出た。あまり人に聞かれたくない電話をかける場合、ここに来ることにしている。外気に当たることにより、頭もすっきりするからお気に入りの場所だ。スマートフォンを操作してから耳に当てる。しばらくすると通話は繋がったが、声は聞こえてこない。向こうも人目を避けるために移動していると考えられた。やがて声が聞こえてくる。

「すまんな、莉子。今は仕事中か？」

「そう。お父さんは？」

「今から会食だよ。経団連の会長とね」

電話の相手は栗林智樹《くりばやしともき》。内閣総理大臣であり、与党である自明党の総裁でもある。年齢は六十歳になったばかり。莉子の実の父親だ。

総理大臣に就任したのは八年前だ。五十二歳という若さでの総理就任を危ぶむ声もあったが、そつのない調整力を発揮して政局を安定させ、さらに如才のないやりとりでマスコミ受けも抜群だった。歌舞伎役者のような端整な顔立ちで主婦層の支持を摑んだのも大きかった。ついい先日も自明党総裁選に圧勝し、第三次栗林政権は船出を迎えたばかりだった。まだしばらくは栗林政権が続くのではないか。永田町ではそんな声も聞こえてくる。彼につけられたあだ名はミスター・パーフェクト。

「例の件ね」

莉子がそう切りだすと、電話の向こうで栗林が声を低くして言った。

「そうだ。私も会議中でね。さっき映像に目を通したところだ。あれは酷いね、本当に」

当分の間、炎上は続くだろう。騒ぎを起こした張本人である黒羽に謝罪の意志がないというのは困りものだ。しかも莉子にとっては対岸の火事ではない。事態の火消し役を命じられたばかりだ。

「本当ね。私も頭を悩ませていたところよ」

「国会中だから厄介だ。明日の委員会が思いやられるよ。お腹痛くなっちゃうよ、まったく」

基本的にお坊ちゃん育ちの人なので、親しい人間にだけはそういう顔を見せることがある。マスコミに対しては絶対に見せない顔だ。

莉子は神奈川県の片田舎で生まれた。母の薫子《かおるこ》との二人暮らしだった。薫子は地元の水道会社で事務員をしていた。莉子は小学生の頃から頭が良く、周囲から神童と言われていた。順調に成長し、東京大学に進学することになった頃、母から打ち明けられた。実はね、莉子。あなたのお父さんは国会議員なのよ。

母の薫子は若い頃に銀座のホステスをしていたらしい。二十代半ば、店の常連客である一人の商社マンと深い仲になった。その男が栗林だった。甘え上手なボンボンで、人たらしのような天性の魅力がある男だった。この男は将来大きなことをやり遂げるのではないか。そんな予感がする男だった。交際が始まって五年後、薫子は妊娠した。仕事柄、ほかにも男との関係がなかったわけではないが、絶対に栗林の子供だという確信が彼女にはあった。

ちょうど同じ頃、栗林の方にも動きがあった。父からお見合いを勧められたのだ。相手は五歳下の名家の令嬢だった。政略結婚のようなものであり、栗林は断ることができなかった。栗林家は代々政治家を輩出している家系であり、栗林が将来的に選挙に打って出るのは既定路線だった。栗林は薫子に別れを告げ、お見合いをすることを決めた。一方、薫子は地元に戻って女児を出産した。

莉子が父と初めて対面したのは、東大に進学してから三ヵ月後のことだった。ある日、下宿先のアパートに向かって歩いていると、黒塗りのハイヤーが停まるのが見えた。後部座席から降りてきた男の顔を見て、すぐに莉子にはわかった。お、やっぱり可愛いな。さすが私の血を引いただけのことはある。まったく悪びれることもなく、無邪気に笑う父の顔を見て、莉子は彼の本質を見抜いていた。基本的には悪い人ではない。むしろこちらが助けてあげたくなるような、頼りなさだった。

それ以来、莉子は定期的に父と会っていた。ただし面会中に交わされるのは父と娘の会話というより、政治家同士の意見交換のようなものだった。父は長年経済産業大臣を務めていて、特に経済対策に重きを置いていた。父が総理になってから打ちだした目玉政策である通称クリノミクスは、莉子が東大在学中に作った素案がもとになっていた。

「経団連会長の会食は早めに切り上げる。九時頃に公邸に来てくれないか？」

「いいけど、何をするの？」

「決まってるじゃないか。明日の打ち合わせだ。明日野党から追及された場合に備えたリハーサルをしておく必要があるからね。頼むよ、莉子ちゃん」

「こういうときだけちゃんづけで呼ばないでよ」

人に頼む才能。そういう点では父以上の人間を見たことがない。父が総理大臣として尊敬を集めているのは、その才能のためだと思われた。スタッフ全員が父の頼みを忠実に聞き入れ、実行する。組織というものの正しい在り方でもある。

「食べたいものはあるかい？　好きなものを用意しておくけど」

「食事は要らない。それより黒羽さんの居所を調べておいて。早急に会いたいの」

「わかった。まったくあのおじさんにも困ったものだね」

通話を切って、スマートフォンの画面を見る。ＬＩＮＥのメッセージが複数入っていた。多くは厚労省内の同期の子や、大学時代の友達からだった。例の動画には一瞬だけ莉子の横顔が映っていたらしく、それを目敏《めざと》く見つけた友人たちが心配のメッセージを送ってきてくれたのだ。

笑っているクマのスタンプを送り返してから、非常階段を昇って省内に戻った。早く仕事を片づけて総理公邸に向かわなくてはならない。

○

「まあそんなに気にするな。何もなくてよかったじゃないか。あ、お姉さん。生ビール二つ、追加ね」

城島は居酒屋にいた。東京駅近くの雑居ビルの二階にあるチェーン店だ。上司である的場とともにカウンター席に座っている。ジャパン警備保障の本社が目と鼻の先にあるため、仕事終わりによく利用する店だ。

レッドカーペットでの警護は終わっていた。特に難しい仕事ではなかった。ある意味、SPに警護させることにより、イベントに箔をつけるのが主な狙いだ。要するにハリウッドの真似だ。もし本当に殺害予告などが出ていたら、城島ら民間SPに出番などない。

花束を持って飛びだしてきた少女。あの子を阻止できなかったことを悔やんでいた。もちろん少女に責任はない。しかしSPとしては失態の部類に入るはずだし、帰りの車の中でも若いSPたちの冷たい視線が気になった。城島さん、もう年なんじゃないすか。そんな声が聞こえてきそうな雰囲気だった。

「俺たちも若くないってことだよ、城島」店員から生ビールを受けとり、空いたジョッキを店員に渡しながら的場が言った。「俺なんか最近本やスマホの文字が見えにくいんだぜ。ピントが合わないっていうか。老眼かもしれないな」

的場は今年で四十五歳になる。城島が警護課に配属されたとき、すでにSPとして活躍していた。彼ったのは一年間だけで、的場はジャパン警備保障に引き抜かれて警視庁を去った。今、職場にいる元警視庁SPは的場と城島の二人だけなので、こうして行動をともにすることが多い。残りのSPは民間の研修などでスキルを身につけた者たちだ。中にはアメリカに渡ってSPとしての技能を学んできた者もいるくらいだ。

「的場さん、俺は現場にいていいんでしょうか？　若い連中も育っているようですし、そろそろ身を引くタイミングじゃないか。そう考えているんですよ」

城島がそう言うと、的場が枝豆のさやを器に入れながら答えた。

「まだまだ若い連中に席を譲るような年齢でもないだろ」

「ですが……」

「気にすることはない。言わせておけばいいんだ。昔のことじゃないか。お前もいい加減忘れたらどうなんだ」

今から九年前のこと。警護課に配属されて二年目、城島は与党の幹事長である馬渕《まぶち》議員の警護を任されていた。チームでのキャリアはもっとも浅かったが、やる気だけは誰にも負けない自信があった。当時、与党に対する世間の目は厳しかった。政治資金規正法違反の容疑で大物政治家が強制起訴されたり、防衛省の幹部の不適切発言など、政権内部でのスキャンダルが相次いだ。当然、与党の幹部に対する風当たりは強く、自明党の二大派閥の一つである馬渕派のリーダー、馬渕幹事長にも批判が寄せられた。中には殺害予告のようなメールまで寄せられ、警護にも自然と熱が入った。

そしてあの日が訪れる。有楽町のホテルで開催されたシンポジウムで馬渕が挨拶を済ませ、会場をあとにしようとしたときだった。突然、銃声が轟《とどろ》いた。馬渕の一番近くにいた城島は一歩たりとも動けなかった。時間にすればわずか数秒の出来事だったが、今も城島は一部始終をスローモーションのように思い出すことができる。銃声。目の前で倒れる馬渕。周囲の悲鳴。現場から逃げていく犯人らしき男の背中。そして、その後の混乱。

幸いなことに馬渕は助かった。頑なに拒否していた防弾チョッキをたまたま着用していたからだ。銃弾は馬渕の胸のあたりに命中し、馬渕は肋骨にひびが入るなどの全治二ヵ月の怪我を負った。

現職の与党幹事長が銃撃される。当然、マスコミは連日のように大騒ぎをした。馬渕が撃たれるシーンがテレビで放映されるたび、その横で間抜け面で突っ立っている自分の顔が映しだされるのだから、城島にとってはたまったものではなかった。幹事長を間近で撃たれたショックと、自分自身に対する腑甲斐なさを同時に感じた。毎日、針のむしろの上に座らされているような気分だった。銃撃から二ヵ月と経たないうちに城島は警視庁を去る決意を固めた。上司からも特には慰留されなかった。それほどまでに馬渕幹事長狙撃事件の反響は大きかった。

「この間、家でテレビを観てたんです」城島はジョッキの水滴を指で拭いながら言った。「そしたら未解決事件の特集っていうんですか、そういう特番をやってました。案の定、馬渕さんの事件もとり上げられました。慌ててテレビを消しましたよ」

「まあな。あのシーンはショッキングだったからな」

撃った犯人は黒ずくめの男で、身長は百七十センチ前後。サングラスとマスクで顔を隠していた。男は現場となったホテルを出て、そのまま地下鉄の構内に逃げ込んだ模様で、その後の足どりは摑めていなかった。

「あまり気にするな。お前が思ってるほど周囲はそれほど気にしちゃいない。それよりうちの若手をどう思う?」

「どう思うって言われましても……。まあ優秀だとは思いますが」

「技術的には申し分ない。ちょっとゲーム感覚で仕事をやってるのは気になるけどな」

それは城島にも理解できる。元警察官である城島にとって、仕事というのは公務であるという感覚からいまだに抜けだせずにいる。警護をビジネスとして割り切ることが難しいのだ。

「若い連中の責任感を芽生えさせるという意味でも、お前がいったん外に出るのがいいかもしれない」

「俺に警備員でもやれと?」

警護部門を離れるとなると、あとはビルの警備員や現金輸送車の護衛くらいだ。ジャパン警備保障の仕事の大半はその手の警備の仕事から成り立っている。

「そうじゃない。ちょっとした警護の仕事があるんだよ。もしかしたら二、三日のうちに決まるかもしれない。楽しみにしてろ」

的場が何を言っているのか、城島にはわからなかった。この年で転職するのも大変そうだし、当分の間は今の会社の世話になるしかない。隣を見ると的場が日本酒の銘柄を選んでいる。城島は生ビールのジョッキに手を伸ばした。

○

「今夜はどうなされますか?」

運転手がそう訊いてくる。莉子はスマートフォンから顔を上げて答えた。

「そうですね。一時間ほど待機しててください。それで私から連絡がなかったら、そのまま今日は帰っていただいて構いません」

「承知いたしました」

父である栗林総理大臣が雇っている運転手だ。莉子は一般人なのだし、運転手など必要ないと主張したのだが、娘に何かあってはいけないと父が強引に手配した運転手だ。最初、用意された車はセンチュリーだったが、さすがにそれは断った。結局今はプリウスだ。

再びスマートフォンに目を落とす。ニュースサイトをチェックしていた。黒羽の失言については炎上中だ。過去の不適切発言なども持ちだされ、しかもいまだに本人が雲隠れしていることから、炎上の規模は拡大していた。せめてほかの委員会で言ってくれたらよかったのに。そしたら高みの見物を決め込むことができたはずだ。

「到着いたしました」

プリウスが総理公邸の前に横づけされる。後部座席から降りると、すっかり顔馴染みとなった初老のドアマンが近づいてきた。一応は決まりなので入館許可証をバッグから出して提示するが、実際には顔パスに近い。

「ようこそいらっしゃいました、真波様」

「こんばんは」

正面のエントランスから中に入る。警備員に挨拶をして、廊下を奥に進む。まずは広い応接間がある。壁には六十五V型のテレビが据え付けられている。このテレビは二十四時間、NHKが絞った音量で映っている。ちょうど九時台のニュースで黒羽の失言問題がとり上げられていた。

総理が執務に当たるのが総理官邸――よくニュースで見かけるガラス張りの四角いビル――であるのに対し、総理が日常生活を送る住まいが、ここ総理公邸である。かつては官邸として使われていたことから、旧官邸と呼ばれることもある。豪華な造りで、ライト式建築と言うらしい。

ドアをノックしてから総理執務室に入った。デスクの椅子に父である栗林智樹内閣総理大臣その人が座っていた。少し酔っているようで顔が赤い。酒は好きだが、最近はめっきり弱くなってしまったようだ。

父はノートパソコンに目をやりながら、ワイングラスをくるくると回していた。室内に入ってきた一人娘に気づいた栗林は顔を上げて言った。

「やあ、莉子。来てくれたか。ワインでも飲むかい？　コロナワクチン接種開始記念に五ダース買ったシャトー・マルゴーだ。美味しいよ」

「要らない。別にワインを飲みに来たわけじゃないから。それより黒羽の動向はわかった？」

「さっぱりだ。今、探らせているところだよ。そのうち見つかるんじゃないかな」

「じゃあ始めましょう」

莉子はそう言って肩にかけていたバッグを下ろし、父の前の椅子に座った。父が狼狽《うろた》えたように言った。

「えっ？　もう始めるの？」

「お父さん、私だって忙しいんだからね。こう見えてもキャリア官僚なの。仕事を山ほど抱えてるの。その貴重な時間を割いてここまで来てるんだからね」

「そ、そうか。ちょっと待ってくれ」

父がワインを飲み干し、グラスをデスクの上に置いた。そして立ち上がり、咳払いをした。莉子は父に向かって言う。

「総理、黒羽議員の発言について率直にどう思われますか?」

「そうですね。彼の発言はいけないことだと思います」

「駄目よ、お父さん。そんなんじゃ駄目」莉子は容赦なく駄目出しする。「もっと強く否定してもいい。黒羽の発言は絶対にあってはならなかった。そのくらい強い気持ちを前面に出さないと駄目よ」

想定問答だ。明日の国会でも矢面に立たされるであろうし、ぶら下がり取材でも記者からこの件について尋ねられることは確実だ。こうして父の頼みで想定問答に付き合わされることは多い。テレビでは理路整然と記者の質問に答えている父だったが、その陰にはこういう努力が隠されている。

「じゃあもう一度ね。総理、黒羽議員の発言について率直にどう思われますか?」

「彼の発言は断じて許すわけにはいかないものであります。総理として、いえ、それ以前に一人の人間として、彼の発言は認めるわけにはいきません」

「では、どのような措置を講じるお考えですか?」

「ええと、措置ですか。そうですね、まずは厚労大臣と話し合ってから……」

「全然駄目。そのくらいは考えておかないと。記者を甘くみちゃいけないわ。しょうがないわね」

莉子はそう言ってバッグの中から紙を出した。さきほど作成しておいたQ&A集だ。記者がしてきそうな質問と、それに対する理想的な回答が並んでいる。

「まずはこれを暗記して。そのうえでもう一度やってみるわよ」

「ありがと、莉子。本当に君はいい子だな」

栗林は紙に目を落とした。根は真面目な男だ。そうでなければ一国の首相になれるわけがない。莉子はタブレット端末をとり出して、父に渡したQ&A集を表示させた。質問に洩れがないか確認するためだ。タッチペン片手に画面を見ていると、廊下の方が騒がしくなってきた。しばらくするとドアが開いて、真っ赤なドレスを着た女性が室内に入ってきた。その背後に控えた老執事が頭を下げた。

「申し訳ございません、総理。執務中とご説明したのですが……」

「あなた、いったいどうなっているのよ」赤いドレスを着た女性が栗林のもとに歩み寄る。摑みかかりそうな勢いだ。「黒羽が女性を蔑視するような発言をしたんですって？　私、そんなこと知らなかったわよ。パーティー会場で初めて知ったわ。とんだ恥晒しよ」

栗林朋美《ともみ》、五十五歳。現在のファーストレディーだ。大手ゼネコンの一人娘で、筋金入りのお嬢様だ。趣味はパーティーに出ること。今日もその帰りに違いない。

「まあまあ朋ちゃん、落ち着きなさい」

「落ち着いてなんかいられないわよ。みんな陰でこそこそこっちを見て笑ってるのよ。私、悔しくて悔しくて……」

「別に朋ちゃんのことを笑ってるわけじゃないよ。君みたいな素晴らしい女性を笑うわけがないじゃないか」

「本当にそう思ってるなら」朋美は栗林の胸倉を掴み、絞り上げた。「とっとと事態を収拾させなさいよ。完全に炎上してるじゃないの。あなた、総理なんでしょ？　この国で一番偉いんでしょ？　だったら黒羽を呼びつけて注意するなり辞職させるなりしなさいってば」

「それは無理だよ、朋ちゃん。辞めさせたら政権にも悪影響を与えちゃうわけだしさ。だからこうして莉子に来てもらって、どう乗り切るかを検討してるんだよ」

朋美がようやく莉子の存在に気づいた。莉子は「こんばんは、奥様」と小さく頭を下げる。

「あら、莉子ちゃん、来てたの」と朋美は言い、栗林を掴んでいた手を離した。

「女性を甘く見ちゃ駄目よ。黒羽みたいな爺さんは百害あって一利なしよ。まあ莉子ちゃんが来てくれたから問題ないとは思うけど。とにかく私に恥をかかせないでね。あ、そうだ、莉子ちゃん」朋美がこちらを向いて続けた。「こないだ支持者からシャネルのバッグをもらったんだけど、私持ってるやつなの。あなたにあげるから、帰りに寄って頂戴」

「ありがとうございます、奥様」

朋美が部屋から出ていった。ミスター・パーフェクトの異名をとる栗林だったが、実は家庭内では完全に妻の尻に敷かれており、困ったときは隠し子に相談する。この現実は国民には知られていない。

「少しお腹が空いたな」そう言って栗林は内線電話の受話器を持ち上げた。「私だ。夜食を用意してほしい。そうだな、サーロインステーキを焼いてくれ。血税の滴るような、いや、血が滴るようなレアで頼む。莉子、君も食べるかい？」

「私はいい」

「じゃあ一人前だ。頼んだよ」

栗林が受話器を置いたとき、ドアがノックされる音が聞こえた。「どうぞ」と父が言うとドアが開き、一人の男が姿を現した。秘書の一人だ。総理公邸に出入りできるのは限られた側近のみである。たとえば官房長官とか首相補佐官といった側近でさえ、公邸に呼ばれることは滅多にない。家族以外で公邸に出入りできるのは、総理の身の回りの世話をする執事や、栗林が個人的に雇っている秘書のみだ。

「総理、黒羽の居所が判明いたしました。都内のホテルに潜伏しているようです」

それを耳にするや否や莉子はバッグを持ち、立ち上がっていた。急ぐに越したことはない。

「私、行くから」と栗林に言って部屋から出る。廊下を歩いていると、あとから秘書が追ってくる足音が聞こえた。彼から黒羽の潜伏先の詳しい場所を聞きだした。最後に秘書が言った。

「さきほど総理は経団連会長と会食されたのですが、次世代エネルギーの開発に関する提言と、あとは自動車の自動運転化に関する道交法改正に関する提案がなされました」

「わかりました。資料は私のもとにメールで送ってください。あとで意見をお送りしますので」

「よろしくお願いします」

莉子が栗林総理の隠し子であり、同時にブレーンであることは、側近中の側近のみが知る秘密だった。そして莉子は知っていた。彼らが陰で莉子のことを「ミス・パーフェクト」と呼んでいることを。

ホテルニュー赤坂《あかさか》。港区《みなと》赤坂にある高級ホテルだ。その三階にある中華料理店に黒羽の姿はあった。午後十時を過ぎており、客席もまばらだった。一番奥の個室に入ると、円形の回転テーブルを三人の男が囲んでいた。そのうちの一人が黒羽で、あとの二人は胸のバッジから推測するに議員だと思われた。黒羽以外の二人はまだ若い。当選一回の議員を呼び出して講釈を垂れる。そんなところか。

「黒羽先生、突然お邪魔して申し訳ありません。厚労省の真波と申します」

黒羽は杯の紹興酒を飲み干してから顔を上げた。

「見ての通り食事中だ。あとにしろ」

「急を要する話です。今日の午後のワークライフバランス有識者会議でのご発言ですが、謝罪なされてはどうでしょうか?」

黒羽は答えなかった。回転テーブルを動かして、酢豚の大皿を自分の前に持ってきて、肉だけを箸でとった。それをゆっくりと食べ始める。二人の若手議員は場の雰囲気に気圧《けお》されたのか、そそくさと個室から出ていった。

黒羽は酢豚を食べている。散々食べたあとに「まあまあだ」とうなずき、脂にまみれた口元をナプキンで拭いてから言った。

「私は頭を下げんぞ。正論を言った自信があるからだ。女が子供を産まないから少子化になる。当たり前の話じゃないか。真波といったか。どうせお前も少子化対策に関与しているんだろ」

「検討委員会のメンバーです」

現在、政府では内閣府が主導して、さまざまな少子化に関する政策を推し進めている。厚労省もその一環として多くの事業に取り組んでおり、莉子もその一員として職務に励んでいた。昨日も各省のメンバーとランチミーティングを開いたばかりだ。

「お前は子供を産んだことはあるか？」

「ありません」

「だったら偉そうに少子化を語るな。車の免許を持っていない人間が、車について語るなど論外だ」

「日本人が中華料理を食べて、まあまあだ、とおっしゃるのも同じだと思いますが」

黒羽はぎろりとこちらを見た。七十歳になったとはいえ、四十年近く衆議院議員を務めてきた男なのだ。恰幅もよく、迫力がある。ただしこちらも子供のお使いで来たのではない。厚労省を代表し、事態の鎮圧を命じられたのである。

壁際にテレビが置いてあるのが見えたので、莉子はそちらに向かった。置いてあったリモコンでテレビを点け、ニュース番組にチャンネルを合わせる。ちょうど黒羽のトピックを扱っていた。新橋《しんばし》の駅前で酔ったサラリーマン風の男がインタビューを受けている。

『これは言っちゃいけない台詞だよね。アウトだよ、完全にアウト。黒羽さんも焼きが回ったんじゃないの』

次の通行人に切り替わる。今度は主婦とおぼしき風貌だ。

『黒羽さん、大変よねえ。でもこれはないわよ、絶対。うちの旦那だったら叩きだしてるところよ』

「いかがでしょうか」と莉子は振り返った。「これが世間の声というものです。失言をしたら謝る。それが筋を通すということです。一度頭を下げたくらいで先生の輝かしいキャリアが曇ることはございません。このまま騒ぎを放置しておく方がはるかに問題です」

黒羽は何も言わない。険しい顔でテレビの画面に目を向けている。

この男だってわかっているはずだ。もともと口が悪い男であり、過去にも何度か失言して世間を騒がしている。しかしここ最近はＳＮＳの普及により、炎上する速度が格段に速まった。黒羽もそのくらいは承知しているはずだ。ではなぜ謝らないのか。もしかして――。

「謝りたくても、謝れない状況にある。そうではありませんか？」

黒羽が顔を背けた。その目が一瞬だけ泳いだのを莉子は見逃さなかった。

黒羽にはどうしても頭が上がらない議員がいる。牛窪恒夫《うしくぼつねお》。自明党の二大派閥の一つ、牛窪派のボスだ。御年七十三。長らく外務大臣の要職に就いている、重鎮の中の重鎮だ。黒羽は牛窪派のナンバー２だ。

黒羽にとって、牛窪の言葉は絶対だ。その牛窪から謝罪はするなと言われているとしたら。いや、それ以前に牛窪と連絡がつかない状況にあるのではないか。指示を待っている状態なのだ。

「違うぞ」と黒羽が先を見越したように言った。「私は私の意志で謝らないだけだ。さっきも言った通り、正論を言ったと思っているからな。もしどうしても私に謝ってほしいなら、ここで裸踊りでもしたらどうだ？　そしたら考えてやってもいい」

この助平親父が。莉子は心の中でそう吐き捨ててから言った。

「失礼しました」

真っ直ぐに個室から出る。すれ違った店員が恭しく頭を下げてくる。その店員が熱々の担々麺を運んでいる最中で、それがとても美味しそうなのが悔しくて仕方がなかった。

○

「おかえり、パパ」

城島が自宅マンションに到着したのは午後十時三十分を過ぎたあたりだった。リビングに入ると、ソファに座った娘の愛梨がテレビを観たままそう言った。小学三年生で、もうすぐ九歳になる。一昨年くらいまでは帰宅すると廊下の向こうから走ってきて出迎えてくれたものだが、最近はもうそういうことはない。今もテレビのバラエティ番組に夢中だった。

「愛梨、宿題は終わったのか？」

「当たり前。だからテレビ観てるんじゃない」

最近、生意気な口を利くようになってきた。一緒に風呂にも入らなくなった。どこか淋しいが、女の子はこういうものだと諦めてもいる。

「遅かったわね、お兄ちゃん」

キッチンから妹の臼井《うすい》美沙《みさ》が声をかけてくる。五歳下の妹で、近所に住んでいるということもあり、こうして愛梨の面倒をみてくれる。美沙の旦那は大手ドラッグストアの本社に勤務しており、美沙自身も同じ会社で働いている。今は経理課にいるため、比較的時間に余裕があるらしく、平日はこうして愛梨のために夕食を作ってくれるのだ。

「あ、そうだ、パパ」と愛梨が思いだしたように言った。「カナタ君の写真、撮れた？　カナタ君、かっこよかったでしょ」

レッドカーペットを歩いた男性アイドルのことだろう。冷蔵庫からペットボトルの緑茶を出し、それをグラスに注ぎながら城島は答えた。

「撮れるわけないだろ。パパはお仕事中だったんだぞ」

「何それ。約束と違うじゃん。パパの嘘つき」

不貞腐れたように頬を膨らませ、それから愛梨は再びテレビに目を向けた。その横顔は離婚した妻にそっくりだった。

妻と離婚が成立したのは八年前、警視庁を退職した翌年だった。警視庁を辞めてから、家庭内にはギクシャクした空気が流れていた。なかなか再就職先が決まらず、それが余計に城島の苛立ちを募らせた。その苛立ちを紛らわせるために酒に逃げ、そんな夫に妻が愛想を尽かすのは当然だった。

愛梨の親権は妻が持つことになった。月に一度、二時間の面会だけが許された。ところが四年前、妻から――正確には元妻から連絡があり、愛梨を引きとってくれないかと頼まれた。

実は元妻は再婚したようだが、その新しい旦那に愛梨がなかなか懐かないというのだ。懐かないばかりか、まったく口を利く気配もなく、完全にお手上げ状態だという。悩んだ末、元妻は愛梨といったん距離を置こうという決断に至った。

迷うことなく愛梨を引きとったまではよかったが、やはり育児は大変だった。そんなときに手を差し伸べてくれたのが妹の美沙だった。

「お兄ちゃん、夕飯の残りが冷蔵庫の中に入ってるから」

「いつも悪いな、美沙」

ダイニングのテーブルについて、グラスの緑茶を飲んだ。それからスマートフォンを出してニュースサイトを見る。最近は愛梨が寝るまでテレビを独占してしまうため、ニュース番組も満足に観ることができない。

議員がまた失言して炎上したらしい。黒羽という自明党の古参議員だ。女は子供を産んでなんぼ。そんな発言をして、各方面で物議を醸しているようだ。しかもその発言をしたのがワークライフバランス有識者会議というのだから、まったくもって笑ってしまう。

さきほどの上映記念イベントが早速ニュースにアップされていた。しかも例の一コマ――レッドカーペットに侵入した子供が男性アイドルに花束を渡すシーン――を撮った写真が一番大きく掲載されていた。シャッターチャンスであったことは間違いない。これを見た若い同僚たちが苦笑いする場面が頭に浮かぶ。城島さん、怪我の功名ってこのことですね。

「愛梨、それ観終わったら寝るんだぞ。パパはお風呂に入ってくるから」

「はーい」と愛梨は気のない返事をする。ネクタイを緩めながらバスルームの方に歩いていくと、背後から美沙が追いかけてきた。

「お兄ちゃん、ちょっといい？」

いつもより真剣な顔つきだったので、城島は気を引き締めて言った。

「どうした？　愛梨が何かしたのか？」

「違う、愛梨ちゃんのことじゃない」少しリビングの方を気にしながら、美沙は低い声で言った。「実はできちゃったのよ。昨日産婦人科に行ってきたから間違いない。二ヵ月だって」

「よかったじゃないか、美沙」

美沙は今年で三十七歳になる。二年前、三十五歳になったのを機に不妊治療を開始したと言っていた。精神的にも肉体的にもかなり苦労していると聞いていた。その苦労も報われたというものだ。

「おめでとう。本当によかったな」

「ありがと。でもまだ産んだわけじゃないしね。それより話はここから」そう言って美沙はさらに声を低くして言った。「今はいいけど、そのうちここに来るのも難しくなってくると思う。それにもし出産したら、愛梨ちゃんの面倒をみるどころじゃないしね」

そういうことか。城島は妹の言いたいことを察した。現在、城島が不在時の愛梨の世話は全面的に美沙に頼りきりになっている。今後はそうもいかないというわけだ。

「わかったよ、美沙」と城島はうなずいた。「そのあたりのことは俺に任せておけ。お前は気にするな。自分の体を一番に考えるんだ」

「任せておけって、カップ麺しか作れないお兄ちゃんに何ができるのよ」

「どうにかなるさ、そのくらい」

自分でそう言っておきながら、どうにかなるようにも思えなかった。愛梨は三年生になり、最近ではすっかり大人びているが、さすがに一人で炊事洗濯は難しい。やはり今後は夜間や休日の仕事は控えるべきかもしれない。そんなことを考えながら、城島はバスルームに向かって歩きだした。

○

東大の獅子。

東京大学在学中、莉子はそう呼ばれていた。なぜ獅子なのか。獅子が慎重に獲物を追跡し、一瞬にして仕留めるような、莉子の戦法を評してそのあだ名がついた。何の戦法か。麻雀だ。

麻雀と出会ったのは高校のときだ。文化祭で雀荘的な催しをしていたクラスがあり、そこに入ったのが出会いだった。あまりの面白さに一瞬にしてハマった。こんな面白いゲームがこの世にあったのか。そう思った。

東大入学後、大学の麻雀サークルに入り、腕を磨いた。プロの雀士と卓を囲み、勝利したこともある。フリーで雀荘に出入りすることも珍しくなかった。厚労省に入ったことに後悔はないが、唯一惜しむべき点は麻雀をする時間が減ったことだ。それでも少なくとも十日に一度の割合で雀荘に足を運ぶ。

午後十一時、莉子は赤坂にある雀荘に向かった。雀荘といっても近代的なビルの中にあり、会員制の店だった。財界人などが足を運ぶことで有名な店で、当然のことながら一見《いちげん》さんはお断り。ネットなどにも情報が載っていない、知る人ぞ知る雀荘だ。

「いらっしゃいませ」

莉子が店内に足を踏み入れると、黒服の男が近づいてきた。グラスのシャンパーニュを注文してから、奥の個室に案内された。

「失礼します」

そう言いながら室内に入る。中央の雀卓を三人の男が囲んでいた。そのうちの一人が言った。

「ちょうどよかった。今空きが出たところだ。入りなさい」

「よろしくお願いします」

バッグを置き、椅子に座る。三人とも顔は知っている。向かって右にいる男は無頼派として知られる有名作家、左側の男は建築家だ。そして向かい側にいる男――最初に莉子に声をかけてきた男は、莉子にとって人生の師とも言える男だった。名前は馬渕栄一郎《えいいちろう》。眼鏡をかけた学者然とした風貌ではあるが、元国会議員だ。

出会いは七年ほど前に遡る。大学在学中、父、栗林智樹の代役としてこの雀荘に足を踏み入れ、そこで一緒に卓を囲んだのが馬渕だった。馬渕は若手の頃から栗林を大変可愛がっていた。その日以来、莉子はたまに馬渕と麻雀をするようになった。

次期総裁候補と目されていた幹事長時代、暴漢に襲われて怪我を負い、次の選挙に出馬することを馬渕は断念した。その代わりに自分の後輩でもあった栗林の後見人になり、バックアップした。父が総理の座に就けたのは馬渕の尽力によるものと言っても過言ではないし、ある意味で禅譲がなされたという考え方もできる。現在、父を支えているのは旧馬渕派と呼ばれる派閥だ。

一緒に麻雀をしていても、どこか油断のならないというか、心地よい緊張感を醸しだす男だった。話題も多岐に亘り、政治や経済の話だけではなく、哲学的な話をすることもあるし、若者文化にも精通していた。なに、暇で時間だけがあるものでな。馬渕はそう言って笑うが、七十三歳になった今でも新しい知識を貪欲に吸収しようという姿勢には学ぶべき点がある。ネットで話題になっている韓流ドラマの内容や、社会現象になった大ヒット漫画のあらすじも、実はすべて馬渕から教えてもらった。

「それではいざ尋常に、勝負」

馬渕が厳《おごそ》かな顔つきでそう言うと、ほかの三人が頭を下げた。

「よろしくお願いします」

全自動麻雀卓だ。並べられた牌が下から顔を出す。馬渕が親でゲームが始まる。ピシッとした牌の手触りが気持ちいい。気分が高まると同時に、静かに落ち着いていくという、妙な感覚に支配されていく。

運ばれてきたシャンパーニュを飲む。至福のひとときだ。この時間がずっと続いてくれたらいいのに、と思う。どうして私が阿呆な議員の尻拭いをしなければならないのか。まったくもって理解できない。

「真波君、厚労省も大変みたいだね。黒羽君にも困ったものだ」

馬渕がそう言いながら牌を切る。作家が「ポン」と言った。この話題になるのは当然だろう。それほどまでに黒羽の失言は世間を賑わせている。

「本当に。黒羽さんは謝る気がないようです。裸踊りをすれば謝罪してやると言われました。その発言がすでにアウトです」

「時代は進んでいる。我々老兵が思っている以上の速度でね。政治の世界にいるとそういう変化を見逃しがちだ。国会と会食の繰り返しだ。新鮮な情報と接する機会がないわけだからね」

理解できる。しかしそれはキャリア官僚にも言えることだ。あまりの激務で流行りの韓流ドラマを観ている暇すらない。世間の流行に完全に乗り遅れ、通勤時に車内で見るネットニュースだけが唯一の情報源だったりする。

「耳が痛いです。我々国家公務員も似たようなものですから」

「黒羽君とは環境省絡みの風力エネルギー事業の視察でヨーロッパ各国を巡ったこともあったな。呉越同舟とはあのことだ」

黒羽は牛窪派のナンバー2だ。牛窪と馬渕は犬猿の仲と呼ばれていて、どちらが先に総理になるかと予想の対象になるような二人だった。九年前に馬渕が撃たれ、その弔い合戦的な意味合いで総裁選に出馬した栗林を世間の人気が後押しする形となり、牛窪はあと一歩のところで総理の椅子に届かなかった。

「たしかオランダだったと思うが、私は生牡蠣を食べて中《あ》たってしまったことがあった。そしたら奴め、嬉しそうに笑ってたよ。腹の立つ男だったな」

そうか、と莉子は気がついた。これほど窮地に立たされているというのに、なぜ黒羽はボスである牛窪の指示を仰がないのか。そのヒントが見えたような気がした。昨今、どこにいても携帯電話が通じる時代だ。ただし例外がある。みずからスマートフォンの電源を切るなどしている場合だ。牛窪のスケジュールを確認しておく必要がある。

「悪いが、それはロンだ」

莉子が不用意に捨てた牌に対し、馬渕が愉快そうな顔つきで言った。

「えっ?」

「ジュンチャン、三色、一盃口《イーペーコー》。ハネ満だな」

いわゆるオヤッパネというやつだ。いきなり一万八千点を失ってしまったことになる。考えごとをしていたせいだ。集中しろ、私。莉子は迂闊な自分を戒めた。

「幸先のいいスタートを切れた。真波君にはお礼にこれをあげよう」

そう言って馬渕は懐から一枚の封筒を出し、それを莉子に向かって差しだした。受けとった封筒の中には一枚の写真が入っていた。どこかの料亭の前だろうか。雨の中、タクシーに乗り込む黒羽の姿が写っている。

一見してたいした写真ではないように見える。ただし黒羽の後ろで傘を持って立っている女性が気になった。どこかで見たことがあるような気がするのだ。

「真波君くらいの年齢ではわからないか。神林《かんばやし》さくら。代表曲は『北の桜』や『オホーツク旅情』、それと『札幌恋物語』だな。紅白出場経験もある演歌歌手だ」

怖い人だ。引退した身でこんな隠し球を持っているとは。そう思いつつ莉子は馬渕の顔を見て礼を述べた。

「ありがとうございます。大事に使わせていただきますので」

「さあ第二局だ。これで終わるようなタマではあるまい」

「もちろんです」

莉子はシャンパーニュを一口飲んだ。繊細な泡が心地いい。牌がシャッフルされる音が雀卓の下で鳴っていた。


翌日の午前七時過ぎ、莉子は成田《なりた》空港の国際線ターミナルにいた。牛窪を待ち受けているのだ。現在、牛窪は外務大臣を務めている。七十三歳という高齢のため、彼の大臣就任を危惧する声もあったが、父は前回の内閣改造でも引き続き牛窪に外務大臣の椅子を用意した。牛窪派への配慮があってのことだ。

昨夜、雀荘を出た莉子はすぐに外務省の友人に連絡をとり、牛窪のスケジュールを確認した。一週間前から外交のため北中米地域を歴訪していて、明日の朝に日本に戻ってくるという話だった。黒羽が牛窪の指示を仰げない理由が判明した。牛窪や彼の側近たちは飛行機の中、機内モードにしているため、連絡がつかない状態にあったのだ。

構内アナウンスが聞こえ、牛窪が搭乗していると思われるワシントンからの便が到着したことを知る。そろそろだ。莉子は読んでいた経済情報誌を膝の上に置き、ゲートの方に目を向けた。

やがて到着ロビーにちらほらと人が歩いてくるのが見えた。朝が早いため、それほど人の数も多くないので助かった。この分なら見逃すことはないだろう。

そして莉子は発見した。スーツを着た五人ほどの男に囲まれ、一人の老人が歩いてくる。杖をついているが、その足どりはしっかりとしている。長年、馬渕とともに自明党の二大巨頭として君臨してきた大物政治家だ。底知れぬ威厳が漂っている。

「大臣、ちょっとよろしいですか?」

莉子がそう言って駆け寄っていくと、牛窪はちらりとこちらを見てから立ち止まった。莉子のことを記者とでも思ったのかもしれない。秘書らしき男たちが牛窪を囲んでいる。

「君は誰だね?」

太い声だ。七十を過ぎた老人の声とは思えない。もともと柔道の有段者で、今も稽古を欠かさないという。特に政界にコネがあったわけではなく、裸一貫、今の地位まで上り詰めたのは、敵対する相手とは徹底的に戦う強い精神力があったからだ。彼についたあだ名は文字通り「剛腕」。

「厚労省の真波と申します」莉子は身分証を提示した。「日本時間の昨日午後におこなわれたワークライフバランス有識者会議におきまして、黒羽先生が不適切な発言をなさいました。大臣はご存じでしょうか?」

「つい今しがた知った。飛行機から降りた瞬間に電話がかかってきた。大変な騒ぎになっているようだな」

どこか他人事といった口調だ。機内にいたせいか、まだ事態の深刻さが呑み込めていないと感じた。莉子は一歩前に出た。

「大臣、このまま放置しておけば大変な問題に発展することは確実です。一刻も早く黒羽先生の謝罪会見を開いていただきたく、失礼を承知で参りました。ご検討いただけないでしょうか？」

彼をとり囲む秘書の数人も電話で何やら話している。機内モード中にかかってきた電話に折り返しているに違いない。その多くは黒羽絡みの問い合わせの可能性も高い。

「発言の趣旨から想像するに、謝罪は免れんだろうな」

その言葉を聞いて莉子は内心胸を撫で下ろす。牛窪がこう言ってくれたら安心だ。彼までが謝罪する必要がないと言いだしたら、解決策はほぼなくなっていた。もっと偏屈な男だと思っていたが、一般的な社会常識だけは持ち合わせているらしい。

「ありがとうございます。では私は……」

「謝罪会見は厚労省でやろうじゃないか。大臣のスケジュールを確認してくれ。あとは黒羽とやりとりするがいい」

「ちょっとお待ちください。それでは話が……」

「厚労省が所管する会議の席上で起きた話なんだろ。だったら厚労大臣も一緒に頭を下げるのが筋ってものじゃないか」

やはり老獪《ろうかい》な男だ。その手法に莉子は感心する。現厚労大臣は栗林総理に近い存在で、旧馬渕派に所属している男だ。自分の身内が引き起こした問題に対し、敵対する旧馬渕派の厚労大臣も一緒に謝罪させる。それが牛窪の魂胆なのだ。転んでもただでは起きないとはこのことだ。少しでも旧馬渕派にダメージを与えること。それが牛窪の最優先事項なのだ。

「お待ちください、大臣」

歩み去っていく牛窪の背中を追いながら、莉子は覚悟を決めた。できればこの手は使いたくなかったが、こうなったら致し方ない。莉子は脇に挟んでいた経済情報誌を牛窪の前に差しだした。

「大臣、こちらをご覧ください」

莉子の手から経済情報誌を受けとった牛窪は、怪訝そうな顔つきでページをめくった。貼ってある付箋に気づいたようだ。牛窪の足が止まる。

そのページには一枚の写真が貼ってある。昨夜、馬渕から受けとった写真だった。黒羽が演歌歌手の神林さくらと密会している現場を写したものだ。牛窪は一瞬だけ苦虫を嚙み潰したような顔になった。

調べてみたところ、黒羽も神林さくらもともに既婚者であり、ダブル不倫の形だった。しかも黒羽の妻は某都市銀行の創業者一族の娘で、神林さくらの旦那は今も活躍するプロゴルファーだ。この写真が公になった場合、その影響はかなり広範囲に及ぶことは確実だ。

牛窪が雑誌を閉じた。そしてそれを丸め、莉子に向かって寄越してくる。

「お前、名前は?」

「厚労省の真波です」

「今回は特別だ。黒羽単独で謝罪会見をおこなうことにしようじゃないか」

牛窪の中で計算が働いたはずだ。この写真を表に出すか。それとも厚労大臣に頭を下げさせるか。この写真が表に出た場合、黒羽は間違いなく失脚する。万が一議員を辞職するまでの騒ぎに発展したら、牛窪はナンバー2の駒を失うことになるのだ。何としてもそれは避けたい事態だろう。

「わかりました」莉子は雑誌を受けとりながら言った。「このお写真については未来永劫表に出ることはございません。私が保証いたします」

牛窪は無言のまま、秘書に囲まれる形で歩み去った。その一団をしばらく見送ってから、莉子も出口に向かって歩き始めた。今日も厚労省では嵐のような仕事が待っているはずだ。


仕事とは、すなわち問題を解決することである。

それが莉子の信条だ。今日も厚労省では問題が山積みになっている。それらを一件ずつ精査しながら、問題を解決に導くための方策を考え、そのためには何をすべきかと吟味すること。それが莉子の仕事に対する基本的なスタンス、回し方とでも言えばいいのだろうか。今日もあれこれと問題を解決していくうちに午前中が終わっていて、気づくと正午を回っていた。

いけないいけない。慌てて厚労省を出て、裏手に停まっていたプリウスの後部座席に乗り込んだ。向かった先は日比谷《ひびや》にあるイタリアンレストランだった。案内された個室では一人の男がタブレット端末に視線を落としている。入ってきた莉子を見て男は顔を上げた。

「五分遅刻だぞ、莉子」

「ごめんごめん」

男の名前は金子《かねこ》聖人《まさと》。経済産業省のキャリア官僚で、東大の同級生だ。三年ほど前に朝の異業種交流会でたまたま再会し、それから交際に発展した。父親も外務省の官僚というサラブレッドだ。

「もう注文はしてある。軽いコース料理でいいだろ」

「うん、大丈夫」

「黒羽さん、謝罪したな。これで風向きが変わるといいけど」

「そうだね。そうなることを祈ってる」

さきほど黒羽は自分の事務所で謝罪会見を開いた。自分に非があることを潔く認め、頭を下げたのだ。空港で牛窪と会ってから三時間後の記者会見だった。莉子も会見には目を通した。記者の質問にしどろもどろになるシーンも見られたが、しっかりと謝ったという意味では価値のある会見だった。局長も胸を撫で下ろしていたし、ひとまず問題は解決できたと莉子は認識していた。

「元気そうで何より」

「金子君もね」

実際に顔を合わせるのは一ヵ月振りだ。お互いに忙しくてすれ違いの日々が続いているが、キャリア官僚同士が付き合えばこんなものだろうと莉子は思っている。こうしてランチをともにするくらいが莉子にはちょうどいい距離感だった。

前菜のサラダが運ばれてきた。生ハムの塩加減が絶妙だった。サラダを食べ終わったところで金子がナプキンで口元を拭きながら言った。

「あのさ、莉子……」

「ごめん、ちょっと待って」

スマートフォンに着信があった。同じ課のスタッフからだった。莉子の秘書的な役割を担っている女性だ。午後の会議に使う資料についての確認だったので、指示を与えてから通話を切った。

「ごめん、何か言いかけてたよね」

電話の途中で二品目の皿が運ばれていた。トマトクリームのリングイネだった。次がメインの皿で、あとはデザートがつくのだろう。莉子がフォークを手にすると、金子が水を一口飲んで言った。

「実は両親からお見合いを勧められてるんだ。俺はまだ早いと思ってるんだけどさ。親はどうしても俺を結婚させたいらしくて、正直困ってるんだよね」

どこかで聞いたことのある話だな。他人事のように莉子は冷静に考え、母の薫子の話と似ていると感じた。母の場合もお見合いがあるという理由で相手が離れていったのだ。その相手というのが現在の内閣総理大臣その人だ。

「そうなんだ。まあ仕方ないわね」莉子はそう言ってリングイネを食べ始める。「お互い忙しいし、このあたりが潮時だったかもしれないわね。でも今後も仕事面では協力していきたいわ。その方が……」

「ちょっと待ってくれ。何言ってんだよ。俺は君と別れたいとは思っちゃいないよ。これを機に君を正式に両親に紹介しようと思ってるんだ」

莉子はフォークを置いた。もしや、これはプロポーズされているのではないか。正式に相手の両親と会う。金子家の格式ある家風からして、その意味するところは莉子にも想像がついた。

さて、どうするか。莉子は心の中で解決法を模索していた。どのようにすれば彼にダメージを与えず、この状況から抜けだすことができるのか。現時点で結婚するつもりはないし、メリットもさほどないというのが莉子の分析だ。

「別に今すぐじゃなくてもいい。君を紹介して、親を納得させたいだけなんだ」

「申し訳ないけど」莉子は率直に言うことにした。あれこれ策を講じても無意味だ。「私、現時点で結婚する気はまったくないの。いつかはしたいとは思っているけど、それは少なくとも今ではない。最低五年後くらいかなと思ってる。あなたをそんなに待たせるわけにはいかないし、これで終わりにするべきだと思う」

金子は押し黙った。彼はサラダを半分も残している。やがて彼は意を決したように口を開いた。

「わかったよ。莉子がそう言うなら俺もそれに従うよ。君とならうまくいくと思っていたんだけど残念だ」

「そうね。私も残念。でも今後も仕事の面では付き合ってもらえるんでしょう?」

「当然だ。その点に関しては心配要らない」

これで問題は解決だ。経産省とのパイプという意味でも彼の存在は今後も必要だ。別れ話がもつれるよりは、ドライな関係に戻して正解だったのかもしれない。

「経産省が一人親世帯に給付金を出すかもしれないって聞いたんだけど、あれってどういうこと？」

「莉子は耳が早いな。実は大臣が定例会見で勝手に言いだしたことで俺らも弱ってるんだ。財務省はカンカンだよ。どこにそんな予算があるんだよって」

仕事の話に戻った。二人ともメインはフィレ肉のソテーを選び、ティラミスとエスプレッソを楽しみ、割り勘で代金を払ってから外に出た。運動のために歩いて経産省に戻るという金子と別れ、莉子はプリウスに乗り込んだ。

「真波様、よろしいですか？」

車が走りだすと運転手が話しかけてきた。父が雇っている運転手だ。一日のスケジュールを前日までに送っておけば、その時間に送迎してくれる。急用ができた場合は応相談となっている。本当は電車やタクシーを使った方が早いのだが、できるだけこの送迎車を利用するようにと父からきつく言われている。

「何でしょうか？」

「実は私、今日で最後となります。妻が体調を崩したので、退職させていただく予定です」

「そうですか。今までありがとうございました」

運転手の名前は紺野《こんの》といい、五十代後半くらいの男だ。二年間ほどの付き合いだが、こちらに干渉してこないので、その点は非常に有り難かった。明日からは別の運転手が派遣されてくるはずだ。

莉子はスマートフォンで午後の予定を確認する。会議が四つも入っているため、とても自席で仕事に集中できそうにない。今夜も遅くなりそうだ。

それは突然の配置換えだった。昨日の午後、いきなり的場に言われたのだ。おい、城島。明日から別の仕事を頼みたい。楽な仕事だぞ。

お抱え運転手のような仕事らしい。ある厚労省キャリア官僚の送迎がその任務だった。前任者の紺野という男が妻の体調不良を理由に退職するようで、空きが出たというのだ。聞くところによるとそのキャリア官僚は総理の遠縁に当たり、護衛も兼ねているらしい。

そして今日から新しい仕事が始まった。城島は白いプリウスを路肩に寄せた。麴町《こうじまち》のマンションの前だ。

悪くないタイミングだと思っていた。ちょうど妹の妊娠もわかり、娘の愛梨の世話をどうしようかと思っていた矢先の出来事だった。SPという仕事に未練がないわけでもないが、体力的にもそろそろきつくなっていた時期でもあった。これも何かの巡り合わせだろう。

午前八時ちょうど。マンションのエントランスから一人の女性が出てくるのが見えた。紺色のパンツスーツに身を包んだ女性だ。おそらく彼女だろう。真っ直ぐこちらに向かって歩いてくるので、城島は車から降りて彼女を出迎えた。

「おはようございます。ジャパン警備保障の城島と申します。本日から警護を命じられました。よろしくお願いします」

「よろしくお願いします」

後部座席のドアを開けると、彼女が乗り込んでいく。ドアを閉めてから城島は運転席に乗り込んだ。エンジンをかけ、車を発進させる。

「それでは霞が関に向かいます」

後部座席で返事はなかった。スマートフォンに視線を落としている。かなり美形だが、どこか気の強さを思わせる雰囲気があった。

基本的に送迎は朝と夜の一日二回だが、日中でも呼び出されることがあるらしい。それ以外の時間は丸《まる》の内《うち》にあるジャパン警備保障の本社で書類仕事をしていればいいという、非常に楽な仕事だった。

「私は城島といいます。以前は警視庁にいました」

一応自己紹介してみる。スマートフォンを見たまま莉子が言った。

「よろしくお願いします、城島さん」

「ええと、何てお呼びすればいいですか？」

しばらく間が空いたあと、莉子は答えた。

「お好きにどうぞ。ちなみに前任者の紺野さんは寡黙な方でした」

それはどういう意味だろうか、と城島は考える。紺野のように静かにしてくれという意味か。それとも積極的に会話をしてくれという意味だろうか。このように個人的な警護についたことがないので、どうも対象者との距離を測りづらい。

「では……真波さん、と呼ぶことにいたします。真波さん、今日は午後十一時のお迎えでよろしいですか？」

「お願いします」

「夜の十一時って、国家公務員も大変ですね。話に聞いていた通りですよ。私だったら過労死してしまうかもしれません」

冗談を言ったつもりだったが、莉子が笑うことはなかった。それ以前に顔すら上げてくれない。総理の遠縁に当たると聞いているが、かなり冷たい印象だ。ただし仕事は完璧にこなしそうなイメージだ。

ほどなくして霞が関に到着する。彼女が勤める厚労省は中央合同庁舎第五号館だ。警視庁も近くにあるため、この界隈の地図は大体頭に入っている。

「あの交差点の手前で停めてください」

後ろから莉子の指示が聞こえたので、言われるがまま車を路肩に寄せた。城島がドアを開けるより前に彼女は勝手に車から降りてしまう。慌てて城島も運転席から降り、ドアをロックしつつ彼女の右斜め前方に寄り添うように立つ。そのまま彼女とともに歩きだす。

朝の霞が関は通勤者たちで賑わっている。犬の散歩やジョギングをしている人も数多く目立った。特にこちらを見ているような怪しい視線はない。異常なし。城島はそう判断する。

莉子が立ち止まる気配があったので、城島も足を止める。彼女がこちらを見ている。「どうしましたか?」と城島が声をかけると彼女が言った。

「それはこちらの台詞です。あなたは何をしていらっしゃるんですか?」

「ええと、警護です。あなたを警護するのが私の役割と認識しているんですが……」

「それなら必要ありません。前任者の方にも車での送迎だけをお願いしていました」

「ですが、あなたは総理の……」と言いかけて、城島は口をつぐんだ。莉子が険しい目でこちらを見ていたからだ。彼女が総理の遠縁に当たるということは公にしてはいけないのかもしれない。もっと前任者の紺野から話を聞いておくべきだったと城島は後悔した。

「私はこのまま出勤いたしますので、警護は必要ありません。あくまでも民間人として接してください。お願いします」

「はあ……」

莉子は歩み去った。城島は仕方なくプリウスに戻り、彼女の後ろ姿を見送った。たしかにこの朝の通勤時、彼女を警護していては否が応でも目立ってしまうが、こちらも警護をするのが仕事なのだ。これでは単なるお抱え運転手ではないか。

○

厚労省は戦場だ。これは比喩でも何でもなく、本当に戦場だと莉子は思っている。銃弾が飛び交っているのが目に見えるようだ。その銃弾に当たったら最後、戦線から離脱せざるを得ない。まるで銃弾に撃たれたかのように、一人、また一人と戦場から姿を消していく。昨日まで一緒に働いていた職員が、ある日突然仕事に来なくなり、そのまま特別休暇――過労や精神疾患による実質的なドクターストップ――に入ってしまうことも日常茶飯事だ。

たとえば今日、莉子は働き方改革推進委員会に出た。そこではいかにして企業の時間外労働を減らすか、外部の専門家も交えて話し合った。現在、厚労省では月四十五時間、年間三百六十時間を時間外労働の限度と定めているのだが、その会議に参加していた厚労省の職員の月の時間外労働時間は、少なく見積もっても八十時間を優に超えているというのが現実だ。

国家公務員が限度を超えた時間外労働をやって許されるのか。そういう声も聞こえてきそうだが、実は国家公務員には労働基準法が適用されない。代わりに人事院規則というルールに則っている。人事院規則では時間外労働の上限は定められているが、罰則の規定がない。だからやりたい放題なのだ。お好きなだけ働いてください、というわけだ。そんな国家公務員が時間外労働を減らすために躍起になっている。冷静になって考えると笑える。実際、たまに会議の途中で莉子は笑ってしまうことがある。

午後七時、莉子は厚労省をあとにした。この時間に庁舎を出ることは珍しいくらいだ。三十分前に事前に伝えておいたので、プリウスはいつもの場所に停まっている。「お疲れ様です」と運転手に迎えられた。数日前から担当になった新しい運転手だ。城島という四十代くらいの元警察官だ。たまに見せる鋭い視線が元警察官であることを窺わせる。

「今日は早いですね」

城島が話しかけてきた。莉子は小さくうなずいてから行き先を告げた。プリウスが発進する。

向かった先は赤坂にある高級料亭だった。政治家や財界人がよく利用する店で、高い塀の向こうには竹林のシルエットが見えた。この通りだけは東京ではなく、京都あたりの裏路地ではないかと錯覚してしまうほど、何とも言えない風情が漂っている。料亭の裏口に停めてもらう。裏口のドアが開き、着物を着た女将らしき女性に伴われ、一人の男性が姿を現す。外務大臣の牛窪恒夫だった。

周囲を警戒するように見回してから、牛窪は後部座席に乗り込んできた。いきなり乗車してくるとは思ってもいなかったので、莉子はわずかにたじろいだ。牛窪が短く言った。

「出せ」

その言葉に城島が反応し、車が発進した。今日の夕方、見知らぬ番号で着信が入り、出ると牛窪の秘書を名乗る男だった。先生があなたにお会いしたいと言っております。そしてこの料亭を指定されたのである。

「その節はありがとうございました」莉子は丁寧に頭を下げた。「迅速な対応、感謝しております。お陰様で騒ぎも落ち着きました」

黒羽の失言問題は完全に下火になっている。発言があった翌日の本会議では野党からも質問が飛んだが、前夜の想定問答の効果もあったのか、栗林は無事に窮地を脱した。黒羽の謝罪会見後はバッシングも下火になり、今は大物俳優の女性スキャンダルに世間の関心は移っていた。

「礼には及ばん。それよりいいのか」

そう言って牛窪は運転席の方をちらりと見た。牛窪が莉子を呼んだ真意はまだ不明だが、この運転手の前で話しても大丈夫か、それを確認しているものと推察された。城島がどれほど秘密を厳守できるのか定かではないが、牛窪と内密に話せる場所に心当たりはなかった。むしろ密室で二人きりになるのは少し怖い。

「彼なら大丈夫です。私に話とは何でしょうか？　あ、城島さん。適当に車を走らせてください」

バックミラーを見ると、運転席の城島が小さくうなずいた。彼も牛窪の顔くらいは知っているはずだ。そのせいもあってか、表情が少し硬い。

「前回空港で見たとき、実はいたく気に入ったんだよ、お前のことがな。頭の回転の速さだけではなく、私を前にして物怖じしない度胸もある。見てくれも悪くない。私のスタッフの一人に加えたい。そう思ったんだ」

「お褒めいただき恐縮です」

たまにこの手の誘いを受けることがあるが、いつも断るようにしていた。今はまだ厚労省でやるべきことがあると思っている。

「有り難いお誘いでございますが、私は……」

「もっと知りたい。そう思って調べさせた。そしたら思いもよらない事実が浮かび上がった。ここ数年で一番の驚きと言ってもいいくらいだ」

嫌な予感がする。もしかしてこの男は——。

牛窪が懐に手を入れ、何かをとり出した。それを莉子の方に寄越してくる。数枚の写真だ。どれも隠し撮りをしたもので、莉子の姿が写っている。最新のものは数日前、城島に初めて送迎された朝の一枚だ。運転手の城島と並んで歩く莉子の姿がある。

「まさかあの男の娘だったとはな。世間が知ったら大騒ぎだ。黒羽の失言どころの騒ぎではないだろうな」

総理公邸に出入りしている写真もあるが、決定的なシーンはないようだ。そう思っていたときに最後の一枚の写真が目に飛び込んでくる。ちょうど総理公邸の前で莉子と栗林が立ち話をしている。二人とも笑みを浮かべていた。数ヵ月前の写真だ。たまたま総理公邸の前で鉢合わせになったのだ。そのときに撮られた一枚だろう。

「私の女になる。それがこの写真を表に出さないための唯一無二の条件だ」

牛窪がそう言って莉子の膝の上に手を置き、そのまま撫で回した。虫唾が走るが、どうすることもできなかった。現時点では解決策が見出せないからだ。総理の娘と知ったうえで、このような取引を持ちかける。その傲慢さに身の毛もよだつ思いがした。

バックミラーを見ると城島が険しい顔でこちらを窺っている。口出しをしないでくれ。そう伝える意味でも城島に向かって首を横に振る。

「二年間の我慢だ。私は七十五歳になったら政界を引退する予定だ。二年後、お前は立候補する。当選は確実だ。あの男の血を引き継ぎ、さらに私があと押しするんだからな。悪い話ではあるまい」

今、牛窪は七十三歳だ。そんな老人が言っているのだ。俺の女になれ、と。生理的嫌悪感しかない。

「譲歩の余地は一切ない。俺の女になるか、それともこの写真が週刊誌の巻頭を飾るか、そのどちらかだ。おい、運転手。停めてくれ」

プリウスが路肩に停まった。後部座席のドアから降りる間際、牛窪が冷たい笑みを浮かべて言った。

「私に逆らった者は大体こうなる。黒羽に謝罪させたかっただけだろうが、その代償は高くついたな」

牛窪が車から降りた。すると黒いセダンが後ろから走ってきて、牛窪の前にゆっくりと停まった。牛窪が乗ると黒いセダンは走り去った。尾行されていたのだろう。おそらく牛窪の個人的な送迎車だ。

「真波さん、今の話って……」

「忘れてください。厚労省に戻って、いえ、総理公邸に向かってください」

「わ、わかりました」

車が走りだす。莉子は再び手元の写真を見た。まだ実感が湧かないが、自分がとんでもない窮地に立たされたことだけはかろうじて理解できた。


「おいおい、莉子。そいつは大変なことじゃないか。私に隠し子がいたなんてことが世間にバレたらまずいって。内閣支持率にも確実に響いてきちゃうじゃないか」

「だから相談に来たのよ。私一人じゃ決められないから」

父の栗林は総理公邸の執務室にいた。今日も赤ワインを飲んでいる。

「牛窪のおじさんにも困ったもんだなあ。あの人はああ見えて金じゃ動かない人だからな。そうでなかったら金で解決できるんだけど」

強情な男だろうと想像がつく。簡単に言うとこれは復讐だ。黒羽の謝罪を求めた際、莉子は若干アンフェアな手を使った。黒羽の女性スキャンダルを交換条件に謝罪会見をおこなわせたのだ。目には目を、歯には歯を、スキャンダルにはスキャンダルを。ただしミスター・パーフェクトの隠し子発覚というスキャンダルは、おそらく史上空前規模の騒ぎになることは確実だ。

「それよりお父さん、ゲームはやめて」

実は栗林はさきほどからずっとパソコンの画面に夢中になっている。生き残りを賭けたサバイバルゲームだ。父は数百万円も課金したお陰で、日本のトップランカーとして活躍している。ゲーム内の父のユーザー名は『日本国首相』にしているらしいが、まさか本物の総理大臣とは誰も気づいていないことだろう。

「わかったよ、莉子」そう言って栗林はコントローラーを置いた。「それより本当にどうするんだい？　君のことが世間に知られたら私の評判もガタ落ちだよ」

「じゃあ向こうの要求を呑めってこと？　それは無理よ。相手は七十を過ぎたおじいさんなのよ」

「だってそれしかないよ。向こうがそれを望んでいるわけだしさ。それに莉子、多分牛窪のオッサンはあっちの方はもう駄目だって」

「そういう問題じゃないの。いいの？　お父さん。私が牛窪の女になったら今までみたいにお父さんのことを助けてあげられなくなるんだよ。牛窪派に入るってことなんだから」

「それは困る。君がいなくなったら総理としてやっていける自信がないよ。うーん、弱ったな。何かいい方法はないだろうか」

あれこれ考えているのだが、良策が思い浮かばない。牛窪の軍門に降《くだ》る気はさらさらない。

これは譲れない一線だ。となると隠し子発覚の一報が出ることを了承し、そのダメージを最小限に食い止めるしかないような気がする。果たして栗林政権は無傷でいられるのか。

「あれ？　莉子さん、来てたんだね」

キャリーバッグを引き摺りながら一人の若い女性が入ってくる。莉子は彼女に向かって小さく笑みを浮かべた。

「こんばんは、梓《あずさ》ちゃん。今帰り？」

彼女は栗林梓。栗林の一人娘である。年齢は莉子の四歳下の二十五歳。キャビンアテンダントとして大手航空会社で働いている。趣味は偽名を使って合コンに参加することらしい。莉子にとっては腹違いの妹ということになる。

「そう。ロスから戻ってきたばかり。あ、お父さん、買ってきたよ」

梓がキャリーバッグを開け、中からいくつかの包みを出した。それを壁際の棚に置きながら説明する。

「これは首相補佐官補のタザキさんで、これは内閣府のミクニさんね。そしてこれが秘書のツシマさんの分。あと内閣情報官のところ来月お子さんが生まれるみたいだから、一応用意しておいたから」

「いつもすまないね、梓」

栗林は近しいスタッフの誕生日や記念日には必ずプレゼントを渡すことで有名だ。しかしそれは栗林自身が用意しているのではなく、こうして陰で娘の梓が協力しているのである。何となく助けたくなってしまう。周囲にそう思わせるのは栗林の大きな才能だ。

「莉子さん、またランチ行こうよ。青山《あおやま》に美味しいビストロを見つけたんだ」

「そうね。是非行きましょう」

「ああ、眠い眠い。じゃあね」

欠伸を嚙み殺しながら梓が執務室から出ていった。いつの間にか栗林はコントローラーを手にしている。莉子は鋭く叱責した。

「お父さん、ゲームやらないで。大変な時期なんだから」

「ごめんよ、莉子。お父さん、下手すると今月ランキング下がっちゃいそうなんだよね」

「ゲームのランキングと内閣支持率、どっちが大事なの?」

「うーん、どっちも大事だな。あ、そうだ。マスコミに圧力かけるっていうのはどうかな。牛窪が持ち込んだ出版社を脅すんだよ。記事に出したら承知しないぞってね」

マスコミ懐柔策はすでに考えた。しかし牛窪のことだから抜かりはないだろうと思われた。それに圧力をかけたことがバレてしまったら、さらに火に油を注ぐ事態になりかねない。

弱った。解決策はなさそうだ。莉子は暗澹たる思いで腕を組んだ。

○

その日は土曜日だった。官公庁は休日のはずだが、城島はプリウスの運転席にいた。厚労省のある中央合同庁舎第五号館の前だ。バックミラーに真波莉子の姿が見えたので、城島は運転席から降りて彼女のもとに向かう。莉子の隣には三十代くらいの男性がいて、台車を押している。台車の上には段ボール箱が三箱ほど載せられている。

「本当にすみません。お手を煩わせてしまって」

莉子が隣の男性に向かって言った。台車を押している男性が答える。

「構わないよ。それよりいったいどういうことなんだよ。真波君がいなくなったらうちの課はヤバいよ。いや、うちの課だけじゃなくて厚労省全体の損失と言ってもいいくらいだ」

「私もそう思います。ですがどうしても話せない事情があるんです」

「あまりに急だよ。青天の霹靂《へきれき》ってやつだ。ああ、参った。どうなっちゃうんだろう、うちの課は」

台車を押している男が城島の存在に気づき、不審そうな視線を送ってくる。それを見た莉子が言った。

「運転手さんです」

「そうなんだ。運転手さん、トランクを開けてもらえますか?」

「わかりました」

言われるがままにトランクを開け、段ボール箱を中に入れた。書類などが入っているようで、段ボール箱は重かった。莉子は台車の男に向かって頭を下げた。

「課長補佐、短い間でしたけどお世話になりました。できればもう少しご一緒したかったです。ご活躍をお祈りいたします」

「いや、礼を言うのは俺の方だ。君には何度助けられたことか。本当に感謝してるよ。もし気が変わったら……あ、もう駄目なのか。まったく何てことだよ」

二人の会話から城島は察する。どうやら莉子は厚労省を辞めてしまうらしい。こんなことがあるのだろうか。彼女は嘱託職員や臨時職員ではなく、れっきとした正規職員、それもキャリア官僚だ。厳しい試験を突破した国家公務員なのだ。そう簡単に辞めてしまうものなのか。

「引き継ぎ書はメールで送ってありますので、ご一読ください。ご不明な点がありましたらいつでも連絡をください」

「連絡するよ。しなきゃ無理だから。仕事回らないから」

「では課長補佐、失礼いたします」

莉子がそう言ってプリウスの後部座席に乗ったので、城島も慌てて運転席に乗り込んだ。シートベルトを締めてから車を発進させる。バックミラーを見ると課長補佐と呼ばれていた男が名残惜しそうな顔つきでこちらに手を振っていた。

「あの……退職されたんですか？」

城島がそう訊くと、彼女は答えた。

「ええ、退職しました」

どうやら本当に辞めてしまったらしい。やはりあのことが関係しているのだろうか。

二日ほど前のことだ。夜、彼女とともに赤坂の料亭に向かうと、そこで一人の国会議員が後部座席に乗ってきた。自明党の大物議員である牛窪恒夫その人だった。かつては総理にもっとも近い男と言われていたが、結局総理の椅子に座ることはできなかった。それでも党内での力は大きく、今も外務大臣を務めている。年齢は七十を超えており、最高齢の国務大臣だ。

俺の女になれ。驚いたことに牛窪はそんなことを莉子に言っていた。何やら写真のようなものを見せ、脅している様子だった。その写真に何が写っていたかは知る由もないが、あの牛窪の脅迫が彼女の退職に影響を与えていると考えてよさそうだ。守秘義務もあるため、城島は誰にも相談していない。

「僭越ではありますが」城島はハンドルを握りながら言う。「私にできることがありましたら、何なりとお申しつけください」

「ありがとうございます。おそらく来週から私の身辺が騒がしくなると思います。ちなみにあなたは以前警視庁にお勤めだったようですが、どのような部署に？」

「最後は警護課です。ＳＰをやっていました」

「そうですか。その経験が活きる日が来るかもしれませんね」

彼女の言葉の意味はわからなかった。いとも簡単にキャリア官僚を辞めてしまうという、彼女の潔さにただただ驚くことしかできなかった。


変化が訪れたのはそれから三日後のことだった。莉子が厚労省を辞めてしまったため、朝と夜の送迎がなくなってしまい、城島の仕事もめっきり減った。たまに彼女から連絡があっても、近所のスーパーや百貨店などに送っていくだけだった。それ以外の時間は本社で事務的な仕事を手伝った。

その日、昼食をとるために本社の近くにある中華料理屋に入った。いわゆる町中華と呼ばれる個人経営の店だった。カウンターに座ってチャーハンを注文した。以前はこの手の店に入ったら必ずラーメンと半チャーハンのセット、場合によっては餃子も頼んだりしたものだが、最近では一品だけで腹も満足するようになっていた。

店は混んでいる。隣の椅子の上に前の客が残していった週刊誌が置いてあったので、それを手にとった。総理の隠し子発覚、というセンセーショナルな見出しが誌面を飾っている。朝からその話題で持ち切りだが、城島はまだ詳しいニュースを見ていない。最近、城島の朝は忙しいのだ。

以前は朝食はパンと決めていた。パンを焼いて、ジャムを塗るなどしてそれを食べるだけだ。しかし今後のことを考え、それではいけないと一念発起し、きちんとした朝食を作るようになったのだ。しかしお陰で朝は忙しくてたまらない。今日も飯を炊いて味噌汁とハムエッグを作った。愛梨が「パンの方がよかった」と言いだしたため、朝からちょっとした口論になってしまった。

週刊誌を読む。トップは総理の隠し子発覚のスクープ記事だ。総理公邸の前で撮られた写真のようだ。栗林総理と若い女が並んで立っている。女の顔全体に黒いボカシが入っていた。この女がどうやら栗林の隠し子らしい。この週刊誌の独占スクープのようだった。

栗林智樹。ミスター・パーフェクトと呼ばれる内閣総理大臣だ。その調整力には定評があり、目玉である経済政策、通称クリノミクスを推し進めて確固たる地位を築いた。甘いマスクで女性に人気があり、就任して八年目になるが、いまだに高い支持率を誇っている総理だった。

ん？　この女……。

顔にボカシが入っているが、その容姿はどことなく見憶えがあるものだった。莉子にそっくりなのだ。着ているスーツも彼女が登庁するときに――今は退職してしまったのだが――着用していたものによく似ている。城島は記事を読み進めた。

『栗林智樹内閣総理大臣に隠し子がいる。そんな衝撃の事実を我々取材班は摑んだ。ある日の昼下がりの総理公邸の前。総理が目尻を下げて話しているのは、二十代のスレンダーな美女だ。仮にR子さんと呼ぶことにしよう。実はこのR子さんこそ、総理の隠し子というから驚きだ。総理に近い政府関係者は言う。「総理は娘さんをかなり可愛がっているようですね。公邸にも顔パスで入れるって話です。総理が政界に進出する前に生まれた子で、母親は銀座のホステスだったと聞いてますよ」甘いマスクで女性に人気がある総理だが、今回の隠し子騒動は彼の政権にどんな影響を与えるのか、気になるところだ。しかしそれ以上に気になるのがR子さんの素性だ。前述の政府関係者の証言だ。「R子さんは厚生労働省のキャリア官僚です。主に労働問題に取り組んでいるようですが、かなり有能な女性で、省内での評判も上々らしいですよ」先週号では黒羽議員の不適切発言をとり上げたが、その会議の席上にもR子さんはいたという。是非R子さんから黒羽議員にレッドカードを出してもらいたいところだ』

R子。莉子に違いない。あの真波莉子が栗林総理の娘なのだ。城島はしばらく放心状態で雑誌を眺めていた。総理の遠縁に当たるとは聞いていたが、実の娘となると話はかなり違ってくる。総理に隠し子がいたというのは前代未聞のスキャンダルではないだろうか。

ページをめくると、さらに別の写真が掲載されていた。いずれも莉子を隠し撮りした写真だった。そのうちの一枚に目が留まった。何と自分も写っているではないか。たしか莉子の初送迎の日、厚労省近くで警護をしようと横に立ったことがあった。その瞬間を捉えたカットだった。写真の下にはこう書かれている。『霞が関にて。ＳＰとともに仕事に向かうＲ子さん』

店内にあるテレビを見た。昼のワイドショーでも総理の隠し子騒動が報じられていた。おそらくしばらくの間、この騒ぎは続くに違いない。いったい総理は何と釈明するのだろうか。マスコミも注目しているはずだ。

いつの間にか注文したチャーハンが目の前に置かれていたが、それを食べずに城島は記事をもう一度読んだ。読みながら思い当たる節があった。彼女が牛窪に脅されていた件だ。おそらく牛窪はこのネタで莉子を脅していたと考えてよさそうだ。しかし彼女は要求に屈しなかった。厚労省を去ったのもそのあたりに原因があると見て間違いないだろう。

チャーハンを食べ始めたが、味はほとんどわからなかった。それほどまでに記事のことが頭を占めていた。半分ほど食べ終えた頃、内ポケットに入れてあるスマートフォンに着信があった。見知らぬ携帯番号が表示されている。

「はい、城島です」

「私です。真波です」かけてきたのは莉子だった。普段は会社を通じてメールでやりとりしているので、彼女から電話がかかってくるのは初めてだ。「急なお願いなんですが、今から来ていただくことは可能ですか」

「もちろんです。ご自宅ですね。五分で向かいます」

通話を終えるや否や城島は立ち上がり、料金を払って店を飛びだした。本社の地下駐車場でプリウスに乗り、麴町にある莉子の自宅マンションに向かった。五分で着くと言ってしまったが、実際にかかった時間は十二分だった。やはりマンションの前は大変な騒ぎになっていた。

マスコミが集まっていて、カメラを携えた記者たちがマンションのエントランスの前に集結している。テレビの中継車両も停まっていた。莉子を直撃しようという魂胆は丸見えだった。莉子に電話をかけるとすぐに通じた。「今、降ります」と彼女は短く言った。

オートロックの自動ドアの前で待つ。やがて彼女が姿を現した。白いマスクをつけている。莉子は城島を見て言った。

「お願いします」

「お任せください」

久し振りにSPらしい仕事を任されたような気がして、気分がやや高揚していた。

「突っ切りますよ」

城島は莉子の前に立ち、エントランスから外に出た。「はい、どいてどいて」と近づいてくるマスコミの連中を追い払う。それでも連中は容赦なくマイクやカメラを向けてくる。城島は彼女の盾となり、プリウス目指して歩き続けた。

何とかマスコミの攻勢をかわし、向かった先は総理公邸だった。てっきりそこでお役御免かと思っていたが、「一緒にどうぞ」と莉子に言われるがまま、城島もプリウスから降りた。近づいてきたドアマンに車の鍵を預けた。

中世ヨーロッパの館を思わせる造りだった。そこかしこに時代の重みが感じられ、まるでどこかの博物館に足を踏み入れたような錯覚に陥った。広いリビングでは家政婦らしき女性が掃除機をかけていた。城島たちが入ってきたのを見て、その家政婦は恭しく頭を下げてきた。

「ようこそいらっしゃいました」

「ど、どうも」

城島もぎこちなく頭を下げる。莉子は会釈だけしてリビングを通り過ぎ、廊下を奥に向かっていった。慌てて彼女を追う。廊下の突き当たりのドアをノックし、莉子は中に入った。城島もあとに続こうとして、ドアに貼られた『内閣総理大臣執務室』という文字を見て息が止まりそうになった。この中に内閣総理大臣がいるということか。

「……失礼します」

思ったよりも広くはない。中央には重厚なデスクが置かれていて、その椅子に一人の男が座っているのが見えた。若い頃はさぞかしモテただろうと思わせる端整なマスク。わずかにウェーブがかかった髪。栗林智樹内閣総理大臣その人だ。

「お父さん」

莉子が栗林にそう声をかけるのを聞き、城島は週刊誌の記事が真実であることを実感した。たしか栗林には娘が一人いるはずだ。栗林のことを「お父さん」と呼ぶことができるのは実の娘と、それから真波莉子の二人だけだ。栗林が顔を上げて言った。

「莉子か。まさか本当に厚労省を辞めちゃうとは驚きだよ。別に辞めなくてもよかったのに」

「厚労省に迷惑をかけるわけにはいかない。それに一般人になった方がマスコミも手を出しにくいでしょうしね。官僚なんていつでもなれるもの」

おそらく出版社はスクープの第二弾も予定しているはずだ。さきほど莉子のマンション前にマスコミがいたということは、すでに彼女の素性がバレていることを意味している。キャリア官僚というのはある意味公人に近い存在であり、マスコミも本名で報道する。早々に厚労省を去ったのはそれを防ぐ意味合いもあるのだろう。

「ん？　そちらは誰だい？」

「はっ」と城島はその場で直立する。思わず敬礼しそうになったのは警察官時代の癖だ。「ジャパン警備保障の城島と申します。よろしくお願いします」

「私の運転手兼警護を担当している方よ。どうせ素性がバレてしまったわけだし、まあいいかなと思って連れてきた」

「ふーん、そうか。城島君、娘をよろしく頼むよ」

「はい、了解いたしました」

「それより莉子、厚労省を辞めてどうする気だい？　もしよかったら正式に私設秘書にしてあげてもいいよ。まあ君の経歴だったら拾ってくれる民間企業は掃いて捨てるほどあるだろうけど」

「私は自分で何とかするから大丈夫。問題はお父さんよ。会見の準備はできてるの？　私が渡した原稿、ちゃんと暗記してくれた？　凄く大事なんだからね、今度の会見は。失敗は許されないのよ」

「怖い顔するなよ、莉子ちゃん。私だって一生懸命やってるんだから。こう見えて私は総理大臣なんだぞ」

イメージしていたキャラクターと若干違っているので城島は面食らっていた。ミスター・パーフェクトという異名通り、もっとスマートな男だと思っていた。実際、会見などでも歯切れがよく、クールなイメージの総理大臣だった。しかし目の前にいる栗林はどこか弱々しく、坊ちゃん的な感じだった。

「会見の予定は？」

莉子に訊かれ、栗林は答えた。

「午後は自衛隊の幕僚長と一緒に横田《よこた》基地の視察。その後はアメリカ公使との打ち合わせが入ってるね。その後は党本部で三役とミーティング。それが終わったあとのぶら下がり会見でやろうと思ってる」

「そう。頑張って。期待してるわよ」

「任せておきなさい。多分何とかなるよ。占いの先生も大丈夫って言ってたから。それより莉子、君が私の娘であることをリークした者がいるってことだ。情報漏洩はあってはならない問題だ。どうしたものかな」

「大丈夫。何とかするから」

背後でドアがノックされる音が聞こえ、一人の男性が顔を覗かせた。

「総理、出発の準備が整いました。よろしいでしょうか」

「オーケー」

栗林は軽やかに返事をして立ち上がった。そのまま歩いていくのかと思ったら、引き出しを開けて中から何かをとり出し、城島の方に向かって歩いてくる。直視するのも失礼に当たると思い、城島は直立したまま視線を逸らした。

「城島君といったね」

「はい。城島と申します」

「莉子のボディガードは大役だ」

そう言いながら栗林は城島の左手をとり、つけていた腕時計を外した。長年愛用しているセイコーの腕時計は、警察官になって最初のボーナスで買ったものだった。栗林はセイコーの腕時計を城島の上着のポケットに押し込むと、代わりに高級そうな腕時計を左手に巻く。

「これを君にあげよう。思えば莉子から男を紹介されるのは初めてだ」

「お父さん、そういうんじゃないから」

「フランスの大統領からもらったロレックスだよ。いや、スペインだったかな。まあどっちでもいいか。大事にしてね」

「ありがとうございます」

栗林が執務室から出ていくのを見送った。それから城島は左手に巻かれたロレックスを見る。おそらく百万円は軽く超えているだろう。こんなものをもらっていいのだろうかと不安に襲われるが、「行きましょう」という莉子の声に我に返り、城島は莉子を追って執務室をあとにした。

○

「着きましたよ、真波さん」

いつの間にか眠っていたらしい。城島の声に莉子は目を覚ました。練馬《ねりま》にある都営住宅の駐車場にいた。コンクリ造りの五階建ての建物が五棟、立ち並んでいた。ちょうど下校時間に当たるため、小学生の姿が目立つ。

莉子は車から降りた。目当ての建物はB棟の二〇二号室だった。スマートフォンで地図を表示させ、B棟の位置を確認してから、運転席の窓をノックした。顔を出した城島に向かって言う。

「城島さんも同行してください」

「わかりました」

城島とともに歩き始める。やはり元警視庁のSPだけのことはあり、その動きはそれらしいものだった。周囲を警戒しつつ、視界の端で絶えず莉子を気遣っているのが伝わってくる。ただし周囲を歩いているのは小学生ばかりなので、彼らが襲ってくるとは思えなかった。

B棟の二〇二号室の前に立つ。『紺野』と書かれた表札を見て、城島が首を傾げながら言った。

「紺野さんって、まさか……」

インターホンを押す。カメラはなく、ブザーが鳴るだけだった。もう一回押すと、やがてドアが開いた。元運転手の紺野が姿を現した。スウェットパンツにシャツというラフな格好だ。思えばスーツ姿以外の彼を見るのは初めてだ。

「ま、真波さん……」

「ご無沙汰しております、紺野さん。近くまで来たものですから立ち寄ることにしたんです。急にお辞めになられて挨拶もしっかりできなかったものですから」

「……そうですか」

「単刀直入に伺いますが、私の情報を牛窪に売ったのはあなたですね」

「えっ」と背後で城島が驚いた声を出した。彼にとっては紺野は同僚ということになる。いや、紺野はもう辞めているはずだから元同僚か。

「本当に、本当に……」言葉に詰まった紺野はいきなり膝をつき、そして土下座をして言った。「申し訳ありませんでした。お許しください。本当に申し訳ありませんでした」

やはり彼の仕業だったのか。莉子は自分の推理が当たったことに満足すると同時に、悲しい気分になっていた。二年間という短い期間だったが、紺野は莉子の専属運転手だったのだ。

「頭を上げてください」

莉子はそう言って彼の肩に手を置いた。頭を上げた紺野だったが、土下座の姿勢を崩そうとはしなかった。

いったい誰が莉子のことをリークしたのか。思い当たる節はいくつかあったが、ここ最近莉子の周辺で起きた出来事の一つが運転手の交代だった。どうしてこのタイミングで紺野は莉子のもとを去ったのか。その理由に思いを巡らせたとき、一つの仮説が導き出されたのだ。もしかして情報をリークしたのは紺野で、幾ばくかの報酬を受けとったのではないか。

「大きな騒ぎになってしまいましたが、それほど怒っているわけではありません。遅かれ早かれこうなることは予期していました」

これは莉子の本心だ。いつかこういう日が来ると思っていた。栗林が頼りないせいで、莉子はかなり積極的に政府の中枢部分にまで介入してしまっている。おそらく首相補佐官ら側近の中には、莉子の存在を怪しく思っている者もいたことだろう。

「事情を話してください」

莉子の言葉に紺野が顔を上げた。正座をしたまま彼が話し始める。

「妻の具合が悪くなったのは一年ほど前でした。頭が痛いと言いだしたんです。病院に行ったところ脳に悪性の腫瘍があると言われました。手術は難しいとのことでした。セカンドオピニオンっていうんですか。ほかの病院にも行きましたが、同じことを言われました。現代の医学ではどうにもならないって話でした」

いつ亡くなっても不思議ではない。そう言われたらしい。最終的に紺野が頼ったのは民間療法に近いものだった。珍しい漢方薬を購入したり、高価なサプリメントにも手を出した。出費だけがかさむ一方だった。

「馴染みになった漢方薬屋の主人にある人物を紹介されたんです。お祓いをやってくれる人です。それでその人がここに来て、妻をお祓いしてくれました。妻には悪いものが憑いているって話でした」

そういうことか、と莉子には次の展開が予想できた。よくある話だ。祈禱料として高額な料金を請求される。そして壺や水晶といった意味不明のものを買わされるのだ。続く紺野の話は大方莉子の予想した通りだった。

「……貯金は底をつき、消費者金融から借金することになりました。最近では返済も厳しくなってきていました。そんなときです。フリーの記者と名乗る男が接触してきたんです。あんたが送迎している女について話してくれ。そう言われました。向こうが提示した高額の報酬に目がくらんでしまって……」

そのフリーの記者というのが牛窪の息のかかった者だったのだ。報酬を受けとった紺野はジャパン警備保障を辞めた。そして莉子が例の提案を断ったため、出版社にネタが持ち込まれ、記事掲載のゴーサインが出されたのだ。

「お話はわかりました」

莉子は背後を振り向いた。城島が立っている。彼は莉子の意図を察してくれたようで、前に出て紺野の脇に手を入れて立ち上がらせた。続けて莉子は紺野に言った。

「奥様の具合はいかがですか？」

「何とか……。今は寝てると思います」

「二年分の退職金を私からお支払いします。ジャパン警備保障を通じてあなたの口座に振り込まれる予定です」

「退職金なんて、そんな……」

「私の気持ちです。二年間ありがとうございました」

もうこれ以上私のことをマスコミに洩らさないでくれ。そういう口止め料の意味合いもあった。莉子はその場で頭を下げてから、踵を返して歩きだした。やがて背後から城島が追ってくる足音が聞こえてきた。

○

『……私はその女性が好きでした。本当に心の底から愛していました。彼女と一緒になろう。そう思って交際を続けていました。その気持ちに嘘はありません。もし今、あのときに戻れたとしても、私はきっと彼女を愛するでしょう』

城島は自宅のソファに座っていた。テレビでは栗林総理の記者会見の様子が流れている。四日前の記者会見だが、テレビのワイドショーでは連日繰り返し流している。

『……その女性との間に子供がいたのは事実です。出産したいという彼女の気持ちに対し、私はノーと言うことができませんでした。今となっては彼女の判断は正しいものだったと私は確信しております。彼女の産んだ娘は、私にとってもかけがえのない宝になったのですから』

栗林の会見は終始この調子だった。要するに自分は間違ったことをしたのではなく、過去に恋愛をして、その結果子供が生まれてしまったという、ある種の自己弁護だった。この会見内容は世間に――特に女性たちに受け入れられた。人間誰しも若かりし頃に忘れられない恋愛をしており、その当時の記憶が刺激されたのか、バッシングよりも同情の声が数多く寄せられることとなった。

それに莉子がいち早く厚労省を辞めたのも大きかった。一般人となってしまった莉子をつけ回すわけにもいかず、スクープは単発で終わることになるようだった。

「パパ、お腹空いたんだけど」

そう言いながら娘の愛梨がリビングに入ってくる。今日は休日だ。時刻は正午になろうとしている。ファミレスでも行こうかと提案すると、珍しく愛梨が了承した。最近は父親と出歩くのを躊躇う素振りを見せている。よほど腹が減っているのだろう。

「〈スマイリーズ〉がいい」

スマイリーズというのはチェーンのファミレスだ。愛梨はそこのハンバーグが大好きだった。城島も異存はなかった。

「よし、わかった」

二人で部屋から出て、地下駐車場でプリウスに乗る。最近ではいつ莉子からお呼びがかかってもいいようにこの車で通勤している。しかしこの四日間、彼女から連絡は来なかった。そろそろ買いだしが必要な頃ではないだろうか。

そんなことを思っていると、スマートフォンに彼女から着信が入った。城島は慌てて車を路肩に寄せて電話に出る。

「私です。至急来てください」

短くそう言い残して通話は切れてしまう。弱ったな、と城島は助手席を見る。愛梨は呑気に漫画を読んでいる。電話の莉子はかなり急いでいる様子だった。愛梨を自宅に戻す時間はなさそうだ。

「愛梨、ちょっと急用ができた。大事な仕事相手と会うことになったんだ。失礼がないようにな」

「わかった。ていうかお腹空いた」

「少しの我慢だ」

行き先を変更して莉子のマンションに向かう。自宅マンション前にマスコミの影は見えなかった。車を停めるとエントランスから莉子が出てくるのが見えた。後部座席に莉子が乗り込んできた。莉子は助手席に座る愛梨の存在に気づき、怪訝そうな表情を浮かべた。

「すみません。娘の愛梨です。今日は学校が休みなので、たまたま乗っていたんです」

「こんにちは。真波と申します。よろしくお願いします」

愛梨は小声で何やら言った。挨拶をしたようだが、聞きとれないほど小さな声だ。突然の闖入者《ちんにゅうしゃ》に戸惑いを隠せない様子だった。

「おい、愛梨。ちゃんと挨拶しなさい」

この人は総理大臣の娘なんだぞ。そう説明しても愛梨に伝わるはずもない。むしろそんなことを言ってしまって学校で言い触らされたらたまったものではない。

「城島さん、それより車を出してください」

「どこに向かえばいいんですか？」

「スーパーに行ってください。自宅の食材が底をついたもので」

「パパ、スマイリーズは？　お腹空いたよ、私」

助手席で愛梨が声を上げたので、城島はややきつい口調で言った。

「待ってなさい。パパはこれからお仕事なんだから」

「城島さん」と莉子が後部座席から声をかけてくる。「スマイリーズというのはファミレスですよね。もしかしてお二人はこれから昼食をとる予定だったんですか？」

「ええ、実はそのつもりでした」

「でしたら私もご一緒させてください。私もお腹が空いていたところなので」

「本当ですか？　ファミレスでいいんですか？　もっと上等なレストランとか料亭とかの方がいいんじゃないですか？」

「スマイリーズに行きたいんです」

「わかりました」

カーナビで最寄りの店舗を調べて、そこに向かった。やはり休日のランチどきということもあってか店は混んでいた。三十分ほど待たされたあとでボックス席に案内されたのは、すでに午後一時を回った頃だった。

やはり子供連れの家族の姿が目立つ。莉子は珍しそうに店内を見回していた。総理の娘がファミレスとは、どこか似つかわしくない。

「こういう店は初めてですか」

城島が訊くと、莉子が笑みを浮かべて答えた。

「私のことを誤解しているようですね。私はごく普通に田舎で育ったんですよ。ファミレスにもコンビニにも普通に行きます。それに学生時代は女子寮にいたんですが、その近くにスマイリーズがあったんです。よく深夜までレポート書いたりしてました。それで懐かしくなったんです」

出自に秘密はあれど、彼女とてごく普通の人生を歩んできたというわけだ。ただしその出自が世間にバレてしまった以上、今後の生き方はある程度制限されてしまうことは想像がついた。ネットでは彼女を特定しようという動きが出てきており、すでに名前と元厚労省職員という肩書きだけは知れ渡っている。マスコミは総理に忖度して報道しないが、ネットでは規制が利かないのだ。

「ご注文は何になさいますか?」

店のスタッフが注文をとりにきた。店の看板メニューであるスマイリーハンバーグセットを三人分注文する。隣に座る愛梨が上目遣いで莉子の顔を窺っていた。この女の人は誰だろう。そんなことを考えている顔つきだ。

莉子は店の壁に目を向けていた。そこにはアルバイト募集のポスターが貼られていた。『あなたもスマイリーズの一員になりませんか』というキャッチコピーとともに、制服を着たスタッフが親指を立てて笑っている。

第一問　某政治家の不適切発言による炎上を収束させなさい。

解答例

その政治家が属する派閥の長に直接交渉。女性スキャンダルをちらつかせて、謝罪会見をやらせる。ただし逆に脅される場合があるので注意。

第二問

某ファミレスの売り上げワーストの店舗を何とかしなさい。

「待てよ、城島。昼飯だろ。どこに行くんだよ」

ジャパン警備保障がテナントとして入っているビルは丸の内にある。城島がビルの一階ロビーを歩いていくと、後ろから声をかけられた。振り返ると警護部門の部長である的場の姿がある。城島と同じく元警視庁のＳＰだ。

「ちょっと歩くんですけど、八重洲《やえす》の方のファミレスに行こうかと。割引クーポンを持ってるので」

「へえ、そうか。じゃあ俺も付き合うよ」

ビルを出て歩き始める。昼どきの丸の内はサラリーマンやＯＬで大層混んでいる。路上では移動販売車が弁当などを売っていた。

「どうだ？　新しい仕事には慣れたか？」

的場に訊かれて、城島は答える。

「ええ、まあ。それほど難しい仕事じゃないですから。空いた時間に手伝っている書類仕事の方が大変ですよ」

「でもまさか」いったん周囲を見回してから、的場はやや小さな声で言った。「総理の娘だったとは驚きだよな。最初聞いたときは俺も耳を疑ったよ」

箝口令《かんこうれい》が敷かれているものの、ジャパン警備保障で警護していた対象者、真波莉子が栗林智樹内閣総理大臣の隠し子だったという事実は、社員たちの間でも噂になっているらしい。

隠し子騒動については栗林総理は先週、ぶら下がり会見で謝罪し、その事実を認めていた。栗林に対しては同情的な声が多く寄せられ、ここ数日は報道もめっきり下火になっていた。

実は莉子の正体をマスコミにリークしたのは城島の前任者である紺野という運転手なのだが、その事実を城島は誰にも話していない。

八重洲のオフィス街に向かった。複合商業施設の二階にその店はあった。大手ファミリーレストラン、スマイリーズだ。本来はファミリー向けの店なのだが、八重洲という土地柄のせいか、多くのサラリーマンで賑わっている。ちょうどボックス席が空いていたので、そこに案内された。

「へえ、なかなか混んでるな。お薦めは?」

メニューを見ながら的場が訊いてきた。スマートフォンを操りながら城島は答えた。

「ランチセットがお薦めです。AとBがあって、Aはハンバーグで、Bはチキンソテーですね。どちらも値段は七百円です。ちなみにこのクーポンを使えばライスの大盛り無料かドリンクが一杯ついてきますよ」

「へえ、詳しいな。じゃあ俺はお前と同じのでいいよ」

「了解です」

実は三日連続、この店を訪れている。昨日などは夕飯もここで食べたので、昼と夜の二食連続で訪れたことになる。ここに足を運ぶ理由があるのだった。

「ご注文はお決まりでしょうか?」

女性店員が近づいてきた。タブレット端末を手にしている。紺色を基調とした制服で、ところどころにスマイリーズの公式キャラである黄色いスマイリー君のロゴが入っていた。

「ええとですね、ランチセットAを二つお願いします。あとこのクーポンを使ってアイスコーヒーを二つください」

「かしこまりました。ランチセット二つですね」タブレット端末に打ち込んでから、その女性店員——真波莉子はバーコードリーダーで城島のスマートフォンに表示されているバーコードを読みとった。「少々お待ちください。お冷やはセルフサービスでございます」

知ってます、と思わず言いそうになっていた。立ち去っていく莉子の姿を見送る。まったくもって彼女の選択は意味不明だ。あろうことか莉子はスマイリーズで働き始めてしまったのだ。

この前、娘の愛梨を助手席に乗せていたとき、莉子から送迎の依頼の電話がかかってきた。そのときに成り行きで一緒にスマイリーズで食事をした。彼女がアルバイト募集のポスターを見ていたのは気づいていたが、まさか働き始めてしまうとは思ってもみなかった。

どうしてスマイリーズなんですか?

二日前、勤務初日の送迎時に尋ねてみたところ、次のような答えが返ってきた。

別にどこでもよかったんですが、サービス産業を経験したことがなかったので、これを機に一度経験しておきたかったんです。それにスマイリーズには学生時代にお世話になったので、その恩返しをしたいとも思ってます。

総理の娘であり、元厚労省のキャリア官僚だ。それが一転、オフィス街のファミレスでランチセットを運ぶようになるとは、誰もが想像できないキャリアチェンジだ。

「お待たせいたしました」

ランチセットを運んできたのは別の店員だった。まだ若い女性の店員で、おそらく学生のバイトだろうと思われた。店内を見回すと、莉子はレジで精算業務に当たっていた。

「お、こいつは旨そうだな」

そう言って的場が食べ始める。レジではサラリーマン風の男が莉子からお釣りを受けとっているのが見える。まさか総理の娘からお釣りを受けとっているとは、あの男も想像すらしていないに違いない。

○

午後二時を過ぎると客の数が一気に減る。それが八重洲店の特徴だ。ただし打ち合わせの場所として使用しているビジネスマンたちで座席は半分ほど埋まっていた。莉子は厨房に向かい、空いた食器などを棚に置いた。大型の食器洗浄機が音を立てて回っている。

「真波さん」と声をかけてきたのは店長だった。三十代くらいの男性社員だ。「よくわからないけど本社から連絡があった。本社の人事課に来てほしいって」

「私、何かミスしましたか?」

「いや、真波さんはよくやってると思うよ。まだ三日目にしては優秀だよ」

「ありがとうございます」

ロッカールームに向かい、制服から私服に着替えた。店を出て、そのままエレベーターでビルの十二階に向かう。十二階はフロア全体が株式会社スマイリーズの本社オフィスになっていた。五年前にこのビルが完成した際、ここに本社を置くようになったそうだ。莉子が働く八重洲店は文字通りお膝元とも言える店で、他店舗からの研修もおこなわれる店だった。実際、莉子が履歴書を出したのは別の店だったが、ここで一ヵ月間新人研修を受けるように言われたのだ。

「真波と申します。人事課に来るように呼ばれたのですが」

「お待ちしておりました。こちらにどうぞ」

受付の女性に案内され、廊下を奥に進む。案内されたのは応接ルームだった。中で待っていたのは五十代くらいの男性二人だった。一人は恰幅のいい男で、もう一人は痩せて眼鏡をかけていた。二人とも莉子の姿を見て立ち上がり、愛想笑いを浮かべた。痩せた眼鏡の男が言った。

「真波莉子さんですね。ようこそお越しくださいました。人事課長の石井《いしい》です。こちらは副社長の伊藤《いとう》です」

「お世話になります、真波と申します」

「お呼び立てしたのはほかでもありません」と人事課長は立ったまま言った。「真波さんはもしかして、いや、もしかしてというかですね、こちらから質問するのは大変恐縮なのですが、あのう、何と言いますか、その……」

そういうことか、と莉子は状況を察した。というより副社長を紹介された段階で気づいていた。私の素性がバレてしまったのだ、と。

厚労省を辞めたお陰もあって、マスコミでは莉子の名前や所属先などは報道されていない。しかしネットは別だ。どこから情報が洩れたのか定かではないが、莉子の名前がネット上に流出していた。有り難いことに高校の卒業アルバムの写真まで出回っている始末だ。世の中には暇な人がいるものだ。

「その点に関しましては」莉子は二人を見て言った。バレてしまった以上、否定しても無駄だろう。「お二方のご想像にお任せします。私の口から言えることはそのくらいです」

「やはりそうですか。真波さん、どうぞおかけください」

仕方がないのでソファに座る。まったく総理の隠し子というのは迷惑な肩書きだ。普通に働くことすらできないのか。

「ところでどうして真波さんは弊社に勤務しようと思われたのですか?」

人事課長が訊いてきたので、莉子は答えた。

「サービス業の前線で働いた経験がなかった。それが一番の理由ですね。スマイリーズを選んだのは学生時代によく使わせてもらっていたからです。ケーキとドリンクバーだけ注文して深夜までレポートを書いていました」

「それは嬉しいですね。ありがとうございます」

ようやく副社長の伊藤が声を発した。彼が社長の息子であることを莉子は知っている。一応働くに当たって下調べをしたのだ。

株式会社スマイリーズ。もともとは前社長——現社長の父親であり、すでに故人——が台《たい》東《とう》区上野《うえの》で経営していた洋食店が始まりだった。昭和五十年代にフランチャイズ化を推し進め、関東を中心に店舗を増やしていった。今では関東・東北・中部地方に合わせて百七十店舗の店を出している。

「本来であれば」と副社長の伊藤が続けた。「社長からも挨拶があるところですが、生憎社長は体調を崩しておりましてね、代わりに私が挨拶させていただきます。総理のご息女に選んでいただきまして、恐悦至極に存じます」

「私は単なるアルバイトに過ぎません。命じられた職務をまっとうするだけです」

厚労省時代の仕事もやり甲斐はあった。しかしスマイリーズでの接客業も新鮮だった。バイトをするくらいだったら勉強しなさい。それが母の口癖だったため、これまで莉子はアルバイトというものを経験したことがない。

「そうですか」副社長が恐縮したようにうなずいた。「それでは今後ともよろしくお願いいたします。ところで真波さんから見て、我々の会社はどうでしょうか？　厚労省にお勤めだったわけですから、飲食業界にも多少通じているところがあるのではないでしょうか」

一瞬だけ悩んだ末、単刀直入に答える。

「悪くはありません。ただしさらなるコストカットに踏み切ってもいいかもしれませんね。あと二十店舗ほどは減らした方がいいのではないでしょうか」

最盛期には二百店舗ほどあったが、コロナ禍における時短要請を機に採算の合わない店舗を三十店舗ほど閉鎖していた。しかしまだ足りないのではないかというのが莉子の率直な感想だ。もう少し店を減らすことができれば、二年後には黒字に転じることも可能だった。

「鋭いご指摘だ」副社長が感嘆した。「実はそういう声もあるのですが、できるだけ店を減らすなというのが父の――社長の方針なのです。それだけは譲らないんです。頑固な男なので手を焼いております」

副社長はそこで言葉を切った。それから隣に座る人事課長と何やら小声で話し始める。二人は額を突き合わせて小声で話したあと、副社長がこちらを見て言った。

「真波さん、あなたに一つご提案があります。あなたには売り上げワーストの店舗に行っていただきたいのです。そこでその店の実態を見て、どうするか決めていただくことはできませんか。厚労省では優秀なキャリア官僚として名を轟かせていたと聞き及んでおります。そこで培ったお力を我々にお貸しください。ワーストの店舗をどうするか。その問題に私どもも頭を悩ませているんですよ」

二人は頭を下げた。やれやれ参ったな、と莉子は思う。売り上げワーストの店舗の実態を調査する。なんと楽しそうな仕事ではないか。

莉子は心の内を悟られぬよう、敢えて冷静を装ってうなずいた。

「了解いたしました。その問題、私が解決いたします」

○

子供が転がっている。文字通り床をごろごろ転がって遊んでいるのだ。母親は注意もせずにお喋りに興じている。浦野《うらの》裕也《ゆうや》は溜め息をついた。厨房に戻るとコックの高橋《たかはし》が食洗機の前でスマートフォンをいじっている。ゲームをやっているらしい。

「おい、高橋君。仕事中のゲームは禁止だよ」

「どうせ仕事ないし。店長も一緒にやらない？」

「やるわけないだろ」

浦野はスマイリーズ西多摩《にしたま》店の店長で、れっきとした正社員だ。スマイリーズでは採用されてから一、二年は各店舗で店長として現場を見るのが通例になっている。そしてその後は本社に戻り、さまざまな部署に配属されるのだ。優秀な同期は一年で本社に戻ったりしているが、一年半近く経った今でも浦野は本社からお呼びがかからない。それもこれもすべて西多摩店が元凶だ。

百七十店舗あるスマイリーズのうち、ここ西多摩店は売り上げワーストという嬉しくない成績を上げてしまっている。半年に一度おこなわれる店長会議に参加するとき、いつも槍玉に挙げられるのが西多摩店だった。店長会議が近づいてくるたびに浦野の胃はキリキリと痛み始める。

「店長、いいですか」

そう言って声をかけてきたのは小柄なベトナム人女性だ。グエンという名のバイトで、平日はほぼ毎日シフトに入っている西多摩店のエースだ。昼間はコックの高橋とグエン、それから浦野の三人いれば何とかなってしまうという、悲しくなるほどの暇さ加減だ。

「どうした？　グエン」

「明日、休んでいいですか？」

「いやいや、グエンに休まれたら困るよ」

「休みます。よろしくお願いします」

「だからグエン、それは無理だってば」

聞く耳を持たず、グエンはホールの方に戻っていく。彼女はそのままテーブルの上を拭き始めた。新宿《しんじゅく》の日本語学校に通っていて、家賃が安いという理由でここ西多摩市に住んでいるらしい。真面目でよく働く子なのだが、愛想が悪いのが玉に瑕《きず》だ。

かつてはこの西多摩店も繁盛していたと聞く。しかし十年ほど前に環状道路が整備され、面している通りの交通量が一気に減ったのが打撃となった。それと時を同じくして駅の向こうに巨大ショッピングモールが完成してしまい、さらに客足減少に拍車がかかった。

コロナ禍で時短営業を要請された際、スマイリーズでも三十店舗ほど閉鎖した。西多摩店も閉鎖の対象になるかと思いきや、そうはならなかった。それには大きな理由がある。

スマイリーズ一号店は上野店であり、昭和五十年に開業した。それから五年の間に都内で立て続けに六店舗がオープンしたのだが、一号店とそれ以降の六店舗を合わせて社内では『七福神』と呼んでいる。この七福神は先代の社長みずから店頭に立つなどして運営したことから、由緒正しい店舗とされていた。実は西多摩店も七福神の一つであるため、どんなに経営が悪化しようとも閉鎖することができないのである。七福神だけは何としても守り切れ。それが亡くなった先代社長の遺言らしいのだ。

「おい、アイスコーヒーなくなってるぞ」

ドリンクバーのコーナーで一人の男が声を上げていた。グエンが反応してくれないので、仕方なく浦野が足を運んだ。浦野はドリンクサーバーを開け、中からアイスコーヒーのタンクを出した。客の男が言う。

「ったく、言われる前に補給しておけよ。使えねえバイトだな」

バイトではない。正社員だ。そう反論したい気持ちを抑えて浦野は「すみません」と頭を下げた。男は窓際のコーナー席に向かって歩いていく。そこでは男の仲間たちがデカい声で話していた。近所に住むチンピラだ。毎日のように昼からああしてたむろしているのだ。まったく暇な連中だ。

彼らとは対角線上にある壁際のボックス席には子供連れの主婦の一団が集まっている。彼女らもランチタイムが終わっても長々とお喋りに興じており、先ほどのチンピラと合わせたこの二組がスマイリーズ西多摩店の二大派閥といってよかった。

厨房でアイスコーヒーを補充し、それをサーバーの中にセットした。そのとき外に白いプリウスが停まるのが見えた。一面ガラス張りなので外の様子は丸見えだ。プリウスから一人の女性が降りてきた。二十代後半くらいのスーツ姿の女性だ。女性は颯爽と店の中に入ってくる。連れらしき男も一緒だった。

「いらっしゃいませ」

女性は店内を見回してから、そのまま浦野の方に向かって歩いてくる。そして浦野の前で立ち止まって言った。

「今日からこちらでお世話になる真波と申します。よろしくお願いします」

「ど、どういうことですか？」

「そのままの意味です。店長補佐としてここに配属されることが決定いたしました。メールが届いていると思いますが」

「しょ、少々お待ちください」

浦野は厨房に駆け込んだ。それから奥のデスクに置かれたノートパソコンを開く。確認するとたしかに昨夜遅くメールが入っていた。今日から店長補佐という肩書きの者が一名、ここに配属になるらしい。真波莉子という名前のようだ。

浦野はデスクの引き出しを開け、滅多に使わない名刺入れを出した。それを持ってホールに戻る。多分あの女性は浦野より年上だ。一応挨拶しておいて損はない。

「初めまして。僕はここで店長をしている……」

「ちょっといいですか」と真波莉子は浦野の言葉を遮った。「どうして彼らは煙草を吸っているんでしょうか。スマイリーズは全席禁煙を謳っているはずですが」

東京都では二〇二〇年に受動喫煙防止条例が施行され、施設における屋内喫煙が原則として禁止されている。ファミレスなどの飲食店では喫煙ルームを設けることが定められているが、それを機にスマイリーズでは全席禁煙の方策を打ちだしていた。もちろん西多摩店でもそうなのだが……。

「すみません。彼らは注意しても言うことを聞かないので……」

「だからと言って放っておくわけにはいきません」

「でも彼ら、ああいう連中だし……。一応注意はしたんですけど……」

「注意した際、脅されたりしたんですか？」

「胸倉を摑まれるとか、その程度のことは」

グエンは以前彼らにからまれてお尻を触られたことがあったため、二度と彼らに近づこうとしない。今も離れた位置のテーブルを拭いていた。彼らの接客は浦野の仕事になっている。

「威力業務妨害ですね、それは」

莉子はそう言ってスマートフォンを出し、どこかに電話をかけ始めた。彼女の背後には四十代くらいのスーツ姿の男が立っている。彼は険しい目で店内を見ている。防犯カメラの位置をチェックしているようでもあるが、いったい何者だろうか。

「これでいいでしょう」莉子は通話を終え、浦野を見て言った。「まずは従業員の方にご挨拶をさせてください」

「あ、はい。グエン、ちょっとこっちに来てくれ」

浦野が手招きすると、グエンがやる気のなさそうな顔をしてやってきた。やる気のないのは顔だけで、実はこう見えて日本語もちゃんと解するし、仕事もきっちりとこなす子だ。さらに厨房から高橋を呼ぶ。彼はもう五年以上ここで働くベテランコックだ。ただし暇なときはゲームに興じてしまうという悪癖がある。

「……昼間は基本的にこのメンバーで、夜間や休日はグエンの代わりに大学生バイトが入ることになっています」

「そうですか。少数精鋭なんですね」

別に精鋭ではない。暇だから多くのバイトを雇っても無駄なだけだ。さらに店内を案内しようとしたところ、外でパトカーが停まるのが見えた。パトカーから降りた三人の警官が店内に入ってきて、窓際に陣どるチンピラの一団に向かって歩いていった。警察官たちは腰の警棒に手を当てたまま、チンピラたちに対して何やら問いかけていた。押し問答が続いていたが、やがてチンピラたちは立ち上がり、警察官たちに誘導される形で店から出ていった。

「これで彼らが二度とこの店に来ることはないでしょう」

チンピラたちは警察官に頭を押さえられ、パトカーに乗せられていた。リーダー格のサングラスをかけた男が不満そうな顔でこちらを見ているのがわかった。浦野は視線を逸らしたが、莉子は涼しい顔で彼の視線を受け止めている。それから真波莉子は言った。

「問題を解決することが私の仕事です。さあ次の仕事に進みましょう。ここ一ヵ月の売り上げを見せてください。店のパソコンは奥ですか?」

「そ、そうです」

着任早々、警察に通報してチンピラを追い出してしまう。まったく何て早業だ。浦野は厨房に入っていく新しい店長補佐の背中を慌てて追いかけた。

○

午後八時。城島は莉子とともに総理公邸に入った。ほんの数日前までは自分が総理公邸に出入りするようになるとは思ってもいなかった。

「真波さん」と莉子に一人の男が近づいてくる。男が言った。「総理の地元から陳情が上がってきました。道路の拡幅と河川の洪水対策が主な内容です。どうしましょうか？」

「目を通して回答案を作成しておきます。今日中には何とかします」

「助かります。よろしくお願いします」

秘書らしき男は立ち去っていく。莉子は思った以上に政権内部に精通しており、こうして父の代理として多くの仕事をこなしているらしい。総理公邸内ではそれは周知の事実であり、スタッフの中には総理より先に莉子に指示を仰ぐ者もいるくらいだ。

珍しく栗林総理は応接室にいた。妻の朋美も一緒だった。二人は食事中らしく、会席料理のような小鉢がテーブルの上に並んでいる。

「おや、莉子か。ん？　城島君が持ってるそれは何だい？」

栗林が目敏く城島の持つビニール袋に気づいた。莉子が説明する。

「これ、お土産。スマイリーハンバーグ弁当よ。実は私、スマイリーズっていうファミレスで働き始めたのよ」

「ファミレス？　別にそんなところで働かなくてもいいじゃないか。私の秘書になってくれた方が助かるのに」

「そうよ、莉子ちゃん」と朋美も同調する。「あなたは若くて可愛いんだから、社交界デビューするのも一つの手ね。梓は空ばかり飛んでて駄目。実はあなたにはひそかに期待しているのよ、私」

梓というのは総理の一人娘だ。客室乗務員をやっているらしく、莉子にとっては腹違いの妹ということになる。

「どれどれ。その弁当とやらを食べてみようよ」

栗林がそう言ったので、城島は前に出て袋をテーブルの上に置いた。今日から莉子はスマイリーズ西多摩店で働くことになり、その帰りにテイクアウトで買ってきたのだ。西多摩店は売り上げワーストの店舗であり、その原因究明が莉子の任務のようだった。すでに彼女の素性はスマイリーズ上層部も把握していて、西多摩店への配属も上層部の思惑だという。

「これは美味しいね。とろけるチーズが最高だ。どうも薄味の和食はシャトー・オー・ブリオンには合わないと思っていたんだ。このハンバーグならばっちりだね」

そう言って栗林はハンバーグを食べている。その手元に置かれた大ぶりのワイングラスには赤ワインが注がれていた。妻の朋美も同じくハンバーグを食べながら言った。

「本当に美味しいわね。私のはカレーがかかってる。ご飯に合って美味しいわよ」

「ところで莉子」栗林が顔を上げた。「このお弁当はいくらなんだい？　五千円くらいするのだろうか？」

「お父さんのはチーズがトッピングされてるから八百五十円よ。奥様のはカレーとゆで卵トッピングで千円ちょうどです」

「嘘だろ」栗林が目を丸くした。「これが千円切ってるなんて有り得ない。庶民は本当に安いものを食べてるんだね。私が昼によく食べてる銀座《ぎんざ》二代目まつよしの幕ノ内弁当は松で一万五千円だよ。このハンバーグが十七食も食べられるじゃないか」

これが総理の経済感覚というものか。一万五千円の弁当とは恐れ入る。しかし彼は一国の首相なのだ。そのくらいは当然なのかもしれない。

「味に問題はなさそうね」

莉子が洩らした独り言を耳にして、城島は彼女の思惑を知った。きっと栗林とその妻である朋美はともに美食家のはず。その二人に西多摩店の弁当を食べさせることにより、そのクオリティを確認したかったのだろう。もし味に問題があるのなら、厨房のコックに責任があるというわけだ。

お世辞にも混んでいるとは言えない店だった。昼間は子供連れの主婦の一団の貸し切り状態で、夕方以降もぽつりぽつりと客が入ってくるだけだった。採算がとれていないのは見ただけでわかった。

都心から西多摩市までは車で一時間強かかる。往復の車中でも莉子はタブレット端末やスマートフォンを駆使して仕事をしているが、その合間に話を聞いた。売り上げのことを考えれば閉店して当然の西多摩店だが、七福神と呼ばれる伝説的な店舗の一つのため、閉店することができずにいるようだ。そのあたりの見極めを莉子が任せられたというわけだ。

「お父さん、執務室を借りるわよ。陳情に対する回答案を作りたいから」

「莉子は本当に仕事が好きだなあ」と栗林がワイングラスを傾けながら言う。「あまり無理するんじゃないぞ。体を壊したら元も子もないからな」

「そうよ、莉子ちゃん。仕事に夢中になるくらいだったらパーティーに行った方が百倍楽しいわよ」

莉子は二人の言葉を無視して応接室を出た。廊下の途中で彼女は立ち止まって振り向いた。

「城島さん、今日はここに宿泊するので、帰宅して大丈夫ですよ。明日も朝九時に迎えに来てください」

「わかりました」

スマイリーズの営業時間は朝十時から夜十一時までだ。以前は二十四時間営業だったが、昨今の風潮により深夜は店を閉めるようになったという。

城島は廊下を引き返した。栗林たちに挨拶をする。

「ご苦労だったね、城島君。引き続き娘をよろしく」

「はい、了解です」

まさか自分が総理から声をかけられる仕事を引き受けるなど、つい先日までは想像もしていなかった。まったく人生とはどう転ぶかわからないものだ。

○

「お待たせいたしました。ランチセットAになります。こちらがライス大盛りです」

莉子はホールで働いている。スマイリーズ西多摩店だ。どれほど売り上げが低いといっても昼どきになれば客は入ってくる。今、座席は三分の一ほど埋まっていた。

立地条件に差はあるとはいえ、一昨日まで働いていた八重洲店に比べたら雲泥の差だ。八重洲店では昼になれば基本的に満席になり、外に並ぶ客もいるほどだった。それに加えてテイクアウトの注文も入ってくるため、常に大忙しだった。それに比べればのどかな風景なのだが、なぜか莉子は忙しい。理由は明白だ。スタッフが少ないのである。

八重洲店では常に二十人近いスタッフが働いていたが、ここ西多摩店では店長の浦野とコックの高橋に加え、ホールのバイト一人の三人態勢で昼は回しているというから驚きだ。今も店長の浦野はレジに入ってしまっているため、ホールで動けるのは莉子一人という状況だ。

客の大半は近所の住人か、外仕事の途中に立ち寄ったとおぼしき作業服を着た男たちだ。注文するのは大抵がランチセットであり、客単価は平均で八百円前後を推移している。そのあたりのことは昨日あらかじめ調べてある。

午後一時が近づいてくると、客の数も減ってきた。莉子は店長である浦野に訊いた。

「普段もこんな感じなんですか？」

「そうですね。いつもこんな感じです」

浦野はまだ若い。まだ二十代前半。本社採用された正社員が修業のために店長を任されているのだろう。少し頼りない印象の若者だ。

「アルバイトを増やそうとは考えないんですか？」

「人員はできるだけ減らせというのが本社からの指示なんです。売り上げが低いから人件費を抑えろってことじゃないですか。それにバイト募集しても誰も応募してこないんですよ」

赤字経営を立て直す際、人件費を減らすのはよく使われる手段の一つではあるが、莉子はあまりそれが好きではなかった。人を減らせば、その分サービスが落ちるのは当然の帰結だからだ。人を減らした結果、別のスタッフに負荷が集中してパンクする。厚労省時代に何度も目にした光景だ。

「グエンさんは明日は来てくれるんですよね」

念を押すように莉子が言うと、浦野が頭を掻きながら言った。

「それがですね。さっきメールが入ってきて、明日も休むと言ってます。当分の間は休みたいって。参りましたよ。あの子だけが頼りだったのに」

「ほかのバイトに声をかけてみたらどうですか?」

「うーん、どうでしょうかね。ほかの子は大学生なので昼間は難しいと思います。一応声はかけてみますけど」

たとえば今日、いきなり満席になったとしても、三人態勢ではきっと回すことはできない。注文した品がなかなか出てこない。呼んでも店員が来てくれない。そういう不満を抱いた客は、次回はこの店を敬遠するはずだ。そういう意味でも最低限のスタッフだけは揃えておく必要がある。

西多摩市は人口二十万の都市で、都心に通勤するサラリーマン家庭のベッドタウンとして知られている。今日も出勤前に城島の運転するプリウスで市内を走ってもらってみたのだが、子供の数も多いし、交通量もそれなりだった。立地条件的には申し分ないとは言えないものの、閉鎖するのは惜しいのではないかというのが莉子の感想だ。集客率を高めれば生き残りも見えてきそうな気がするが、そのためには最低限の戦力を整えておく必要がある。

「そういえばテイクアウトはやってないんですか?」

「それも本社の指示です。このへんだとバイクでの配達が主流なんですけど、配達員を雇うと人件費がかかるからって理由で、今年からやってません。店頭での受け渡しだけですね」

近年、テイクアウトは外食産業の大きな柱となりつつある。ウーバーイーツに代表されるオンラインフードデリバリーが普及し、コロナ禍で自宅で過ごす人が増加したことに伴い、一気に広がりを見せた。当然スマイリーズでもネット注文からのデリバリーサービスをおこなっていて、ボックスにロゴが入った専用バイクもある。この西多摩店の駐車場にもバイクが三台停まっていた。あのバイクは無用の長物ということか。

「すみません、ちょっといいですか」

客が呼んでいた。壁際のボックス席に座る子供連れの主婦だ。三人の主婦がそれぞれに子供を連れており、二、三歳の子供は店内を走り回って遊んでいる。昨日も見た顔だった。

「お待たせしました」と莉子が近づいていくと、主婦の一人がメニューも見ずに言った。

「ティラミスください。トッピングでバニラアイス。よろしく」

「申し訳ございません」莉子は頭を下げた。「トッピングでバニラアイスというのはメニューにございません。アイスを注文したいのであれば、三色のアイスセットというのがございますが……」

「高橋に言ってよ。いつもやってくれてるから」

高橋というのはコックの名前だ。この女性、高橋の知り合いだろうか。そんな疑問を感じていると背後から浦野が近づいてきた。

「すみません、結衣《ゆい》さん」浦野は主婦に向かって頭を下げた。結衣と呼ばれた主婦は不貞腐れたように下唇を出している。「いつものやつですね。少々お待ちください」

浦野に腕を引かれ、厨房の方に戻った。浦野が説明する。

「あの人は原田《はらだ》結衣といって、元バイトです。しかも高校生の頃から働いてたみたいで、今ではこの店の常連でもあるんです。高橋君とも顔馴染みらしくて……」

個人経営の飲食店なら常連に対する特別サービスも理解できる。しかしここはファミレスだ。店舗ごとに違うサービスを提供していたら客の混乱を招くというものだろう。

「ここは僕の顔を立てると思って目を瞑ってください。お願いします」

浦野が深く頭を下げる。そこまで言われたら口を出せない。ホールを見ると、原田結衣たち主婦の一団はお喋りに興じていた。その足元では子供たちがギャーギャーと騒いでいる。

○

浦野は困っていた。おろおろと見守っていることしかできなかった。

午後二時を過ぎた頃だった。客は奥のボックス席の結衣たち主婦軍団だけになったときだった。莉子がいきなり主婦軍団のもとに向かい、「失礼します」と話しかけてしまったのだ。さきほどのアイスのことで文句でも言うのかもしれない。客もいなかったため、浦野は莉子の背後に立って成り行きを見守ることにした。

「何か文句があるの？」

結衣がそう言って莉子の顔を見上げる。結衣は年齢は二十代半ばくらいで、子供を連れてさえいなければ、駅前のショッピングモールで見かける若者と大差ない。ほかの二人の友達も似たり寄ったりだ。

「以前こちらで働いていたようですが、どうしてお辞めになられたんですか？」

莉子がそう尋ねると、結衣は怪訝そうな顔をした。彼女はコーラを飲んでいる。

「何なの？　意味がわからない。私たち、初対面よね」

結衣が困惑するのも無理はないと思った。結衣がこちらを見ていることに気づいたので、浦野は咳払いをしてから説明した。

「ええと、こちらの方は真波さんといって、昨日から働くことになった店長補佐です」

「店長補佐？　そんな役職あったっけ？」

「実は私、この店の実態調査を命じられたんです」と莉子がすんなりと実情を明かす。「私がみたところ、この店は慢性的な人手不足に陥っていると判断いたしました。そこで目に留まったのがあなたです。元々こちらで働いていたという話なので、もしよかったら週に何日かで結構なので、この店で働いていただけないかと思いまして、声をかけた次第です」

結衣は専業主婦だ。そうでなかったら真っ昼間からファミレスで呑気に友人と話している暇などない。この店で働いていた当時、店の客だった会社員にナンパされ、そのまま付き合うようになったと聞いている。その会社員というのが現在の夫だ。二歳になる息子は今、別のボックス席でほかの子たちと一緒に画用紙に絵を描いて遊んでいる。

「私がこの店で働く？　そんなの無理に決まってるじゃない。この子がいるんだから」

そう言って結衣が息子を指でさした。息子は鼻水を垂らしながら絵を描いている。

「じゃあ息子さんを預かってくれる保育園が見つかれば、この店で働いてもいい。そう思ってるわけですね？」

「まあ、そういう気持ちがないわけじゃないけど」結衣はグラスのストローを弄《もてあそ》びながら言った。「でもこの子を預かってくれる保育園はないよ。今は十月で年度途中だし、友達でも抽選落ちた子、何人かいるもん」

待機児童というやつだろうか。何年か前に話題になったことがある。保育園の抽選に落ちた母親がブログで暴言を吐き、それが拡散してニュースになったのだ。しかし待機児童の問題は行政も必死に取り組んでいるため、それなりに改善されたと耳にしたことがある。

「私は以前、厚生労働省で働いていたので、実情は把握しているつもりです」

莉子がさらりと言う。厚生労働省で働いていたということは、つまりこの女性は国家公務員だったという意味か。それがどうしてスマイリーズの、しかも売り上げワーストの店長補佐をしているのだろうか。何かとんでもない事態に巻き込まれているのかもしれないと、浦野は益々不安になった。

「待機児童の数は年々減少傾向にありますが、それでも全国で一万人以上いると言われています。ここで問題となるのは待機児童の定義です。待機児童というのは『保育施設に入所申請をしていて、入所条件を満たしているにも拘わらず、入所できずにいる子供』のことです。ただし特定の保育施設を希望していたり、保護者が求職活動を停止している場合、待機児童の数にカウントされません。もちろん、結衣さんもそうです。保育園に預けられたら仕事をしてもいいかな。そう考えている主婦の方はたくさんいると思いますが、それは待機児童ではないんです。ここまではいいですか？」

誰も口を挟まない。これは何かの授業だろうか。三人の主婦は口を半開きにして莉子の話に耳を傾けている。

「保育施設にはさまざまなものがありますが、三人のお子さんの年齢からして保育園が妥当かと思われます。保育園には認可保育園と認可外保育園があります。この違いはわかりますか?」

ほぼ同時に三人の主婦は首を横に振った。浦野も同様だった。莉子は教師のように懇切丁寧に説明してくれる。

「認可保育園というのは児童福祉法で定められた基準を満たした、つまり簡単に言うと国に認められた保育園ということになります。世間一般の方がイメージする保育園と考えてもらっていいでしょう。一方、認可外保育園とは条件を満たさなかったため、認可を受けることができなかった保育園のことです。認可を受けていないからといって、危険な保育園というわけではありません。屋外遊戯場がないとか、遊具がないとか、そういう理由で認可を受けられない保育園はたくさんあります。特に最近、企業などがオフィス内で独自に保育施設を作ったり、ショッピングモール内に作ったりと、さまざまな形の保育施設ができている傾向にあります」

屋外遊戯場、つまり園庭がなければ認可が受けられないというのは初耳だった。となると都会のビルの中にある保育施設はすべて認可外になってしまうというわけだ。

「さきほど結衣さんも言っていましたが、年度途中の今からではお子さんを預かってくれる保育施設は、認可であろうが認可外であろうが、見つけることは難しいでしょうね。ではここで問題です。私たちはどうしたらいいでしょうか?」

まったくわからない。ところが急に莉子が振り向き、浦野に向かって訊いてきた。

「浦野店長、何かご意見はありますか？」

三人の主婦の視線を感じる。ここは店長としての力量が試されているような気がした。これは試験なのかもしれない。本社が俺の力を試すための試験であり、莉子はそのための試験官なのだ。

「ええとですね……」天啓のように閃いた。浦野は早口で言う。「作ればいいんです。自分たちで保育園を。認可外でしたっけ？　認可外であるならば、手続きとかも簡単なんじゃないですかね。それにほら、このビルの二階、空きテナントになってるわけですし」

スマイリーズ西多摩店は五階建てビルの一階にある。二階は昨年までレンタルＤＶＤショップが入っていて、三階から上はマンションになっている。ところが昨今のネット通信サービスの普及のためか、レンタルＤＶＤショップは昨年末に閉店してしまった。それからいまだに空きテナントになっている。

「悪くはありませんね。最終的にはそこを目指すのもありかもしれません。しかし認可外といっても保育施設を一から作るのは容易なことではありません。そこで皆さんにお願いがあるんですが、現在は働いていない保育士さんに心当たりはありませんか？　保育士の資格を有しているのに、今は諸事情で仕事をしていない方です」

莉子の質問に三人の主婦が口々に話し始める。三人ともすっかり莉子のペースに乗せられているようだ。

「ねえ、アヤカの元彼の妹って保育士だったんじゃないかしら」

「そういえばミカって保育士になる勉強してたな。今どうしてんだろ」

「ねえねえ、高校の同級生で消防士のオックンっていたでしょ。オックンのお母さんってずっと保育園で働いていたけど、最近辞めたって聞いた。ちょっとＬＩＮＥしてみるよ」

三人はそれぞれスマートフォンを操作し始めた。主婦のネットワークを使えば、もしかしたら簡単に見つかってしまうかもしれなかった。だが働いていない保育士を探してどうしようというのだろうか。まったくわからない。浦野は莉子に話しかける。

「店長補佐、何をするつもりなんですか？」

「そのうちわかります」

「……そうですか。それよりさっきのやつ、どうでした？　僕、本社に行けますかね」

莉子が首を傾げて答える。

「本社？　何のことですか。私はただの店長補佐ですが」

試験官ではないということか。落胆して浦野は店内を見回す。客の姿はない。閑古鳥が鳴いているとはこのことだろう。窓の外からこちらを見ている男がいることに気がついた。城島という莉子の運転手らしいが、ああしてたまにこちらを覗いていることがある。まるでボディガードのようだ。元厚労省の職員で、今はスマイリーズ西多摩店の店長補佐。この真波莉子という女性、いったい何者なのだろうか。

○

「それ、ロンです」

莉子は絶好調だった。対面《トイメン》に座る馬渕が小さく笑って言った。

「やるな、真波君。こうなってしまうと手がつけられん。東大の獅子と言われただけのことはある」

「お褒めいただき光栄です」

「ところでさきほどの件だが、いい加減種明かしをしてくれないか？　降参だ」

今日も莉子は赤坂の会員制雀荘にいる。卓を囲んでいるのは元政治家の馬渕とその友人である作家、それから大学病院の外科部長だった。莉子が厚労省を辞めてファミレスに就職したことが主な話題で、さきほどから莉子が新しい職場での出来事を語っている。

スマイリーズ西多摩店では慢性的な人手不足にあり、そこで子育て中の元バイトを仕事に復帰させられないか、というのがテーマになっていた。牌を捨てながら作家が言った。

「私が思うに、多分ベビーシッターではないかな。うちの息子夫婦も共働きなんだが、たまにベビーシッターに預けたりしているらしい」

「さすがです、先生。ほとんど正解といっていいでしょう。保育ママというのはご存じでしょうか。正確には『家庭的保育事業』という制度です」

ベビーシッターが子供の自宅に訪問するのに対し、保育ママは自宅で子供を預かるのが基本だ。ただし預かる子供は三人までで、保育士や教員等の免許を持っていなければならないなど、細かい条件もある。

「なるほど」と馬渕がうなずいた。「何らかの理由で休職している保育士がいれば、その者に子供を預かってもらえるというわけだな」

「そうです。市区町村の単独事業で、西多摩市でもおこなわれていることは市のホームページでもわかりました。認可外保育園を作るよりも、よほど手続き的にも簡単だと思います。あとは人材の確保ですね」

今、三人の主婦たちが探してくれているはずだ。結衣以外の二人も子供の預け先が見つかれば働いてみたいと言っていた。

「聞いているとメリットしかないが、デメリットもあるんだろう？」

作家が言った。莉子は「おっしゃる通りです」とうなずいてから説明する。

「まずは自宅の一階に六畳以上の部屋を確保すること。これについては本社と話し合って、店舗の近くにある空き家を借りられないかと交渉する予定です。あとは保育ママご本人の話なのですが、個人事業主ということになってしまうので、たとえば専業主婦の方が事業を始めるのであれば、確定申告や社会保険の切り替えなども必要になってくると思われます。このあたりは本社の経理スタッフにバックアップをお願いしようかと考えています」

「なるほどな」と馬渕がうなずいた。「会社も巻き込んでしまおうという考えだな。ファミレスの店員が保育ママに子供を預けて働く。新しい取り組みとしてマスコミの注目を浴びるかもしれん」

「そうなればこっちのものですね。あとはオートマチックに進んでいくでしょう」

すでに本社の副社長には個人的に電話をして、今回の件を提案してある。感触は悪くないものだった。西多摩市で試験的に導入したのち、できれば全店で展開できれば面白いのではないか。副社長もそう言っていた。

「すまない。ちょっと電話だ」

大学病院の外科部長がスマートフォン片手に席を立った。莉子はグラスのシャンパーニュを一口飲み、二杯目は何にしようかと思案しつつ、自分のスマートフォンを手にとった。ＬＩＮＥのメッセージが入っていた。三人の主婦とはグループＬＩＮＥを作ってある。どうやら一人の候補者が見つかったらしい。

結衣の友人の母親で、今年の春まで保育園に勤務していたという。年齢は五十五歳。定年まで時間はあるが、保護者からのクレームなどが苦痛となり、定年を待たずして退職したらしい。この話を持ちかけたところ、本人はいたく乗り気のようだ。

申し分のない人材だった。すぐに会いたい、とメッセージを送ると、すぐに既読になって『了解』を意味するスタンプが送られてくる。時間がある分、主婦は行動が速くて助かる。すでにスマートフォンはビジネスツールの一つだと莉子は思っているのだが、厚労省の上司の中にはいまだにそうは思っていない人もいて、仕事中はスマートフォンを見ないと決めている者もいた。そういう人に限って仕事が遅かった。

「悪い、急患が入ったようだ」外科部長が戻ってくる。「どうしても私が行かないと難しいオペのようでね。お詫びにドリンクを一杯ずつサービスさせてほしい」

外科部長は六十を過ぎているが、腕はたしかでいまだに現役だ。ＮＨＫのドキュメンタリー番組に出たこともあるほどの高名な医師だ。

「先生、ここは構わんよ」馬渕が言った。「早く行ってあげてくれ。患者を救うのが先生の仕事だからな。麻雀はいつでもできる」

「申し訳ない。失礼するよ」

スーツの上着をまといながら外科部長が個室から出ていった。三人でも麻雀はできないことはない。三人麻雀は大きな役を作り易くなる傾向があり、中には三人麻雀を好む者も多いが、莉子や馬渕は四人での駆け引きを好む傾向があった。

「私、心当たりがあるので声をかけてみます」

莉子はスマートフォンを手にとった。幸いなことに通話はすぐに繋がった。莉子の頼みを相手は快く受け入れてくれた。通話を終え、白ワインを店員に注文した。

「メンバーが替わればツキも変わってくるというものだ。真波君、次からは好きにさせんよ」

「受けて立ちましょう」

しばらく雑談する。内容はやはり莉子の新しい勤務先のことだった。馬渕にしても作家にしても、ファミレスで働いた経験がないため、かなりの興味を惹くようだった。

「そうか。総理も舌鼓を打ったということは、かなり本格的なハンバーグのようだな」

「もともと下町の洋食屋から始まったので、味は間違いありません。あ、来たようですね」

城島が部屋に入ってきた。彼は下の駐車場で待機していたため、もし麻雀ができれば四人で打てると思い、誘ってみたのだ。

「こちらは私の警護を担当しているジャパン警備保障の城島さんです。城島さん、こちらは……」

そのときになり、ようやく莉子は異変に気づいた。城島が蒼白な顔をして立ち尽くしているのだ。彼の視線の先には馬渕の姿がある。馬渕もまた、驚いたような顔をして城島を見上げていた。やがて城島が震える声で深々と頭を下げた。

「か、幹事長、そ、その節は……も、申し訳ありませんでした」

○

その部屋に入った瞬間、城島は言葉を失った。二人の男と莉子の三人が全自動麻雀卓を囲んでいた。問題は莉子の向かいに座っている男だった。馬渕栄一郎その人で間違いなかった。九年前、城島の目の前で凶弾に倒れた、あの男だ。

今から十分ほど前のこと。城島は地下駐車場に停めたプリウスの車内にいた。すでに仕事を終えた莉子は、このビルのどこかで趣味を楽しむという話だった。帰宅していいと言われたのだが、一応総理の娘を警護するという立場上、そういうわけにもいかなかった。

プリウスの車内で城島はスマートフォンを見ていた。明日、娘の愛梨が誕生日を迎えるため、その誕生日プレゼントを物色していたのだ。例年は愛梨のリクエストに応じてプレゼントを買うのだが、今年に限って愛梨はこう言った。パパのセンスに任せる、と。まったく生意気な口を利くようになったものだ。

ネットで調べてみても、いったい小学三年生になる娘に何を贈ればいいものか、皆目見当もつかなかった。明日デパートの子供服売り場にでも行って適当に見繕ってもらえばいいか。そう考え始めた矢先、スマートフォンが鳴った。かけてきたのは莉子だった。麻雀はできますか。開口一番そう訊かれて城島は面食らった。

どうやら莉子は雀荘にいるようだった。趣味で息抜きをすると言っていたが、その趣味が麻雀であるというのは意外だった。ヨガでもやっているのだろうと思っていたのだ。城島も若い頃は下宿先で麻雀を打っていたので、腕に覚えはある。二つ返事で了解し、言われるがままにビルのエレベーターに乗った。

見た限りでは雀荘とは思えなかった。高級バーのような造りになっていて、案内してくれた店員も身だしなみが整っていた。そして足を踏み入れた個室で、馬渕栄一郎と再会することになったのである。

「城島君、だったかな」

馬渕の声がやけに遠くに聞こえた。莉子が怪訝そうな顔つきで城島と馬渕を交互に見ていた。馬渕が莉子に向かって説明する。

「彼とは少なからず面識がある。私が狙撃されたとき、一番近くにいたＳＰが彼だった。そうか、君は警視庁を辞めてしまったのか」

「……はい」

「まあ座りなさい。麻雀を打ちながら話そうではないか」

「失礼します」

空いている席に座る。卓の下でジャラジャラと牌が混ぜられる音が聞こえてきた。麻雀が始まったが、まったく集中できなかった。自分の手牌を組み立てるのに精一杯で、ほかを気にしている余裕がなかった。

「警視庁を辞めたのはいつだね？」

馬渕が訊いてくる。かなり血色がよく、九年前に城島が警護を務めていた当時と外見はさして変わらない。すでに政治の世界から足を洗っているはずだが、どこか現役感が漂っていた。それもそのはず、現政権の中枢を担っているのは栗林総理を筆頭とする旧馬渕派の政治家たちだ。いまだにその影響力が大きいものであるのは想像に難くない。

「事件のあと、すぐに退職しました。いられる状況ではなかったので」

「あの事件に人生を狂わされたという意味では、君も犠牲者の一人なのかもしれないな。申し訳ないことをした。立直《リーチ》だ」

馬渕が牌を置き、点棒を出した。

「幹事長、いえ」何て呼んだらいいか悩んだ末、城島は言った。「先生が謝る必要はありません。悪いのは犯人なのですから」

馬渕を撃った犯人は今も見つかっていない。警視庁には今も専属の捜査チームがいるはずだが、事件から九年という月日が経過しているため、その規模も年々縮小傾向にあるはずだ。

「いつから真波君の警護を?」

「つい先日からです。前任者が急に退職したのであとを引き継ぎました」

「私はね、縁というのを大事にする人間なんだ。こうして君とここで再会したのも何かの縁だ。しかも真波君の警護をしているというのだから驚きだ。彼女は今の総理大臣に必要不可欠な存在だ。その彼女を守るという仕事は大役だ」

「お言葉、胸に刻みます」

そう言いながら城島は牌を捨てた。

「悪いがそれはロンだ」と馬渕は城島が捨てた牌を指でさした。「君とは麻雀でも縁があるようで嬉しいよ。なに安い手だから心配は要らん。立直、平和《ピンフ》、ドラ一、おっと裏ドラまで乗ってしまったようだ」

最悪のスタートを切ってしまったらしい。隣を見ると莉子がクスクスと笑っていた。城島は向かいに座る男に目を向けた。髭を生やした五十代くらいの渋い男だ。どこか見憶えがあるような気がする。たしか数年前に有名な賞を獲った作家ではなかったか。一時期ウィスキーのテレビコマーシャルに出ていたような記憶がある。

引退した大物政治家と有名な作家。それと元厚労省キャリア官僚にして実は総理の娘。どうやら俺は大変危険な連中と雀卓を囲んでいるらしい。

城島はゴクリと唾を飲み込んでから、手牌を並べ始めた。

翌日の午後四時過ぎ、城島は新宿にいた。職安通り沿いにあるカフェのカウンター席に座り、城島はガラス越しの歩道を観察していた。張り込みなど久し振りだ。

城島は手元にある履歴書のコピーを見た。グエン・ティ・ホア。ベトナム生まれの二十歳の女性だ。彼女とコンタクトをとり、できれば連れてきてほしい。それが莉子の依頼だった。元バイトの主婦を従業員として雇うため、保育ママに子供を預かってもらう。莉子の立てた作戦は順調に進んでいるようで、保育ママの人選にも目途が立ったという話だった。今日の午前中も莉子は手続きのために市役所に足を運び、警護として城島も同行した。しかし実際に保育ママがスタートし、結衣たちが店に復帰するまでには一週間ほどの時間を要することが判明した。行政的な手続きや保育場所の整備に時間がかかるからだ。問題はそれまでの間、どうやって店を回すかだった。ずっと頼りきりだったグエンが勝手に店を休んでしまっているため、どうにかして彼女を仕事に復帰させたい。それが莉子の狙いだった。

カフェの隣のビルの二階に外国人向けの日本語学校があり、そこにグエンが通っていることは履歴書から明らかになっていた。そのため城島は窓に面したカウンター席に陣どり、こうして歩道を観察しているというわけだ。

日本語学校が近くにあるせいか、往来を歩くのは外国人が多かった。もっとも多いのは韓国人で、その次がベトナムなどの東南アジア系の顔立ちの外国人だ。この近辺は新大久保《しんおおくぼ》が近いせいか、外国人が経営している飲食店も数多くある。

実はこのあたりには土地勘がある。今から二十年ほど前、警察学校を卒業して最初に配属されたのが日本最大規模を誇る警察署である新宿署だった。配属先は地域課で、最初は歌舞《かぶ》伎町《きちょう》にある交番に勤務することになったので、このあたりには土地勘があるのだ。なくなってしまった店や潰れてしまったビルなども多数あるが、それでも根幹的な部分は変わっておらず、どこか懐かしさを覚えるほどだ。

動きがあったのは城島が二杯目のコーヒーを飲み終え、三杯目を買おうかどうか迷っていた頃だった。ちょうど授業が終わったようで、目の前を多くの外国人たちが横切っていった。その中に彼女の姿を見つけたのだ。履歴書の写真とはわずかに髪型が違っているが、右目の下にある特徴的なほくろが彼女であることを物語っていた。

席を立ち、紙コップをゴミ箱に捨ててから店を出る。彼女は友人二人に挟まれる形で歩いている。ＪＲの高架下の手前でグエンは友人二人と別れた。友人二人は新大久保駅方面に、グエンは新宿駅方面に向かって歩いていく。おそらく新宿から電車に乗り、自宅がある西多摩市に戻るのだろう。

「すみません、ちょっといいですか?」

背後から声をかけた。すると思ってもみないことが起きた。いきなり彼女が走りだしてしまったのだ。

「待ってくれ」

慌てて彼女の背中を追った。思った以上に足が速く、戸惑いを覚えるほどだった。彼女は細い路地に逃げ込んだ。その差は十メートル以上にまで広がっている。

最悪、ここで逃げられてしまっても問題ない。履歴書には自宅の住所も記されているため、そこを見張ればいいだけだ。しかし彼女が警戒して自宅に帰ってこない可能性もある。そうなってしまうと厄介だ。

一応トレーニングジムには通っているが、若い頃に比べて運動機能は確実に低下している。このままでは彼女に逃げられてしまいそうだ。城島が諦めかけたときだった。前方を走っていたグエンが飛びだしてきた自転車をよけようとしてバランスを崩したのだ。

そのチャンスを使わない手はなかった。城島は一気に速度を上げ、彼女に追いついた。手を伸ばして彼女の手首を摑んだ。彼女は必死になって抵抗したが、こう見えてこちらは元警察官、逮捕術も身につけている。

「放して。痛い、痛いよ」

そう言われて手を放すほどお人好しではない。彼女の手首を掴んだまま、壁際に移動する。

グエンが振り返り、怯えたような視線で言った。

「お願い。放して。私、まだベトナムに帰りたくない。日本にいたいよ」

こちらの素性を何か勘違いしているようだ。これは事情がありそうだな、と城島は思った。

○

城島が指定してきたのは西多摩市内にあるショッピングモールだった。新宿にある日本語学校近くでグエンは見つかり、そのまま西多摩市に連れてきたという。

莉子はショッピングモールの中を歩く。大変な人出だった。ちょうど夕方六時過ぎのため、夕飯の買い物にでも来ているのかもしれない。フードコートもかなり混んでいて、ほとんどが学校帰りとおぼしき高校生たちだった。ドリンクを飲みながら楽しそうに話している。

城島とグエンの姿をフードコートの一角に発見する。グエンはともかくとして、城島は完全に周囲から浮いていた。本人もそれに気づいているのか、やや背中を丸めて俯き気味に座っている。莉子が近づいていくと城島が顔を上げた。

「すみません。この子がどうしてもこれを飲みたいと言いだしたので」

グエンは透明のプラスチック容器を持っている。何やらカラフルな飲み物だ。若者の間で流行っているドリンクなのかもしれない。

空いている椅子に座ると、城島が身を乗りだして説明する。

「どうやらオーバーワークを気にしているようです。俺のことを入管か何かの人間と勘違いしたようで、いきなり逃げてしまって驚きました」

彼女は外国人留学生だ。在留資格は『留学』のはずで、出入国在留管理庁、旧入国管理局で資格外活動許可を得ているはずだ。そうでなければアルバイトをすることができない仕組みになっているので、そのあたりのパスポートの確認は面接の際におこなったはずだ。

問題はバイトの時間だ。週に最大二十八時間までと決まっており、超過した場合は不法就労とみなされて罰則の対象となる。最悪の場合、強制送還というのも考えられた。

「さっきの画像、見せてくれるかい？」

城島がそう言うと、グエンはスマートフォンを出し、それを操作してからテーブルの上に置く。スマイリーズから出ている八月分の給与明細のようだ。自分で撮影した画像らしい。

「友達にそれを見せたところ、オーバーワークだと指摘されたそうです。それで急に恐怖を覚えて、仕事に来るのも怖くなったという話ですね」

画像を拡大してみる。通算労働時間は百三十時間だった。四で割ると一週間平均で三十二時間ほどになる。規定である二十八時間を超えてしまっている。

「グエンの労働時間は午前十時の開店から午後四時まで、途中三十分の休憩を挟んだ一日五時間半で、大抵週に五日ほど働いていたみたいです。バイトを終えてから日本語学校の夜間の部に通っていたそうです」

どうして八月に限って労働時間が増えてしまったのか。それをグエンに質問すると、消え入るような声で答えた。

「……店長に言われた。夜のバイト、辞めてしまったから、少しだけ夜も手伝ってくれって。学校も夏休みだったから夜も何度かバイトした。ねえ私、まだ帰りたくない。日本で勉強したいよ」

グエンはテーブルの上に突っ伏して泣いてしまった。夜のバイトが手薄になってしまい、夏休みで時間もあったので、シフトを増やしてしまった結果なのだろう。あの浦野という若い男のミスだ。外国人留学生を雇うからにはオーバーワークにならないように気をつける必要があるのに、その確認を怠ったのだ。しかしそれを今さら責めたところでどうにもならない。それより——。

「ちょっと席を外します」

莉子はスマートフォン片手に席を立った。フードコートは高校生たちの会話がうるさく、通話には不向きな状況だった。専門店エリアを歩きながらスマートフォンを耳に当てる。通話はすぐに繋がった。

「よう、珍しいな。野《や》に下ったって噂を聞いたぜ」

「そうなの。事情があってね。今はファミレスでバイトしてる」

「嘘言うなよ。総理の隠し子がファミレスで働いてるなんてマスコミが放っておくわけないだろ。でも本当に驚いたよ。真波が栗林総理の娘さんだったとはな。実は昨日、国会で総理とすれ違った。思わず駆け寄って挨拶しそうになったよ」

通話の相手は東大麻雀サークルの仲間だ。彼は今、法務省で働いている。当然のことながらキャリア官僚だ。

「で、総理の隠し子が何の用だよ」

「実はね……」

グエンの置かれた状況を説明する。出入国在留管理庁は法務省が所管しているため、何かアドバイスをもらえるかもしれないと思って電話をかけたのだ。莉子の説明の途中で彼は言った。

「それなら問題ないよ」

「本当に？」

「ああ。その子、夏休み中だったんだよね。学校の長期休暇中については一日八時間、週四十時間までバイト可能になるはず。だから心配しなくて大丈夫だと思うぜ」

やはり持つべきものは麻雀フレンドだ。また雀荘で会うことを約束してから通話を切った。

すぐにフードコートに戻って城島たちの座るテーブル席に向かう。グエンは泣き止んでいたが、目の周りが真っ赤だった。今の話を説明してあげると、グエンが洟《はな》を啜り上げて言った。

「じゃあ私、捕まらないのか？」

「ええ、大丈夫よ。あなたはオーバーワークじゃない。だから安心して明日からスマイリーズに来てほしい。あなたがいないとホールが回らないの」

「わかりました。ありがとうございます」

グエンがそう言って小さく頭を下げる。「どういたしまして」と莉子は応じた。店長補佐として当然のことをしただけだ。当面の人材は確保したものの、まだ難題は山積している。いかにしてワーストの座から脱却するか。その方法はいまだに思いついていないのだから。

「あ、いけね」と城島がつぶやいた。それからスマートフォンを出して額に手を置いた。

「どうしました?」

「実は今日、娘の誕生日だったんです。すっかり失念していましたよ」

○

自宅に辿り着いたのは午後八時近くのことだった。普段はリビングにいるはずの愛梨の姿はなかった。自室に閉じ籠もってしまっているようだ。溜め息をついて城島は愛梨の自室の前に向かう。以前はいきなりドアを開けても文句を言われることはなかったが、今では事前にノックをしないと怒られてしまう。

「愛梨、すまない。仕事で遅くなってしまった」

返事はない。ベッドの上に寝転んで、不貞腐れている娘の顔が容易に想像できた。

「実はプレゼントも買ってこられなかった。本当に申し訳ないと思ってる」

午後はグエンというベトナム人を探し回っていたため、プレゼントを吟味している余裕などなかった。ようやく見つかったグエンを西多摩市に連れていき、ショッピングモールで莉子と合流した。その時点ですでに午後六時を過ぎていた。

「本当にすまん。せめてものお詫びとして、好きなものを出前で頼んでいいぞ。ピザでもいいし、ハンバーガーでもいい。それと愛梨、実はお客さんが来ているんだ。この前ファミレスで会った真波莉子さんって憶えてるだろ。あのお姉さんが是非お前の誕生日をお祝いしたいと言ってくれて、今もう来てるんだよ」

事情を話したところ、私も一緒に行って娘さんにお詫びをしたいと彼女が言いだしたのだ。そこまでしなくても大丈夫だと言ったのだが、それを押し切って彼女はここに来てしまっている。ああ見えて意外に義理固い女性だった。

「なあ、愛梨。怒ってないで出てきてくれないか」

しばらく待っていると物音が聞こえた。やがてドアが開き、娘の愛梨が顔を出す。思っていた通り不機嫌そうな仏頂面だ。

「愛梨、誕生日おめでとう」

うんともすんとも言わずに愛梨は廊下に出てきて、そのままリビングに向かって歩いていく。リビングのソファには莉子が座っていた。莉子は笑みを浮かべて言った。

「愛梨ちゃん、誕生日おめでとう。ごめんね、お父さんを帰らせてあげられなくて」

「どうも」と愛梨は小さく頭を下げてから城島を見て言った。「お父さん、スリッパくらい出してあげた方がいいと思うけど。大事なお客さんなんだから」

「す、すまん」

小学三年生の娘に指摘され、城島は慌てて玄関の収納棚から来客用のスリッパを出し、それを莉子に向かって差し出した。

「これ、履いてください」

「ありがとうございます」

愛梨は莉子の斜め向かいにあるソファに座った。莉子が愛梨に向かって訊く。

「愛梨ちゃん、何歳になったんだっけ?」

「九歳」

「そうか、九歳か」

「お姉ちゃんは何歳?」

「おい、こら」と城島は口を挟む。「女性に年齢を訊くんじゃない。失礼じゃないか」

「私なら大丈夫です。私は二十九歳よ。愛梨ちゃん、将来はどんな職業に就きたいの?」

「金持ちと結婚したい」

愛梨は真顔だった。冗談で言っているわけではないらしい。莉子はうなずきながら言った。

「それはいいわね。扶養されるのは最高よ。お姉ちゃんもできればそういう人生を送ってみたかったかな」

「お姉ちゃんも金持ちと結婚すればいいのに」

訳のわからない会話になってきた。頭を振りながら城島は冷蔵庫から缶ビールを出し、それを一気に半分ほど飲んだ。自宅に総理の隠し子が訪れ、娘と話しているのだ。酒を飲まずにはやっていられない。

「愛梨ちゃん、好きな授業は何?」

「算数以外は好き」

「どうして算数が嫌いなの?」

「苦手だから」

「そうか。実はお姉ちゃんも算数が苦手だったんだよね。苦手なものはやらなくてもいいわよ。得意なことを伸ばした方が将来的には絶対に役立つから」

それも極端な教育方針だと思う。あとで訂正しておかなくてはならない。

「ところで愛梨ちゃん、何食べようか？　好きなものを注文していいらしいよ。お父さんが奢ってくれるから。何が食べたい？　ピザ？　それともチキン？」

「シースー」

「シースー？　ああ、お寿司のことか。そうだ、お姉ちゃんの行きつけのお寿司屋さんが銀座にあるんだけど、そこに注文してみよっか。出前やってるかわからないけど」

キャリア官僚にして総理の隠し子の行きつけの店。おそらく一人前で数万円とかになってしまうのではないか。城島はビールを置き、冷蔵庫にマグネットで留めてある何枚かの宅配のチラシをテーブルに運んだ。それをテーブルの上に広げながら言った。

「いろいろな店から少しずつ頼むのもいいんじゃないかな。ピザやチキンや海鮮丼なんかを、一品ずつ頼むんだよ。その方が豪華になりそうな気がするな。お、カレーも旨そうだな」

「やだよ、カレーは。今日の給食はカレーだったから」

「そうか。じゃあ何にしようかな。あ、真波さんもお好きなものを選んでくださいね」

そう言って莉子を見ると、彼女はやけに真剣な顔つきで宅配ピザのチラシを目にしている。メニューを見ているというより、何か深く思案しているような表情だ。しばらくして彼女は顔を上げ、目を輝かせて言った。

「思いつきました。西多摩店の売り上げを上げる方法を。これならいけるかもしれません」

○

午前九時三十分、開店前の店内に客の姿はない。その日、開店前にミーティングをおこなうことになっていた。浦野はそわそわしながら待っていた。いったい何が始まるというのだろうか。

「おはようございまーす」

制服に着替えた原田結衣がホールに姿を現した。その背後にはグエンの姿も見える。昨日から結衣はアルバイトとして仕事を始めることになっていた。保育ママと言われる保育士に子供を預け、こうして働けるようになったという。あの真波という女性が店長補佐になってから二週間が経つ。グエンも先週から仕事に復帰したし、戦力だけは整いつつあるが、売り上げはいっこうに伸びる気配がなかった。莉子は毎日のようにどこかに出かけているようだが、何をやっているか浦野は知らない。

「浦野、ミーティングって何をするの？」

結衣が訊いてきたので、浦野は答えた。

「僕も知りません。それより呼び捨てにするのはやめてくださいって。僕は一応店長なんですから」

「だって私の方が年上だし、あんたよりこの店でのキャリアは長い」

厄介なバイトが入ってきたと思うが、結衣は実際には仕事もそつなくこなすし、店の内部のことも熟知しているので頼りになる存在だった。コックの高橋が厨房から出てきたとき、店の前に白いプリウスが停まるのが見えた。莉子の送迎車だ。どうして店長補佐という立場なのに送迎車と運転手がついているのか、その理由を浦野は知らない。

莉子が店内に入ってきた。たまに制服に着替えて接客することもあるが、基本的にはスーツ姿でどこかに出かけている。莉子はスタッフの顔を見回してから言った。

「皆さん、おはようございます。今日は開店前にお集まりいただきありがとうございます。もう皆さんはご存じだと思いますが、私がここに派遣された理由はこの店の実情を把握することです。七福神という伝統のある店舗でありながら、長年売り上げワーストという屈辱的立場に甘んじています」

それは浦野も重々承知している。環状道路の整備による交通量の減少と、十年前に完成した大型ショッピングモール。この二つが原因となり、スマイリーズ西多摩店の売り上げは格段に落ちた。こればかりはどうしようもないのではないかと浦野は思っていた。

「鳴かぬなら、鳴かせてみせよう、ホトトギス。これは豊臣秀吉の性格を示す言葉です。基本的に店舗型の飲食店というのは、客を待つのがその姿勢ですが、この店の立地条件から考慮しても、待っているだけではいけない。そう考えました」

宅配サービスに力を入れるというわけか。それは戦略としてうなずける部分があった。人件費削減のため、西多摩店では宅配サービスを中止している。莉子が本社にかけ合ってくれるのであれば、宅配サービスの復活も売り上げ回復に多少の効果は見込める。ただし劇的な変化をもたらすかと言われると、首を捻らざるを得ない状況だった。二十三区内ほどではないにしても、ここ西多摩市でも大手フードデリバリーが進出している。

「先週、グエンちゃんと一緒にショッピングモールに行きました。フードコートで少し話をしたんですが、周囲でお茶をしている高校生が多いことに気づきました」

浦野もショッピングモールに足を運ぶことはあるが、たしかに夕方以降は中高生の溜まり場と化している。

「高校に弁当を宅配できないか。そう思ったんです。市内にある高校にうちの弁当を配達するんです。西多摩市内には三つの高校があります。そのうちの一つである都立西多摩高校に私は注目しました。実はうちのスタッフに西多摩高校の卒業生がいるんです。高橋君、前へどうぞ」

莉子の声にコックの高橋が一歩前に出た。今日も厨房用の制服をだらしなく着ている。莉子が一枚の紙をスタッフに配り始めた。そこには西多摩高校についてのデータが記載されている。

「高橋君の協力を得て作成した資料になります。西多摩高校、地元では西高と略して呼ばれることが多いようですが、創立五十周年を迎える男女共学の高校です。一学年は六クラスで、うち五クラスは普通科、一クラスはやや偏差値の高い英数科。全校生徒の数は八百人弱ということになっています。教員等を含めれば約八百五十人です。男女の比率は六対四です。裏面をご覧ください」

裏返すとそこには円グラフのようなものが並んでいる。莉子が続けて説明した。

「西高の生徒の昼食に関する調査結果です。高橋君の主観も若干入っているので正確性には欠けますが、参考になる数字だと私は考えます。このデータによると男子生徒の七割は校内にある学食を利用するようです。残りの一割は弁当持参、残りの二割が学校の正門前にあるコンビニで昼食を調達するみたいです。一方、女子は五割程度が弁当持参、残りの五割が校内にあるパンの販売所、もしくはコンビニを利用するようです」

　女子の学食利用率は低いらしい。浦野の母校でもそうだった。あまり女子生徒の姿を学食では見かけなかったような気がする。

「学食利用派と弁当持参派はターゲットになりません。男子の二割、女子の五割に当たるパンもしくはコンビニ利用派が狙うべきターゲットです。仮に男子だけに的を絞った場合、コンビニ利用派の人数はおよそ百名。その中から最低二十食、注文をとる。それが目標です」

　スマイリーズではランチセットをやっていて、それは宅配注文することができる。値段は七百円だ。高校生の懐事情を考慮すると、若干高めの値段設定かもしれない。

「女子生徒のことも考えて、ワンコインで買える少ない量の弁当も用意したいと思っています。今、そのあたりのことは本社と協議中です」

　すでに高校への宅配サービスを実施することは決まっているような口振りだ。店長としての責任もあるため、浦野は手を挙げて質問した。

「学校側の許可を得ることはできたんですか？」

「一応は。学校側に了解をいただいております。各教室にメニューを配布する手筈は整えました。ただし学校側の条件として弁当のプラスチック容器だけは回収してほしいと言われました。これはやむを得ないでしょう」

ここ最近、莉子は店に顔を出す頻度が少なかった。西多摩高校への宅配を実現させるため、あれこれ動き回っていたということか。しかもすでに実現間近にまで漕ぎつけてしまっている。たいした行動力だと認めざるを得ない。

「凄いね、莉子ちゃん。あんた、やっぱり本物だよ」ずっと黙っていた結衣がうなずきながら言った。「最低二十食なんてケチ臭いこと言ってないで、もっと目標は大きく持たないと。目指せ、一日百食だね」

結衣が仕事に復帰できたのは莉子のお陰ということもあり、結衣は莉子のことを全面的に信用しているようだった。結衣の中の序列では、店長である浦野よりも店長補佐である莉子の方が上にあることは間違いなさそうだ。

「皆さんの協力がなければ、このプロジェクトは成功しません。ご協力をお願いします」

莉子がそう頭を下げると、スタッフたちは手を叩いてそれに賛同した。浦野も仕方なく手を叩く。このままだと僕は店長から格下げされてしまうのではないだろうか。本気で自分の身を心配した。

○

莉子は厨房奥にあるパソコンの前にいた。莉子だけではなく、店長の浦野をはじめとするスタッフ全員がパソコンの周りに集結している。

スタッフは無言でパソコンの画面を見つめていた。午前九時十五分を過ぎている。遂に今日から西多摩高校への宅配サービスがスタートする。一週間前にミーティングをして以来、さらに準備を進めてきた。準備は万全だ。

誰かが唾を飲む音が聞こえてきそうな、そんな雰囲気だ。学校の各クラスにはメニューを配布済みだし、昨日は校門前でチラシも配った。原則的に午前十一時までにネットもしくは電話での注文を受けるように取り決めをした。いまだにネットでの注文も届かないし、電話での注文も入っていない。

「まだ授業中なんだろうね」そう言ったのはアルバイトの原田結衣だ。「さすがに高校生が授業中に弁当を頼んだりしないよ。気長に待つしかないね、気長に。高橋、西高の時間割ってどうなってんの?」

結衣がコックの高橋に訊く。高橋が答えた。

「今は一時間目の授業中。九時半で一時間目が終わって、十分休憩したあとに二時間目。二時間目が終わるのは十時半」

昼休みは十二時三十分からと聞いている。注文が入るとしたら午前中にある二度の休み時間だろうと思っていた。それでもこうしてパソコンが気になってしまうから不思議だった。電話が鳴った。全員の視線が集中する。店長の浦野が受話器をとった。「はい、スマイリーズ西多摩店でございます。……あ、違います」

間違い電話らしい。全員で溜め息をつく。それからさらに時間が経過し、遂に九時三十分になった。休み時間になったのだ。注文が入るとすればこの時間だ。

「来た!」

高橋が叫んだ。ネットで注文が入ったらしい。興奮気味に高橋が言った。

「二年三組でランチ弁当が二人前。片方がチーズトッピング」

七百円のランチ弁当は、ライスとハンバーグ、付け合わせはポテトフライとミックスベジタブルという定番メニューだ。さらにそれからネットで注文が相次ぎ、合計十二食の注文が入った。次の休み時間でも注文が入る可能性があるが、とりあえず注文が入ったことに莉子は胸を撫で下ろした。

「よかったわね。高橋君、下準備をよろしく。グエンちゃん、外の掃除を始めて頂戴。結衣さんは中の掃除をお願いします」

莉子の指示に従い、スタッフが動き始めた。その表情はどれも明るかった。注文がまったく入らなかったらどうしよう。誰もがそんな不安を抱いていたのは明らかだった。

宅配サービスの難しさは調理を始めるタイミングにある。あまり早く作っても冷めてしまうし、かといってギリギリで作れば客の希望する時間に間に合わない可能性がある。西多摩高校の昼休みは十二時半からなので、その一時間前から調理を開始して、出来たものから順次配達することになっていた。西多摩高校はここから原付バイクで十分ほどの距離にある。車の渋滞などを考慮する必要はない。

時間が経過し、十時三十分になった。すると驚くべきことが起きた。ネットや電話で次々と注文が入ってきたのだ。昨日チラシを配った効果が出たのかもしれない。最終的に注文の数は七十食を超えた。予想以上の数だ。

「高橋君、調理を開始するタイミング、早めた方がいいかもね」

「そうっすね。わかりました」

ランチタイムのみは結衣が高橋のヘルプとして厨房に入ることが決まっていた。すでに結衣は弁当のパックの準備にとりかかっていた。彼女の息子は今、ここから五十メートルもない場所にある一軒家で保育ママが預かってくれている。何かあったら駆けつけることができる距離なので、結衣も安心して子供を預けられると言っていた。

こういう日に限り、客が入ってくるから不思議だった。午前十一時を過ぎた頃、立て続けに二組の客が入ってきた。頼んだオーダーはランチセットのみだったが、それでも厨房が慌ただしくなった。高橋と結衣が厨房の中で動き回っている。

「出来たよ。店長、よろしく」

最初の便が出来上がったらしい。運ぶのは店長の浦野と新しく雇った宅配専門のドライバーだ。二名でピストン輸送をすることになっていた。一度に運べるのは十食程度なので、二人は今日は三往復以上しなければいけない計算になる。ちょっと厳しいか。

「店長補佐、大変です」そう言いながら浦野が裏口から戻ってきた。額の汗を拭きながら浦野が言った。「バイクが……バイクが大変なことに……」

裏口から外に出た。三台の宅配バイクが停まっている。スマイリーズのロゴが後部ボックスに入っている特注のバイクだった。

「見てください、店長補佐。三台ともパンクしてるんです」

三台とも明らかにパンクしていた。前輪のタイヤの空気が抜けてしまっている。店長の浦野が動揺した顔つきで言った。

「昨日は何ともなかったんです。動かすのも久し振りだから、ガソリンを入れるついでに走らせました。三台とも問題はなかったんですけど……」

何者かが故意にパンクさせたと考えていい。しかし今は犯人探しをしている余裕はなかった。コックの高橋が次の五食分を持って裏口から出てきた。バイクを見て高橋が言った。

「こいつは酷いな。誰がやったんだよ、いったい」

莉子は駐車場に目を向けた。その片隅に白いプリウスが停まっている。異変に気づいたのか、城島が運転席から降りてこちらに向かって歩いてくるのが見えた。莉子は浦野が持っている弁当の入った袋をとりながら指示を出す。

「私が運びます。店長はすぐにタクシーを二台呼んでください。お弁当が出来たらタクシーで運ぶように。必ず領収証はもらうこと。私は先に運びます」

歩いてきた城島に袋を渡し、さらに高橋が持っていた五食分の袋を持った。「城島さん、お願いします」と莉子が言うと、城島が慌てた様子で後ろから追いかけてくる。

○

「ハプニングはありましたが、初日は無事に乗り切ることができました。皆さんのお陰です。ありがとうございました」

莉子がそう言って頭を下げると、パチパチという拍手が聞こえた。午後十一時を回っている。閉店後のスマイリーズ西多摩店の店内だ。ちょっとした打ち上げが開かれることになり、なぜか城島も呼ばれたのだ。夜間のスタッフも集まっているので、総勢十名ほどだ。

「初日の注文は合計で七十一食でした。西多摩高校だけの売り上げは約四万六千円でした。目標を大幅にクリアすることができました」

城島も配達を手伝う羽目になった。何者かの仕業により、宅配バイクのタイヤがパンクしていたからだ。莉子とともに校内を回り、弁当を配って歩いた。古い校舎のためかエレベーターがなく、四階まで階段を上り下りして軽い筋肉痛になったほどだ。莉子の前で無理をしたせいもある。

「問題は明日以降です。今日の注文でスマイリーズの宅配が校内で噂になったと考えていいかと思います。女子からの注文と思われるハーフサイズ弁当が二十食も出たのが意外でした。あとは教職員からも五食の注文がありました」

最近の高校生は進んでいるのか、現金払いではなく、電子決済を選択する生徒が多数いたという。誰もがスマートフォンを持つ時代なのだろう。現金払いについては昼休みに代金の回収に行ったようだが、そのあたりの金の受け渡しについては検討の余地があるらしい。たとえばクラスでお釣りがないように金をまとめて職員室に預けるなど、莉子はあれこれ方法を模索しているようだ。

「運転手さん、パンクさせた奴、捕まりますかね？」

コックの高橋に訊かれた。彼は城島が元警察官であることを知っている。何度か顔を合わせるうちに世間話をする程度の間柄になったからだ。自然と男と女で分かれるような席になり、城島は高橋と浦野と同じテーブル席に座っていた。テーブルの上にはポテトチップスなどのつまみが置かれている。高橋と浦野は缶ビールを飲んでいた。城島はこれからまだ莉子を送る仕事が残っているため、アルコールは口にできない。

「どうだろうな。難しいかもしれないね」

本社と協議した結果、地元の警察署に被害届を出すことになった。おそらく明日にも警察が捜査に訪れることになるだろうが、過度の期待は禁物だった。タイヤがパンクさせられた程度の事件では、警察も本気で捜査に乗りだすとは思えなかった。付近の聞きとり調査と防犯カメラを確認する程度だろう。

「それにしてもあの人、何者なんすか?」

高橋の視線の先には莉子の姿があった。今、莉子は結衣やグエンたちと一緒に何やら話している。浦野も高橋と同じように莉子を見て、つぶやくように言った。

「まだあの人が来てから二週間程度ですよ。それなのにこんな風になってしまうなんて……」

二人の気持ちもわからなくもない。莉子は元厚労省のキャリア官僚であり、その中でも優秀な部類に入る人材であったことは城島にも容易に想像がついた。

「店長もさ、うかうかしていると店長の座を奪われちゃうかもしれないぜ、あの人に」

「ば、馬鹿言うなよ。高橋君こそもっとしっかりしてよ」

「俺はしっかりやってるって。七十食も作ったんだぜ。弁当屋かよ」

「弁当屋じゃないよ。ファミレスだよ」

浦野と高橋が話している。その会話を聞き流しながら、城島はウーロン茶を飲んだ。さきほど妹の美沙から連絡があり、今日は夕飯を作りに来てくれたそうだ。カレーを作ったので明日も食べられるとのことだった。

最近、娘の愛梨は頻繁に莉子のことを話題にする。お父さん、莉子さんは元気？　お父さん、今日も莉子さんと一緒だったの？　愛梨は莉子のことをすっかり気に入ったようだった。

「ちょっといいですか」

莉子が立ち上がり、皆に向かって声を張り上げた。莉子の隣にはグエンが所在なげに立っていた。

「皆さん、グエンちゃんのことなんですけど、グエンというのは名字なんです。知ってる方もいるかもしれませんが、グエンというのはベトナム人の四割を占めると言われているほどポピュラーな名字です」

それは城島も聞いたことがある。家の近所のコンビニの店員の名前もグエンだった。

「グエンちゃんの名前はホアといいます。ホアというのは花という意味があるそうです。今日からグエンちゃんのことはホアちゃんと呼ぼうかと思っているんですが、どうですか？」

反対の声を上げる者はいない。ホアは顔を赤らめて周囲に向かって小さく頭を下げていた。

「おい、高橋君。何もこんなときにゲームやらなくてもいいじゃないか」

浦野が高橋に向かって注意をする。高橋は背中を丸めてスマートフォンをいじっている。浦野に注意されても高橋はゲームをやめようとしない。

「高橋君、いい加減にしないと……」

「仕方ないだろ」ようやく高橋が顔を上げた。「だって仕事が忙しくてゲームやってる暇がなかったんだから」

「それが普通なんだよね」

浦野がそう言って缶ビールを飲んだ。何だかその顔は非常に嬉しそうだった。

○

「こちらが厨房になります。現在、西多摩高校へ宅配する弁当を作っているところです」

どうして自分がこんな大役を担わなければならないのか。そんな疑問を感じながら、浦野は厨房に足を踏み入れた。浦野の背後にはスーツ姿の男が五人、控えている。三人は本社からやってきた重役だ。副社長と専務と営業促進部長、あとの二人は本社の若手社員だ。

「彼が厨房を担当する高橋です。高橋君、今日のオーダーの様子を説明してもらえるかな？」

返事なし。高橋は浦野の質問には答えず、黙々と調理に勤しんでいる。わざと浦野を無視しているというより、忙しくて相手をしている暇がないといった状況だ。咳払いをしてから浦野はノートパソコンの画面を確認した。

「本日の注文は四十五食程度ですね。今日は少ない方です。一日平均して五十食から七十食ほどの注文が入ります」

西多摩高校への宅配サービスが始まり、二週間が経っていた。西多摩店の取り組みが評価され、今日は本社から重役たちが視察に訪れているのだった。本来なら莉子が重役に説明するはずだったのだが、急な予定が入ったという理由で、浦野がこうして重役を案内している。入社以来、最大級と言ってもいいほどの大仕事だった。

「オーダーはネットが七割程度で、残りの三割が電話注文です。電話注文分の代金は昼以降に集金に行っています。職員室の中に代金箱という箱を設置しました。お釣りがないようにお金を入れてもらうシステムです。原始的なやり方ですが、今のところトラブルは出ていません」

宅配サービスだけではなく、店舗の売り上げも伸びていた。弁当とともに配っているクーポン券の影響だろうと思われた。メニュー一品につき五十円割り引くというクーポンなのだが、それを使うために部活帰りの高校生が立ち寄るようになったり、週末に家族で訪れたりと、その波及効果は大きなものだった。

「では次に宅配バイクをご案内します」

厨房を横切り、裏口から外に出た。そこには三台の宅配バイクが停まっている。

「スマイリーズの宅配バイクです。これら三台を使ってピストン輸送しています。一度に運べるのは十食程度なので、今は本社にかけ合ってボックスのサイズの拡大を要請しているところです」

「注文する生徒の男女比は?」

重役の一人に訊かれ、浦野は答えた。

「八割が男子生徒で、残りの二割が女子です。最初のうちは女子の割合も多かったのですが、最近になってやはり男子の方が圧倒的に多くなってきました。それと意外なことに教師からの注文も毎日のようにあります。平均して五食は職員室に届けています」

「写真お願いします。バイクに乗ってもらっていいですか」

若手社員が浦野に向かって言った。広報誌に載せるための写真を撮るようだった。写真を撮られることになるとは思ってもいなかったので、少し気恥ずかしい。それでも若手社員に言われるがまま、バイクに跨ってグリップを握った。カメラに目を向けると注意された。

「カメラ目線はやめてください」

何だよ、もう。仕方ないので前を見る。若手社員が写真を撮り始めた。重役たちが話している声が聞こえてきた。

「それにしてもたいしたもんですな。一ヵ月で成果を出すとは驚きですよ」

「本当ですね。私も驚きです」

莉子のことを言っているのだろうと想像がついた。すべては彼女の功績と言っても過言ではない。学校等の大規模施設に特化した宅配サービスの充実。西多摩店の業績が評価され、本社でも具体的に検討され始めているようだ。しかしこれは一過性のブームに過ぎないというのが莉子の分析だった。

理由はこうだ。今は先駆者であるため競合相手もいないが、そのうちほかのファミレス大手も乗りだしてくる。学校側にしても複数の業者を校内に入れるのは抵抗があるため、選別しなければいけないときがくる。そうなると教育委員会なども動きだしてきて、最終的には規制されてしまうというわけだ。何となくわかる気がする。

「どうします？　副社長。彼女を本社に呼び戻しますか？」

「そうですね。ソウリの娘をこんなところに置いておくのはもったいないですね」

こんなところと揶揄されたことより、ソウリの娘という単語が引っかかった。ソウリというのは、あの総理のことだろうか。内閣総理大臣の総理だ。でも今の総理は栗林という男のはず。莉子とは名字が違う。

写真撮影も終わり、視察も終了となった。走り去っていく社用車を見送ってから、浦野はポケットから自分のスマートフォンを出した。総理、娘と入力して検索すると、無数のページがヒットした。一番上のニュースサイトに飛ぶ。

総理に隠し子が発覚したという記事だ。そういえば一ヵ月くらい前、そんな騒ぎがあったことを浦野も記憶していた。たしか総理の謝罪会見にまで事態が発展したが、その後は騒動は収束したはずだ。

『……R子さんは厚生労働省のキャリア官僚です。主に労働問題に……』

記事を読む。写真も並んでいて、栗林総理と寄り添うように立つ女性の姿があった。顔にボカシが入っているが、その立ち姿は見憶えのあるものだった。莉子で間違いなかった。まさか莉子が、あの栗林総理の……。

「た、大変だ」と浦野は裏口から厨房に入った。調理をしている高橋に向かって言う。「大変だよ、高橋君。聞いてくれ。店長補佐のことなんだけど、実は……」

「うるさいな。こっちは仕事中なんだよ。あとにしてくれ」

高橋は素っ気なく言うが、黙ってなどいられなかった。何しろあの真波莉子は総理の隠し子だというのだから。

○

「まったく困ったことになったよ。また支持率落ちちゃうじゃないか」

父の栗林総理が嘆いている。莉子は総理公邸の執務室にいた。問題発生の知らせを受け、慌てて駆けつけたのだ。手元の用紙を眺める。

発売前の写真週刊誌の記事だ。いわゆるゲラと呼ばれるもののコピーだと思われた。こういう記事を出しますよ、という出版社からの事務連絡のようなものだ。莉子は記事に目を走らせる。

『またしても栗林総理にスキャンダルが発覚だ。十月の半ば、木々も色づき始めたある日の夜、隅田川に浮かぶ屋形船には十数人の男女の姿があった。その中には栗林総理の妻、ファーストレディーである朋美夫人（五五）の姿もある。屋形船関係者は言う。「朋美夫人は常連さんです。屋形船の会といって、定期的におこなわれている飲み会です。その日は朋美夫人の誕生日だったそうで、知人たちと一緒にパーティーをしていたみたいですね。かなり楽しそうに飲んでいました」朋美夫人は旧財閥系の名家の出身で、言わずとしれたファーストレディーである。屋形船に乗って豪遊するのが彼女のストレス発散法というわけだろうか。屋形船関係者は続ける。「豪勢なのがお土産です。参加者全員にシャンパンを一本、帰り際にプレゼントするんです。一本三万円以上する高級シャンパンです」さすがはファーストレディー、粋な計らいをするものだ。ただしそのシャンパン、誰が購入したものだろうか。政治資金規正法に抵触しないかどうか、そのあたりのことも視野に入れ、本誌は今後も追及していく構えだ。なお栗林総理の事務所に本件について問い合わせたところ、現在までに回答は届いていない』

写真が数カットあったが、どれもイメージ画像のような写真で、朋美の姿は捉えられていない。それでもこうして記事に出すということは、きちんと裏がとれていると考えていい。

「お父さん、これって事実なの？」

莉子が訊くと、栗林は答えた。

「ああ、事実だ。お土産でシャンパンを渡したのも本当みたい。まったく困ったことをしてくれたものだよ」

「ちなみにシャンパンの代金の出所は？」

「朋美のポケットマネーだ。屋形船の料金は割り勘だったらしいね」

それなら心配要らない。政治資金規正法にも、それから公職選挙法の買収などにも抵触しないはずだ。それに朋美は政治家ではないため、屋形船で多少の羽目を外したところで咎められることはない。内閣総理大臣の妻として褒められる行動ではないが、それが彼女のパーソナリティであるのも事実だった。

「莉子、どうしよう？　謝罪しないわけにはいかないよね」

「うーん、そうね」

悩ましいところだ。謝ってしまうとこちらの非を認めてしまったようで悔しい。かと言ってだんまりを決め込むと非難の声が高まりそうな気がする。ここは潔く認めてしまった方がよさそうだ。

「明日のぶら下がり会見でいいと思う。すぐに原稿作るから待ってて」

「莉子には助けられてばかりだなあ。私は娘に恵まれたよ、本当に」

　栗林はそう言ってパターの練習を始めた。多趣味の父はゴルフだけではなく、テニスや乗馬、クレー射撃などにも長けている。付き合う相手に合わせて趣味を学ぶのが父の処世術だった。たとえばクレー射撃は政治の師である馬渕から学んだらしいし、テニスは若い頃に朋美から習ったという。

「最近、週刊誌に抜かれることが多いなあ。よほど敏腕記者がいるんだろうな」

　父は呑気にパターを打つ。今回の記事が掲載されるのは〈週刊スネークアイズ〉という写真週刊誌だ。前回、莉子の件を報じたのと同じ週刊誌だ。おそらく背後にはきっとあの男がいるはずだ。莉子はそう勘づいていた。牛窪恒夫。牛窪派を率いる与党の大物だ。あの日、プリウスの後部座席で膝を撫でられた。あのときの不快感は今も忘れていない。粘着質な視線も同様だ。

　二年後に政界から退くようなことを言っていた。おそらく彼は最後の仕上げに入っているものと予測できた。栗林を総理の椅子から引き摺り下ろし、自身の派閥から総理大臣を出すこと。それが牛窪の最後の悲願に違いない。そのためにこうして五月雨《さみだれ》式に記事を出させる。栗林の支持率を削るのが目的だ。

「それにしても朋美には困ったもんだな。私が注意しても聞く耳は持たんだろうし」

「そうね。でもしばらくは自粛してもらわないと」

莉子は執務室のデスクに座り、父が使用しているパソコンに向かった。弁明の原稿を作り始めたところ、ドアが開いて朋美が入ってくる。噂をすれば何とやらだ。

「あなた、私のことが記事になるって本当?」

「本当だとも。これを見なさい」

朋美は手渡された記事のコピーに視線を落とす。みるみるうちにその顔が紅潮していく。読み終えた記事を破り捨てて朋美が激昂した。

「何よこれ。ふざけんじゃないわよ。私、何も悪いことしてないじゃない」

「まあまあ朋ちゃん、ここは落ち着いて」

「落ち着いていられるわけないじゃない。これじゃ私が遊び人みたいじゃないの」

朋美は生粋の遊び人だ。彼女ほどの遊び人を莉子は知らないのだが、黙したままキーボードを叩いた。

「仕方ないじゃないか。記事にされちゃったんだから」

「差し止めてよ。あなた、総理なんでしょ」

「総理にもできることとできないことがあるんだよ。ほら、報道の自由ってもんがあるわけだしさ。あ、朋ちゃん、できればしばらくの間は屋形船を自粛してほしいんだけど」

「嘘でしょ。そんなの無理。私から屋形船の自由を奪わないでくれる?」

総理とファーストレディーの他愛もない会話を聞き流しながら、莉子は集中してキーボードを打ち続けた。

○

城島は西多摩市内のカラオケ店の駐車場にいた。カラオケだけではなく、ダーツや卓球場やインターネットカフェなども併設された総合娯楽施設のようで、平日の夕方という時間帯であるのに大層賑わっているようだった。

二週間ほど前、西多摩高校への宅配サービスが開始された当日、スマイリーズ西多摩店の宅配バイクがパンクさせられるという被害に遭った。被害届を出したものの、警察の捜査は進展していない様子だった。バイクのタイヤがパンクしたくらいでは警察は捜査に本腰を入れない。元警察官である城島にはそのくらいはわかる。地元署に何度か足を運んでみたが、鋭意捜査中という回答を得るだけだった。

本来であれば無視してもいい事件なのだが、どこか気分的にしっくりと来なかった。この先も嫌がらせが続く可能性もあったし、おそらくそうなるような気がしていた。城島は空いている時間を使い、単身捜査を始めた。

どうして犯人はスマイリーズ西多摩店を標的として選んだのか。そこから考えることにした。地元警察署は単純に愉快犯の可能性を考えているようだったが、犯人は意図的にスマイリーズ西多摩店を選んだと城島は仮定した。そう考えることによって、動機の面でも犯人像を絞り込むことが可能になるのだ。

そして城島はある男たちに目をつけた。あれは莉子がスマイリーズ西多摩店に初出勤した当日のことだ。窓際のボックス席に三人の男が座っていて、全面禁煙の店内で煙草を吸いながら大声で話していた。すぐに莉子が警察に通報し、駆けつけた警官により連行された。店を出るときに険しい目で莉子を見ていた。彼らなら莉子を、スマイリーズ西多摩店を恨んでいても不思議はない。

彼らの素性はすぐに判明した。近所に住むチンピラで、仕事もせずに遊び歩いているようだった。以前は三人とも同じ不動産会社で働いていたが、その会社が潰れたのを機に無職となり、以来つるんでいるとの話だった。莉子に通報されるまではスマイリーズ西多摩店のドリンクバーで何時間も粘るのが常だったが、最近はこの娯楽施設に入り浸っているとここ数日の調べでわかっていた。

時刻は午後六時を回っている。莉子から特に連絡はない。昼過ぎに総理公邸に送ったきりだ。たまに総理公邸に宿泊することもあるので、今日はもう呼ばれない可能性も高い。

そろそろ引き揚げようか。そう考えていた矢先だった。娯楽施設のエントランスから三人の男が連れ立って歩いてくるのが見えた。彼らに違いなかった。タイミングを見計らって城島はプリウスから降り、男たちのもとに駆け寄った。三人の男が足を止める。背後を見てプリウスの場所を確認する。このあたりなら問題ない。

「ちょっといいですか」と城島は声をかけた。三人の男が訝しげな視線を向けてくる。城島は続けた。「二週間ほど前、スマイリーズ西多摩店の宅配バイクがパンクさせられるという被害がありました。その件はご存じですか?」

三人の男は顔を見合わせた。すると真ん中にいるサングラスの男が言った。

「知らないよ。あんた、警察か」

「違います。民間の警備会社の者です」

「何だ、デカかと思ったぜ」男たちは露骨に態度を変えた。警察かと思って内心慄《おのの》いていたのかもしれない。「警備会社が何の用だ。こっちは忙しいんだよ」

行く手を塞ぐように城島は前に出た。

「お待ちください。タイヤをパンクさせたのはあなたたちじゃないんですか?」

「だとしたらどうだってんだよ。関係ない奴は引っ込んでろ」

サングラスの男が吐き捨てるように言った。その態度を見て城島は確信する。こいつらの犯行に違いない、と。城島はガラリと態度を変え、男たちの足元に唾を吐いて言った。

「噂には聞いていたが、想像以上に腐った野郎どもだな。どうせこれから飲みにでも行くんだろ。とことん暇だな、お前たち」

「てめえ、何言ってんだよ」

サングラスの男が城島の胸倉を摑んだ。ここまでは予想通りの展開だ。さらに城島は火に油を注ぐ。

「何遍でも言ってやるよ。お前たちみたいに腐った奴は見たことないって言ってんだよ。ファミレスのバイクをパンクさせる暇があったら、職探しでもしたらどうだ?」

サングラスの男の顔つきが変わる。着火成功。その次の瞬間、左の頰に激痛が走った。力だけは一丁前にあるらしく、思わず城島はアスファルトに倒れ込んでいた。予期していたとはいえ、痛いものは痛い。それでも痛みをこらえて立ち上がり、サングラスの男のもとに向かった。

「それだけか？　そんなへなちょこパンチが効くと思うのかよ」

「何だと」

今度は腹を殴られる。一瞬だけ息ができなくなり、城島は体を前に倒した。一応こう見えて毎日の筋肉トレーニングは欠かしていないし、腹筋もしっかり鍛えている自負があるが、それでも殴られることにはあまり慣れていない。呼吸を整えてから城島はプリウスのフロントガラスを指でさして言った。

「今の様子は一部始終、あの車のドライブレコーダーに記録されているはずだ。いきなり胸倉を摑み、殴ってきたお前のことがな」

「て、てめえ……」

サングラスの男が怒りで肩を上下させていた。ほかの二人も威嚇するかのように鋭い目つきでこちらを見ていた。しかし城島が動じることはない。こんな奴らとはくぐってきた修羅場の数が違う。

「取引だ。今後一切、スマイリーズ西多摩店には手出しをしないこと。それが俺の提示する条件だ。それを守っている限り、あのドラレコの映像が表に出ることはないだろう。それは絶対に約束する」

こいつらがタイヤをパンクさせた犯人である。そう警察に通報してもたいした罪にはならないし、逆に嫌がらせ行為がエスカレートする可能性もあった。それならば弱みを握って取引を持ちかけた方が早いのではないか。それが城島の作戦だった。

「そういうわけだ。よろしくな」

城島はそう言い放ち、プリウスに向かって歩きだした。彼らは何も言わず、城島の動きを見ているだけだった。エンジンをかけ、車を発進させた。バックミラーを見ると三人の男たちが複雑そうな顔つきで立ち尽くしていた。


翌日、城島はプリウスを運転して総理公邸に向かった。やはり莉子は自宅ではなく総理公邸に泊まったようだった。すでに顔馴染みになったドアマンに出迎えられる。ちょうど栗林総理もこれから出かけるのか、警視庁のSPが数名、エントランス周辺に待機していた。古巣といっても退職して九年も経過しているため、知った顔は見当たらなかった。一人のSPが城島の存在に気づき、襟元のマイクで何やら言っていた。総理の隠し子の警護は元警視庁SPが担当している。そのくらいの情報が出回っていても不思議はない。

莉子が出てくるのが見えた。ドアマンが後部座席のドアを開けると、莉子が軽やかに乗り込んでくる。

「おはようございます。西多摩市までお願いします」

「了解です」

車を発進させる。行く先はスマイリーズ西多摩店だ。店の売り上げはV字回復を見せ、昨日は本社からの視察も来たようだった。特定施設への宅配サービスは本社でも大きな話題になっているらしい。すべて莉子の功績だ。

「そういえば娘さん、よかったですね」

甲州街道に入ったところで莉子が言った。城島はハンドルを持ったまま言った。

「愛梨が？　何の話ですか？」

「聞いてないんですか？　算数のテスト、初めて満点とったみたいですよ」

先日、愛梨の誕生日に莉子が城島家を訪れた。最初は緊張していた愛梨だったが、徐々に打ち解けてきて、帰る間際にはＬＩＮＥを交換するまでになっていた。それ以来、愛梨は莉子とやりとりしているようだ。

「すみません。オンラインで宿題とかも教えてもらってるそうで」

「構いませんよ。小学生の宿題くらいなら」

実は城島もたまに愛梨に勉強を教えてやったりするのだが、算数と理科は結構難しい。しかしそこは東大卒のキャリア官僚。莉子にとっては朝飯前なのだろう。

「ところでその傷、どうされたんですか？」

莉子が訊いてくる。バックミラー越しに視線が合った。昨日、例の男たちに殴られた箇所だ。一晩経って唇の端は紫色に変色していた。

「喧嘩の仲裁をしたら、逆に殴られました。無理はしない方がいいですね」

「そうなんですか」

それきり興味を失ったように、莉子はタブレット端末に視線を落とした。移動の車中でも時間を無駄にすることなく、莉子は仕事をする。主に情報収集やメールのやりとりをしているようだ。

やがて西多摩市に到着した。いつもと同じくスマイリーズ西多摩店の前に到着する。開店時間の午前十時を回っているが、まだ客はいないようだ。

車を停めたときだった。城島の中でセンサーが発動した。どこかいつもと違う。

「まだ降りないでください」

城島はそう言うと、莉子がドアのレバーから手を離した。

この違和感は何だ。城島は周囲の様子を観察する。見慣れた風景だ。ガラス張りの店内にはまだ客の姿は……ないと思ったら一組いた。普段ならこの時間から客が入ることはあまりない。ところが今日に限って一人の男がテーブルの上でノートパソコンを広げていた。仕事をしているサラリーマンのように見えなくもないが、どこか様子がおかしい。イヤホンを耳につけている。ただ音楽を聴いているのならいいのだが、果たして――。

さらに通りを観察する。バックミラーを見ると一台のワンボックスカーが路肩に停まっていた。通りを挟んだ向かいのマンション。非常階段で人が動いたのが一瞬だけ見えた。そして城島は確信する。

「真波さん、見張られているようです。おそらく張り込みでしょう。中にいる客もそうかもしれません」

「マスコミでしょうか?」

「それはわかりません。捕まえて問い詰めることもできますが、どうします?」

総理の隠し子が東京の郊外にあるファミレスで働いている。写真週刊誌にとっては格好のネタだ。スクープの匂いを嗅ぎつけたマスコミの連中が張り込みをしている可能性は十分に高い。

「このまま出してください」

「わかりました」

車を発進させる。まったくマスコミのしつこさにはうんざりする。総理の隠し子というのは、ある意味芸能人並みの注目を集めるのだ。それに莉子の場合は元キャリア官僚という経歴に加え、その美貌とも相まって注目度が高い。

「そろそろ潮時かもしれませんね」

後部座席で莉子がそうつぶやく声が聞こえた。

○

「はいはい、みんな。しっかり働こうよ」

浦野は手を叩きながら厨房に入った。開店時間を過ぎたのだが、誰一人としてホールに出てこないのだ。今日の昼間のシフトに入っている三人のスタッフ——コックの高橋、結衣、ホアの三人は厨房の奥で店のパソコンを囲んでいる。

「もう営業時間は始まってるよ」

浦野がそう言っても三人は無視してパソコンの画面を見ている。そこに映っているのは店長補佐の莉子の姿だ。いや、元店長補佐と言うべきか。

別れは唐突に訪れた。一昨日、突然本社から連絡があり、莉子がスマイリーズを退職したと告げられたのだ。それを聞いたスタッフの反応は三者三様だった。高橋は無言のまま厨房の壁に頭をぶつけ始めてしまい、結衣は呆然とホールに立ち尽くし、ホアはわかり易く涙を流した。誰もがショックを受けているのは明らかだった。浦野も内心は動揺していたが、店長として気丈に振る舞うしかなかった。

そして昨日、本社からメールが届いた。そこには映像ファイルが添付されており、再生してみると莉子の姿が映っていたのだ。是非西多摩店のスタッフに直接挨拶したい。そう莉子が発案したらしい。丁寧な言葉遣いで感謝の意を伝えたあと、莉子はスタッフの一人一人に労《ねぎら》いの言葉をかけていく。

『……ホアちゃんは本当にしっかり者だと思う。将来どんな仕事に就くのかわからないけど、スマイリーズで学んだことは確実に活きるはず。日本とベトナムの架け橋になるような仕事をしてくれると私は嬉しい』

すでに何度も繰り返し見ている。高橋がつぶやくように言った。

「マジでこれ、永久保存版だな。だってこの人、総理の隠し子なんだぜ」

それが理由でスマイリーズを辞めてしまったのではないか。それが浦野たちの推測だ。実は数日前から怪しい客が出入りしていた。それとなく結衣が観察したところ、怪しい男性客がパソコンのカメラで店内の様子を撮影していたというのだ。マスコミに勤務先が特定されてしまい、やむなく退職する。有り得ない話ではない。

「高橋君、その映像を外に持ち出すことは禁止だよ。バレたら馘《くび》って本社からも言われてるんだから」

「お、俺がそんなことするわけないだろ」

高橋が鼻を膨らませて言う。ダウンロードして外に持ち出すつもりのようだが、生憎本社も心配したのか、このファイルは高度に暗号化されている。

「ほらほら、仕事仕事。お客さんが来たらどうするんだよ」

浦野がそう言って手を叩くと、ようやく三人がパソコンの前から離れ、それぞれの位置に戻っていく。「俺、トイレ」と高橋までも厨房から出ていってしまい、浦野は一人残される形となる。停止させようとマウスに手を向けたが、直前で手が止まる。画面の中で莉子が語りかけてくる。

『……最後に店長の浦野君。そうね、あなたは可もなく不可もなくといったところで、特に褒めるべき点は見当たりません』

最初に聞いたときは文字通りずっこけた。一緒に見ていたスタッフも大笑いしていた。莉子が真顔で言っているものだから余計たまらなかった。穴があったら入りたいくらいの心境だった。

『ですが、あなたには和という漢字が似合います。平和の和です。和を以て貴しとなす、という言葉をご存じでしょうか。人々が仲良く、調和のある世界が大切である。そんな意味です。あなたの周囲には和があります。だからこそスタッフが活き活きと働いて、お客さんたちも長居してしまうのだと思います。これからも和を大切にしてください。働き易い職場を作りだせる、そんな社員さんを目指してください』

何度見ても最後はウルッときてしまう。短い付き合いではあったが、莉子から学んだことは大きかった。彼女はたった数週間でこの店を変えてしまった。革新者と言ってもいいくらいだ。

「また泣いてんのかよ、店長」

戻ってきた高橋に言われ、浦野は目尻に溜まった涙を指で拭きながら答える。

「泣いてないって。ほら、西高から早速注文だ」

「了解。任しとけ」

浦野は厨房から出た。まだ客の姿はなく、結衣とホアの二人がホールの清掃をしていた。

今日もまたスマイリーズ西多摩店の一日が幕を開ける。浦野は大きくうなずいてから、レジの方に向かって歩きだした。

第二問　某ファミレスの売り上げワーストの店舗を何とかしなさい。

解答例

かつてのバイトを職場復帰させて人材不足を解消後、近隣の高校等にランチ宅配を提案・実現させる。店舗内の和を重視することも肝要。

第三問

某航空会社の客室乗務員のセカンドキャリアについて考えなさい。

今夜こそ終わりにしよう。

宮野由菜《みやのゆな》は強い決意を胸に秘め、インターホンのボタンを押した。しばらくしてドアが開き、バスローブをまとった男が姿を現した。髪が濡れたままだ。シャワーを浴びた直後なのだろう。

「入れよ」

男はそう言って室内に引き返していく。由菜は周囲に目を走らせ、誰も見ていないことを確認してから中に入る。男はシャワールームに姿を消した。やがてドライヤーの音が聞こえてくる。

ツインルームだった。片方のベッドに明日着用すると思われるシャツや靴下などが几帳面に並べられている。壁際のハンガーには紺色の制服がかかっていた。袖口に刺繡された金色の四本線は彼がパイロット、それも機長であることの証だった。そう、男は航空会社のパイロットであり、由菜はキャビンアテンダント、客室乗務員なのだ。

ドライヤーの音はまだ聞こえている。由菜は窓に近づいた。カーテンの隙間からネオンが一望できる。ここは大分《おおいた》市内にあるビジネスホテルの一室であり、航空会社の手配した部屋だ。由菜も同じホテルの二階下の部屋に泊まっている。由菜はシングルルームだ。

スターライト航空。それが由菜が勤務する航空会社だ。国内線を中心に展開する航空会社で、大手二社を追随する形で業界第三位に位置している。

「いやあ、さっぱりしたな」

そう言いながら男――姫村瑛人《ひめむらえいと》がシャワールームから出てきた。備え付けの冷蔵庫の中から缶のハイボールを出し、それからベッドの上に座る。

大学時代はスキー部に所属していたスポーツマンだ。当然ルックスもよく、客室乗務員の間でも人気が高かった。しかしそれは単に人気が高いというだけで、実質的に姫村を狙っている客室乗務員はいなかった。そう、彼は既婚者だったのだ。

姫村は三年ほど前にモデルと結婚した。そのモデルは由菜が大学時代から愛読している女性誌の専属モデルで、たまにテレビコマーシャルでも見かけるような有名人だった。誰もが羨むような美男美女のカップルであり、結婚当時は乗務員の間でも話題になった。姫村さん、やっぱり凄いね。本当ね、ああいう人がいるんだね。

仕事のできる先輩パイロット。それが姫村に対する由菜の印象だった。しかもモデルの妻と結婚し、私生活も順調。たまにフライトで一緒になるが、業務的な会話以外は交わしたことがない、そんなパイロットの一人に過ぎなかった。

その関係に変化が訪れたのは一年前のこと。その日、退職する同僚の送別会が都内でおこなわれた。当時はコロナ禍で職員同士の飲み会は禁止されていたのだが、少人数なら構わないと誰かが拡大解釈し、三人だけの親しい者同士が集まって開かれた。そのとき、ちょうど同じ店で姫村が友人二人と飲んでいて、流れから合流することになってしまった。これは密だな、と思ったが、姫村の友人二人もイケメンで話が上手なので、雰囲気に流される形で六人でテーブルを囲んだ。

その帰り道、帰る方向が同じだからという理由で姫村と同じタクシーに乗ったまではよかった。彼が気持ちが悪いと言いだし、トイレを貸してほしいと懇願された。コンビニのトイレでもいいじゃないかと思ったのだが、コロナで公共のトイレは使いたくないと姫村は言い、仕方なく部屋に上げた。そこから先の流れは予想通りというか、どこにでもあるような話だった。

二週間に一度の割合で関係を持った。姫村は最初のうちは優しい言葉をかけてきた。妻とうまくいっておらず、本当は由菜みたいな優しい子と結婚するべきだった、などなど。しかし最近では会話もほとんどなく、会って体を合わせるだけの関係だ。

今日、由菜は大分空港に到着する最終便のフライトを担当し、大分市内のビジネスホテルに一泊して、明日の朝の便から搭乗する。もちろん姫村も同様だ。こういうタイミングを姫村が逃すはずもなく、こうして部屋に呼ばれたのだ。いや、どこか姫村は敢えてスケジュールを調整し、由菜と同じ便になるようにしているような気さえした。

こんな関係をいつまでも続けているわけにはいかない。頭ではわかっていたが、流されるように関係は続いた。長引くコロナ禍の中、たとえばそれが不倫相手であっても、淋しさを紛らわせることができたからだ。そういう意味では互いを利用していた共犯関係だったのかもしれない。

そして先日のことだ。同期の友達と同じ便で仕事を終え、そのまま食事に行った際、話を聞いたのだ。どうやら姫村は職場の客室乗務員と不倫をしているらしい、と。相手の素性は特定できていない様子だったが、背筋が凍る思いがした。このままだと大変なことになってしまう。この手の噂が広がるのは早いものだ。バレてしまう前に関係を終わらせなければならない。そう決意した。

「なあ、由菜。こっち来いよ」

そう言いながら姫村はグラスのハイボールを飲んでいる。缶のハイボールをグラスに注ぎ、さらに自宅から持参した高級ウィスキーを注ぎ足して飲むのが姫村のやり方だ。こうして飲む方が美味しいのだそうだ。一応彼はパイロットであるため、会社独自の規定で勤務に就く十二時間前からアルコール摂取は禁じられている。今は午後九時過ぎ。明日の便は午前八時に出発予定なので、すでに十二時間を切っている。しかし朝の検査でアルコールが検出されなければいいという理由で、彼は自己容認してしまっている。

「来いよ、由菜」

「待って」と由菜は口を開いた。用意していた台詞を口にする。「もうあなたとは会わない。私だとはバレていないけど、あなたがＣＡと不倫してることが噂になってる。だからもう会わない方がいいと思うの」

彼と会うときは細心の注意を払ってきた。外では一度も会ったことはないし、会うときはこうして必ず彼の部屋だ。廊下などで同僚と出くわしたことも一切ない。どうして彼が不倫していることがバレたのか。由菜は初めてその可能性に気づいた。まさか——。

姫村を見る。自分が客室乗務員と不倫しているという噂が流れる。それを知ったら普通なら困惑しそうなものだが、そんな気配は微塵もない。やはりこの男なのか。彼がみずから武勇伝のように同僚パイロットに語っているのだろうか。

姫村が立ち上がり、由菜の手首を摑んだ。男の力には敵わず、そのままベッドに引っ張られる。強引に姫村が唇を押しつけてきた。ウィスキーの匂い。気持ちが悪くなってくる。スカートの中に姫村の手が入ってきた。由菜は懸命に抵抗する。

「やめて、ったら」

右手に何かが触れる。それを摑み、彼の後頭部に叩きつけた。ウィスキーの入っていた銀色の入れ物――スキットルという容器だった。「うっ」という声とともに彼の力が一瞬だけ緩む。その隙をついて由菜は姫村の体を押しやり、そのままベッドから降りた。

「何しやがるんだよ」

姫村の声を無視して部屋から飛びだした。左右を見ると、右側から宿泊客らしき女性がこちらに向かって歩いてくるのが見えたので、由菜は反対側の廊下を奥に進み、階段室のドアを開けた。

終わりだ。これでいいのだ。そう自分に言い聞かせながら由菜は階段を駆け下りた。

翌日の午前七時、由菜は大分空港にある関係者以外立ち入り禁止のスタッフルームにいた。これからブリーフィングがおこなわれるはずだったが、まだ始まっていない。パイロットの一人でもある姫村瑛人が姿を現さないのだ。

「姫村さん、どうしちゃったんだろうね」

「変だよね。さっき廊下ですれ違ったんだけど」

昨夜、部屋を飛びだしたきり彼とは顔を合わせていない。ＬＩＮＥもブロックしてあるので、メッセージも入っていなかった。昨日殴ったので怪我でもしたのかと思ったが、空港内の廊下を歩いていたのならそういう心配もないはずだ。何かほかに理由があるのだろうか。

いつまで経っても姫村が姿を見せる気配はなかった。スタッフたちもざわつき始めている。そのとき一人の男性スタッフが中に入ってきて、一番奥にいる副操縦士や管制官のもとに向かった。

「本当かよ」

副操縦士が声を上げた。何やら大変なことが起きた。それだけはたしかなのだが、何が起きたのかまったくわからない。客室乗務員たちも顔を見合わせている。やがて近くにいた客室乗務員が小声で言った。

「どうやら姫村機長、アルコール反応が出たみたいよ」

一瞬にしてその話はスタッフに広まった。どうやらそれは本当らしく、朝のアルコール検査で基準値を大きく超える数値が出たという話だった。昨夜、姫村はハイボールを飲んでいた。あのときのアルコールが検出されたというのか。しかし姫村にとってはいつものことだ。今日に限って昨夜の酒が残ってしまったのか。

徐々に周囲が慌ただしくなっていく。今後のことを検討するため、副操縦士や管制官たちが円陣を組むように集まっている。すでに東京にある本社とも電話が繋がっているらしく、何やら指示を仰いでいた。近くにいた乗務員たちが口々に話している。

「どうなっちゃうのかな」

「心配ね。ディレイかもしれないわね」

ディレイというのは定刻より遅れて出発することだ。新たなパイロットの準備が整い次第、出発するというわけだ。しかしここは地方空港だ。常にパイロットが待機している羽田《はねだ》や成田とは違う。簡単に代わりのパイロットが見つかるのだろうか。

私が原因を作ってしまったのかもしれない。急にそんな不安が首をもたげてきた。関係を終わりにしたい。由菜がそう告げたことにより、姫村がショックを受けてしまい、いつも以上の酒量になってしまったとは考えられないか。だとしたら私にも責任が――。

眩暈《めまい》がした。倒れそうになったが、誰かが支えてくれたお陰で倒れずに済んだ。振り返ると一人の客室乗務員が立っている。新人の客室乗務員で、同じ便に乗るのは昨日が初めてだった。

「大丈夫ですか?」

彼女が訊いてくる。真波莉子。それが彼女の名前だった。年齢は多分二十代後半くらいなので、中途採用かと思われた。すらりとした、眼鏡が似合いそうな美人さんだ。

「ありがとうございます。大丈夫です」

「顔色悪いですよ。医務室に行った方がいいかも」

「いいえ、大丈夫です。疲れが溜まっているだけだと思います」

状況は刻一刻と変わっていく。混乱の中、スタッフたちが今後の対応策を協議していた。

代わりのパイロットが確保できないことが判明したようで、状況は最悪な方向へと転がっていった。まるで沈没寸前の船に乗っているかのような心境だった。

「欠航だっ」管制官が叫ぶように言った。「本社の指示だ。チケットは全額払い戻し。代替手段として九十分後に出発予定のＡＭＡ便へのご案内、もしくは新幹線での移動を提案する。乗務員たちはしばらく待機。本社からの指示を待つように」

欠航。その意味するところは大きい。悪天候や災害での欠航ならわかる。しかし今回の欠航は完全なる乗務員の不手際によるものだ。マスコミも放っておかないだろう。

「どうなってしまうのかしら？　私たち」

隣で声が聞こえた。真波莉子という新人客室乗務員が首を傾げている。ほかに答える乗務員もいないので、由菜が説明した。

「今頃、本社であれこれ運航表を調整しているんだと思います」

本来であれば由菜たちは羽田に向かい、さらにそこから新千歳《しんちとせ》空港行きの便に搭乗する予定だった。しかしそれが不可能になってしまったため、新千歳行きの便に臨時の乗務員を補充しなければならない。玉突き事故のようにほかの便にも影響が出てくるというわけだ。今、パズルを組み立てるように乗務員の振替作業が本社でおこなわれているはずだ。

怒号のような声も聞こえてきた。それだけ混乱している証拠だった。やがて乗務員たちにも指示が出された。

「次のＡＭＡ便で羽田に戻るように。その後は各自指示が出る予定です」

まずはいったん羽田に戻り、その後はそれぞれに別の仕事が待っているというわけだ。ここ大分にいるよりも発着便の多い羽田に戻った方が何かと好都合ということだろう。

「ヤバいわね」近くにいた若い乗務員が言った。「これってかなり大打撃じゃない。下手したらニュースになるよ。そしたら姫村キャプテン、終わっちゃうかもね」

ニュースになることは確実だった。スターライト航空のパイロットが飲酒のため、欠航。そんな見出しが頭に浮かぶ。

由菜は大きく息を吐いた。いったい彼はどうなってしまうのか。そして私も無傷でいられるのだろうか――。

○

娘の愛梨が起きてこない。城島は時計を見た。午前七時三十分を回っていた。そろそろ起きてきてもおかしくない時間だ。

ダイニングテーブルには城島が用意した朝食が並んでいる。今日のメニューはハムエッグとサラダ、あとはロールパンだ。もう待ちきれなかった。城島は廊下を歩いて愛梨の部屋に向かう。ドアをノックしてから呼びかけた。

「愛梨、起きてるか。早くご飯食べないと学校に間に合わないぞ」

返事はない。もう一度呼びかけてみたが、結果は同じだった。「入るぞ」と宣言してから城島はドアを開けた。

愛梨はベッドで横になっていた。布団を頭から被ってしまっているため、表情はわからなかった。城島は娘に声をかけた。

「どうした？　体調が悪いのか？」

「……うん。お腹が痛い」

昨日の夕食を思い出す。城島が作った焼きそばだ。買ってきたばかりのものを使ったので、肉や野菜が傷んでいたということはない。

「学校はどうする？　休むか？」

答えはなかった。愛梨は小学三年生だ。ここから歩いて十五分ほどのところにある公立の小学校に通っている。得意科目は国語と社会で、算数を少し苦手としていた。城島もまったく同じだったので、ある意味遺伝だと考えていた。

「学校、休むか？」

もう一度訊くと、ようやく布団の中から愛梨の声が聞こえた。

「……うん。今日は休む」

「そうか。じゃあお父さんが学校に連絡しておく。とりあえず牛乳くらいは飲んだ方がいいな。それから胃薬もだ」

「……わかった」

部屋から出て、冷蔵庫から牛乳を出して、コップに注いだ。錠剤の胃薬とともに愛梨の部屋に運び、学習机の上に置いた。愛梨は布団から出てくる気配はなかった。念のために訊いてみる。

「病院行くか？　行くなら予約するぞ」

「病院はいい」

「ちゃんと薬飲めよ」

そう言い残して部屋から出た。スマートフォンに登録してある小学校に電話をかける。担任の教師を呼び出してもらい、状況を伝えた。愛梨の担任は二十代の男性教師だ。一度授業参観で見たことがあるが、華奢なタイプの男だった。

「そうですか。今日はテストとかもないので問題ないですよ。でも珍しいですね、愛梨ちゃんが休むなんて。今年になって初めてじゃないですかね」

たしかにそうだ。記憶の限り三年生に進級して以来、愛梨は学校を休んだことは一度もない。よほど腹痛が酷いということか。

通話を切って、城島は朝食を食べ始めた。愛梨の分はラップをして冷蔵庫に入れた。

ここ最近、城島は暇だ。暇といっても警備会社の正社員であるため、出社すればそれなりに事務仕事が待っているのだが、本業である警護の仕事が極端に減ってしまったのだ。理由は警護対象者である真波莉子にある。

彼女は今、空を飛んでいるはずだ。何を思ったか、彼女は客室乗務員になってしまったのだ。そう簡単に客室乗務員になれるものなのか。そんな素朴な疑問は彼女には通じない。総理の隠し子にして、東大卒の元厚労省のキャリア官僚。彼女にとってはCAになるくらいは造作もないことらしい。先週から働き始め、今頃は大分から羽田に向かう飛行機の中にいるはずだ。

どうしていきなり客室乗務員になったのか。移動中の車内でそれとなく訊いてみたのだが、答えをはぐらかされてしまった。サービス業を経験したいという理由だけでファミレスで働き始めた彼女のことだ。意外にたいした理由ではないのかもしれなかった。

客室乗務員というのは地方に宿泊することが多々ある。警護という名目で彼女の搭乗する便に乗ろうかとも考えたが、その必要はないと彼女に断られた。お陰で朝と夜だけの送迎になり、城島の仕事は極端に減った。

今日は午後七時に羽田空港に迎えに行く予定になっていた。城島は立ち上がり、皿などを洗ってからスーツに着替えた。出かける前にもう一度愛梨に声をかける。

「愛梨、お父さんは仕事に行くからな。悪化するようだったら俺か美沙叔母さんに連絡するんだぞ」

「……わかった」

消え入るような声が聞こえてくる。愛梨は病院が嫌いな子ではないので、彼女が病院に行く必要はないと思っているのであれば、それほど症状は深刻ではないと城島は判断した。仕事を休んで看病するほどのことではない。

「じゃあな。行ってくるぞ」

城島はバッグを持って部屋から出た。鍵をかけて歩きだすと、ポケットの中でスマートフォンが震えた。メッセージを受信したようだ。見ると莉子からのＬＩＮＥで、予定が変更になったという内容だった。帰りの時間が未定になったので、わかり次第また連絡するというものだった。

全国的に天候もよく、気象条件で欠航や遅れが出ることは考えられない。何か不測の事態が起きたとでもいうのだろうか。

午後九時過ぎ、城島は羽田空港の立体駐車場にいた。空港関係者しか入れないエリアであり、城島は通行許可証を持っていた。莉子が勤務するスターライト航空は国内線を専門に展開している航空会社のため、莉子の仕事は羽田空港からスタートし、終わりも羽田空港になることが多いのだ。

二人の人影が見えた。どちらもそのシルエットは女性のものであり、キャリーバッグを引き摺っていることから客室乗務員だと予想できた。莉子であるなら単独で行動するはずなので、彼女ではないだろうと思っていたのだが、二つのシルエットは真っ直ぐプリウスの方に向かって進んでくる。片方が莉子だと気づき、城島は慌てて運転席から降りた。

「お疲れ様です」

そう言いながら莉子に近づき、彼女の手からキャリーバッグのグリップを受けとり、そのままバッグを持ち上げた。莉子の斜め後ろに一人の女性が立っている。きっと莉子の同僚だろう。年齢は莉子と同年代のように見える。

莉子のキャリーバッグをトランクに入れ、もう一人の女性に接近した。莉子が言った。

「こちらの方は私の先輩である宮野由菜さんです。一緒に帰ることにいたしました」

「先輩だなんて、そんな……」

宮野由菜という女性は恐縮したように言う。「お預かりします」と城島は彼女のキャリーバッグを持ち上げてトランクに入れた。二人が後部座席に座ったのを見てから城島は運転席に乗り込む。エンジンをかけて車を発進させる。

「それにしても大変なことになりましたね」立体駐車場を出て、湾岸線に入ったところで城島は言った。「例の件でフライトに影響が出たんでしょう？　ネットはあの話題で持ち切りですよ」

莉子の勤務するスターライト航空所属のパイロットから、搭乗前の検査で基準値を大きく超えるアルコールが検出されたというのだ。しかもそれが原因となって羽田行きの便が欠航になるという事態にまで発展した。ネットは大騒ぎだ。

「私が搭乗する予定の便でした」スマートフォンを見ながら莉子が言う。「宮野さんもそうです。さきほどロッカーでお見かけしたので、一緒にどうですかと誘ったんです。宮野さん、ご自宅はどちらですか？」

「北品川《きたしながわ》です」

「城島さん、先に北品川にお願いします」

「了解です」

バックミラーで宮野由菜という女性の様子を観察する。細面の美人だが、どこか警戒心の強そうな目つきだった。それは莉子という存在に戸惑っているからかもしれない。送迎車と運転手付きの客室乗務員など滅多にいないはずだ。

「宮野さんは姫村機長のことをご存じでしたか？」

「ええ。たまにフライトでご一緒させていただくことがありました」

二人の会話が耳に入ってくる。姫村機長というのは例の騒ぎを起こしたパイロットだった。

ニュースでは名前は伏せられていたが、ＳＮＳなどに彼の名前は流出していた。妻は元モデルであり、城島にとっては羨ましいというレベルを超えた、完全に違う世界の住人のようにも感じた。しかしそういう意味では莉子の方がはるかに別世界の人間なのだが。

「どういった方ですか？　これまでに飲酒問題を起こしたことがあるんでしょうか？」

「……さあ。ないと思いますけど」

「基準値を超えるほどのアルコールを摂取したということは、かなり夜遅くまで飲んでいたと考えられます。彼にだって機長としての自覚があったはず。どうして深酒をしてしまったんでしょうか？」

「わかりません。それほど親しくないので」

過去にも別の航空会社で似たような不祥事が起きていて、そのときもこうして話題になった。その都度社内マニュアルを徹底するなど、各社対応に追われるのだが、数年後には同じような事件が発生する。どんな決まりごとを設けようが、所詮は人間、守る守らないはその人間の我慢や忍耐に委ねられるというわけだ。

道路は空いており、二十分ほどで北品川に到着した。寮などではなく、自分でマンションを借りて住んでいるようだった。あるマンションの前に車を停め、トランクからキャリーバッグを下ろした。由菜を見送るために莉子も車から降りてくる。

「ありがとうございます。助かりました」

「気になさらずに。またフライトで一緒になったらそのときはよろしくお願いします」

キャリーバッグを引き摺って由菜がマンション内に入っていく。彼女の姿が見えなくなってから城島は莉子に訊いた。

「どうして彼女を誘ったんですか？」

莉子がスターライト航空で働き始めて一週間足らずだが、これまで同僚を送ったりしたことはない。だから気になったのだ。莉子は答えた。

「今日、彼女は三回もミスをしました。一度目はお客様の膝にドリンクを零《こぼ》してしまい、二度目は空港の通路で盛大に転びました。そして最後の便では自分の帽子を機内に置き忘れるというミスを犯しました。その帽子を見つけたのが私です」

誰にだってミスはある。しかし三回も続けて犯すとなると、見逃せないものなのかもしれない。ＳＰが三回ミスを犯せば、その時点で失格だ。城島はたった一度の過ちで警視庁を去った身の上だ。

「おそらく何かがあったんです。彼女を動揺させる何かが。それは今朝の騒ぎとは無関係ではないと思います」

莉子は断言するように言ってから、プリウスの後部座席に乗り込んだ。

○

最悪だ。どうしてこんなことになってしまったのだろうか。由菜は大きな溜め息をついた。

羽田空港のスタッフルームの片隅にいた。スタッフたちが慌ただしく動き回っている。ブリーフィングをしている乗務員たちの姿も見える。

この二日間、由菜は休日だった。ずっとテレビを観ていたが、どの番組でも姫村が起こした飲酒問題がとり上げられていた。実名は伏せられていたものの、妻がモデルであることは報道されていた。ニュースによるとスターライト航空では事態を重くみて、姫村への処分を検討しているという話だった。

そして今朝になり、いつものように由菜は羽田空港に出勤した。今日も羽田を拠点として合計四度のフライトが予定されていた。朝のブリーフィングに参加しようとしたところ、スーツを着た見知らぬ男に話しかけられた。総務課に所属しているスタッフらしかった。

宮野さんですね。あなたは今日は飛ばなくていい。姫村機長の件について、あなたにも事情を訊きたいので、少し待機してもらえますか。

その会話の内容は周囲にいる乗務員たちにも伝わってしまい、彼女らの視線が自分に集中するのを感じ、由菜はたまらずその場から逃げだした。そして今、こうして総務課のお呼びがかかるのを待っているのである。

あれだけの問題を起こしてしまった以上、姫村も事情聴取を受けたはずだ。こうして由菜に声がかかったということは、姫村が由菜の名前を出したことを意味している。いったい姫村はどのような発言をしたのか。それが気になって仕方がない。

「宮野さん、準備ができました。こちらです」

総務課の男に呼ばれたので、由菜は立ち上がった。案内されたのは奥まったところにある会議室だった。中に入ると中央にテーブルが並べられていて、その向こうには三人の男たちが座っていた。男たちの年齢は四十代から五十代ほどで、幹部クラスの者たちであるのは雰囲気でわかった。三人ともごつい腕時計をつけている。

「座りなさい」

真ん中の男がそう言った。見るからに偉そうな男で、彼だけは顔を知っていた。スターライト航空の副社長、高良《たから》和輝《かずき》だ。かつてはパイロットをしていたが、スキューバダイビング中に事故に遭って退任、その後は内勤になった。持ち前のリーダーシップを発揮し、今の地位まで出世したという。

「姫村の一件だ。彼に事情を訊いたところ、前日夜に君と一緒だったと証言している。間違いないね？」

やはりそうか。姫村が私の名前を出してしまったということだ。由菜は観念して答えた。

「はい。おっしゃる通りです」

「関係をバラす。そうされたくなかったら奥さんと別れて私と結婚しろ。そう言われて姫村君はショックを受け、酒に手を出してしまったと話している。間違いないね？」

耳を疑った。どこをどう間違えればそういう話になってしまうのだろう。反論する前に右側の男が口を開いた。

「まあ姫村君にも責任はあるんだけどね。火遊びの相手が本気になってしまう。よくあることだよ。酒に逃げてしまったのはいただけないが」

姫村の嘘がさも真実のように独り歩きしているのが許せなかった。由菜はたまらず口を開いた。

「ちょっと待ってください。私はそんな風には言っていません。それどころか私はその日、彼に別れを切りだしたんです」

はっきりと憶えている。別れを切りだしたにも拘わらず、姫村は由菜の手首を摑んでベッドに押し倒した。男として最低だ。

「まあそのあたりの事情に関しては」高良副社長が笑みを浮かべて言った。「男女のことでもあるからね、我々の方でも深入りはしない方針だ。連帯責任という言葉を知っているかね。君にも多少のペナルティは与えるつもりだ。なに心配しなくていい。仕事を辞めろとまでは言わんよ」

なぜ私がペナルティを受けなければいけないのか。納得がいかなかった。欠航騒ぎを引き起こしたのは姫村であって、由菜自身はアルコールを一滴たりとも口にしていないし、彼に飲むように勧めたわけでもない。単純に別れを切りだし、それから部屋を出てきただけだ。

「ちょ、ちょっと待ってください。私は……」

「これは決まったことだ」と高良副社長は由菜の言葉を遮った。「それにしても姫村君が羨ましいよ。あんなに美人な奥さんがいながら、地方のホテルに行けばこんな可愛いお嬢さんが濃厚サービスしてくれるんだろ」

「副社長も現役時代はご盛んだったんでしょう。噂は耳に入っていますよ」

「まあな。だが私の場合、もう時効になってるはずだよ」

男たちが口々に話している。いったいこれは何なのだ、と由菜は憤慨する。欠航騒ぎにまで発展した問題であるのに、きちんと事情を訊こうともしない。そもそも機長の言うことを鵜呑みにして、客室乗務員の言葉には耳を傾けようとしなかった。しかも由菜にもペナルテイが科せられるというのだ。

「下がりなさい。追って連絡する」

副社長が追い払うような仕草をした。由菜は立ち上がり、一礼して会議室から出た。悔しかった。自分がどれほど小さな存在であるか、実感させられた。私は駒に過ぎない。何百人といる客室乗務員の一人に過ぎず、私の代わりなどいくらでもいるということだ。

廊下を歩いていると、向こうからやってきた職員らしき男が由菜の顔を見て目を逸らした。すでに私のことは噂になっているということだ。

鼻がツンとする。うっかりすると涙が零れ落ちてしまいそうだ。こんな姿は誰にも見られたくない。由菜は足早に廊下を急いだ。

○

「おっとツモだな。申し訳ない」

そう言って莉子の正面に座っていた男が手牌を見せた。立直、タンヤオ、ドラ一。それほど高い手ではないが、さきほどから連続して上がっている。莉子の右隣に座る馬渕が点棒を出しながら言った。

「さすがだな、社長。やるじゃないか」

「ありがとうございます。たまたまですよ、たまたま」

いつもと同じく莉子は赤坂の会員制雀荘にいた。シャンパーニュを一口飲み、莉子は息をついた。勤務明けに雀荘で飲むシャンパーニュより美味しい飲み物を莉子は知らない。今日も一日中立っていたから足がパンパンだ。今日は午前中は羽田―新千歳間を往復し、午後は羽田―福岡《ふくおか》間を二往復した。

「だが莉子ちゃんの制服姿、さぞかし見物だろうな。私があと十歳若かったら莉子ちゃん目当てで新千歳あたりに行ったことだろうよ」

左隣に座っているのは顔馴染みの無頼派作家だ。作家はウィスキーをロックで飲んでいる。莉子は言った。

「先生、まだお若いじゃないですか。ご搭乗をお待ちしておりますわ」

「それで莉子ちゃん、今日で一週間だ。どんな感じだい?」

真正面に座る男が訊いてきた。彼の名前は星村啓介《ほしむらけいすけ》。スターライト航空の社長であり、実は莉子とはちょっとした関係がある。彼は栗林総理の妻、栗林朋美の実兄なのだ。

話は十日ほど前に遡る。莉子はスマイリーズを退職したばかりで、しばらくは麻雀を楽しもうと毎晩のようにここに出入りしていた。するとある晩、星村が訪ねてきて、今日と同じメンバーで卓を囲んだ。そのときに星村が切りだしたのだ。莉子ちゃん、私を助けてくれないか、と。

新型コロナウイルスはあらゆる業界に多大な影響を与えたが、航空業界も深刻な被害を受けた業界の一つだった。出入国にも規制がかかり、旅客機に乗って旅行を楽しむということさえもなくなり、各航空会社は便を大幅に減少せざるを得ない状況が長く続いた。二〇二〇年三月期上期の大手二社の売上高は前年同期比で四分の一程度にまで落ち込み、それぞれ二千億円以上の営業損失を出していた。

現在、全世界的にワクチン接種が進み、緩やかではあるものの、どの業界も景気は回復傾向にあった。航空業界もコロナ前とまではいかないが、運航する便の数も戻り始めているようだった。

十日前、星村社長は莉子に向かって言った。たとえコロナが終息しても、また次の未知なるウイルスが来ないとも限らない。そうなった場合に備え、スタッフたち、主に客室乗務員のキャリアについて真剣に考えてあげてほしいんだ。

客室乗務員。たまに耳にするキャビンアテンダントというのは和製英語であり、英訳すればフライトアテンダントという。洗練されたマナーを身につけ、国内外を飛行機で飛び回る華やかなイメージから、就職先としての人気も高かった。

コロナ禍は客室乗務員たちにも影響を与えた。便が大幅に縮小されることは、それは即ち乗務員たちの仕事量の減少を意味していた。航空会社は苦肉の策として、グループ外への出向を打ちだした。自治体や家電量販店、コールセンターなどに客室乗務員を一時的に出向させたのだ。この手の取り組みは比較的ネットニュースにも掲載されたし、莉子自身も厚労省時代には航空会社から提出された報告書などにも目を通していたため、現状は把握しているつもりだった。

もしも未知なるウイルスが出現し、再び世界で猛威を振るったらどうするか。もしも現行のワクチンが効かない、コロナウイルスの新たな変異株が現れたらどうするか。そういう状況に備えた客室乗務員の在り方、今後の進むべき道筋を考えてほしい。それが星村社長の依頼であった。莉子は思わず答えていた。

「社長、喜んでお受けいたします。その問題、私が解決いたします」

百聞は一見に如《し》かず、の諺を忠実に体現し、莉子は客室乗務員になることに決めた。現場を肌で体感しなければ見えてこないものがある。そう考えたのだ。前回スマイリーズ西多摩店で働いてみて、莉子はそれを実感した。現場の仕事を経験してみよう。厚労省時代にはなかった発想だ。

社長の後ろ盾があるのは大きく、社長に提案されてから三日後、莉子は初フライトを経験した。語学は英語、フランス語、中国語の三ヵ国語を話せるし、日本舞踊を習っていたので所作やマナーにも通じている。ついでにワインエキスパートと世界遺産検定一級の資格も持っているが、生憎スターライト航空は国内線のみであり、機内でアルコールの提供はおこなっていなかった。

「ようやくＣＡさんの仕事の流れを大体把握できました。まだ一週間なので、毎日慌ただしく働いています。あ、それ、ポンです」

そう言って莉子は星村社長が捨てた牌を手にとった。次のフライトまでの空き時間などを利用して、同僚たちからいろいろ話を聞きだそうとしているのだが、やはり仕事中ということもあってか、彼女たちから本音を聞きだすことは難しかった。この仕事をどう思っているか。コロナ禍にはどんなことを考えていたか。それらを聞いたうえで、次のステップに進みたかった。

「そういえば」と作家が牌をとりながら言った。「こないだパイロットが酒飲んで欠航になったたろ。あれってスターライト航空だよね」

「面目ない」と星村社長が頭を下げた。「うちのパイロットです。たしか莉子ちゃんも乗務する予定になっていたとか。まったく迷惑をかけてしまったね」

「あのパイロット、やっぱり処分されちゃうわけ？」

作家に訊かれ、星村社長は答えた。

「たしか二週間の乗務禁止と半年間の減給です。五パーセントだったと思います」

「ふーん、結構甘いんだね」

莉子もそう思う。ただし処分を決めたのは星村社長ではなく、高良副社長だ。元パイロットの高良は同じパイロットである姫村に甘いのではないか。そんな声が社内でも聞かれるらしい。しかも姫村はアルコールを摂取した原因の一つとして、愛人関係にあった宮野由菜に脅されたからと言っているようだった。関係をバラすと言われ、つい酒に手が伸びてしまった。それが彼の弁だ。喧嘩両成敗という形で由菜にも処分が下され、彼女には三日間の乗務禁止が言い渡されていた。何度か同じ便で働いたことがあるが、パイロットを脅迫するような女性には思えなかった。

「いずれにしても真波君のお手並み拝見と行こうじゃないか」

そう言って馬渕が牌を捨てた。実は莉子の中ではあるプランが生まれつつあったが、それを実行できるか否かは現時点で不明だった。とにかく今は客室乗務員になりきり、彼女たちの要望などを読みとることが先決だ。

莉子はシャンパーニュを一口飲み、自分の手牌に意識を集中させた。

○

三日間の自宅謹慎を言い渡され、由菜は北品川のマンションに引き籠もっていた。食欲はほとんどなく、一日一回フードデリバリーを利用するだけで、一歩たりとも表に出なかった。世界から切り離されたような気がした。普段やりとりしているCA仲間からもLINEのメッセージが届くことはなかった。おそらく向こうも気を遣い、メッセージを送ることができないのだろうと想像がついた。それでも謹慎三日目の朝、親友と思っている同期の子からLINEが来たとき、死ぬほど嬉しくて涙が出た。彼女は仕事に行く途中だったのでそれほどやりとりできなかったが、少しだけ元気になった。

昼過ぎ、由菜はコンビニに買い物に行くことに決めた。部屋にある飲み物が底をついたからだ。部屋から出ようとしたところで、手にしていたスマートフォンが震え始めた。画面には見知らぬ番号が表示されていた。

出るべきか、それとも無視するべきか。悩んでいるうちに着信音は止まった。それからしばらくして、また着信が入った。仕事関係の電話の可能性もある。基本的に仕事のスケジュール等はメールなどでやりとりをしているが、もしかしたら人事課や総務課からの連絡かもしれなかった。由菜は通話状態にしてからスマートフォンを耳に当てた。

「……もしもし」

「突然のお電話申し訳ございません。宮野由菜さんでよろしかったでしょうか?」

男の声だ。不意に警戒心が高まった。マスコミだろうか。だとしたら即刻切ってしまおう。

「そうですけど、どちら様ですか？」

「私、キング法律事務所の弁護士、井口《いぐち》と申します。スターライト航空の姫村機長の件でお電話させてもらいました」

弁護士が何の用か。警戒心が一層高まるのを感じた。由菜は言う。

「弁護士さん、ですか。いったい私に何の用ですか？」

「私は中嶋《なかじま》つかさ、本名姫村つかささんの代理人をしております」

中嶋つかさ。姫村瑛人の妻であり、元モデルだ。結婚を機に大手女性誌の専属モデルではなくなっていたが、インスタグラムのフォロワー数は多く、作った料理やファッション関係の投稿には必ず数百件のコメントが寄せられる。

「実はですね」と井口と名乗った弁護士が続ける。「今回の件で依頼人は大変メンタル的にショックを受けておりまして、法的手段に訴えることにしたそうです。今後は私が代理人として交渉の窓口を務めさせていただきますので、ご了承ください」

頭の中が真っ白になる。法的手段に訴える。つまり私は中嶋つかさから訴えられてしまうのか。

「ちょ、ちょっと待ってください。私は……」

「宮野さんは代理人を雇うつもりはございますか？　その予定があるのなら、代理人が決まり次第、こちらの携帯電話までご連絡ください」

「だ、代理人ですか……」

「まずはご挨拶させていただきたいと思いまして、連絡させていただきました。今後ともよろしくお願いいたします」

通話は切れてしまった。由菜はその場に立ち尽くしていた。どうして私が訴えられなければいけないのだ。最初に関係を迫ってきたのは姫村の方なのだ。むしろ訴えたいのはこちらの方だ。

いったい私はどうなってしまうのだろう。慰謝料とか支払う羽目になってしまうのだろうか。こちらも弁護士を雇った方がいいのかもしれないが、どれだけの費用がかかるか皆目見当もつかない。貯金だってそれほどない。コロナ禍で貯金は使い果たしてしまっている。

どれだけ立ち尽くしていたのか、わからなかった。手に持っていたスマートフォンが震え始め、ギクッとして由菜は画面を見た。またさっきの弁護士がかけてきたのかもしれないと思って身構えたが、画面には『父』と表示されていた。実家の父だ。由菜は静岡《しずおか》県浜松《はままつ》市の生まれであり、実家には父と母、それから祖母が住んでいる。

どうせたいした用事ではないだろうし、普段なら父からの着信は無視することも多いのだが、なぜか由菜はスマートフォンを耳に当てていた。

「もしもし?」

「由菜か。今日は休みなのか?」

「うん、そう」

今年で五十五歳になる父は、浜松市内にある大手自動車メーカーの工場に勤めている。

「そろそろ蜜柑を送ってやろうと思ってな。今年はなかなか出来がいい。甘いぞ」

元々宮野家は蜜柑を栽培する農家だった。しかし父の代で農地を大幅に減らし、今は人に貸している。それでも父は手元に残した土地で蜜柑を栽培していた。収穫の時期になると何度か送ってきてくれるのだ。

「多分来週には届けられるだろう。由菜、元気にしてるか？」

「うん、元気」

本当は元気ではない。むしろ気分的には最悪だ。不倫していたことが職場にバレてしまい、さらに不倫相手の妻から訴えられようとしているのだ。こんなに酷い状況はそうそうない。

「また帰ってこい。そしたらラーメンでも食べに行こうや」

「……わかった」

工場内から電話をしてきているのか、機械が動くような音が聞こえてくる。「じゃあな」という声とともに通話が切れた。もっと父の声を聞いていたい。由菜はそう思った。そんな風に思うのは生まれて初めてのことだった。

翌日から通常通りの勤務が始まった。羽田から福岡空港に行き、そこから石川《いしかわ》の小松《こまつ》空港に飛んだ。同僚とは業務的な会話を交わすだけだった。すでに会社中に知れ渡っていると考えていい。姫村と不倫関係にあった女。そのレッテルを貼られたまま、生きていくしかないのかもしれない。

小松空港で一時間の小休憩が与えられたため、由菜は売店でパンを買い、それを近くにあるベンチに座って食べた。パンはほとんど味がしなかった。

あれから井口という弁護士からは連絡はない。こちらも弁護士を雇った方がいいと思うのだが、金銭的余裕もないし、今はそれを調べるのも億劫だった。このまま大人しくしていた方がいいのかもしれないとも思った。黙って嵐が過ぎ去るのを待つのだ。どのくらいの慰謝料を請求されるのか定かではないが、莫大な金額ではないだろう。

不意に目の前にハンドタオルが差しだされた。顔を上げると真波莉子が立っていた。由菜は自分が知らず知らずのうちに涙を流していることに気がついた。

「……ありがとうございます」

「どういたしまして。それより体調はどうですか？」

「お気遣いありがとうございます。何とか大丈夫です」

「大丈夫そうではありませんね」そう言いながら莉子が隣に座ってくる。「状況を教えてください。力になれることがあったら協力するので」

「私だったら大丈夫です」

「本当ですか？」

そう訊かれ、由菜は言葉に詰まった。誰かにこうして心配されることが嬉しかった。気がつくと、由菜はこれまでの経緯を包み隠さず莉子に話していた。中途採用の新人乗務員で、面と向かって話すのはこれが二度目という距離感がよかったのかもしれない。親しい者にはプライドが邪魔をしてなかなか本心を打ち明けられないものだ。

「なるほど。状況は把握しました」由菜の話を聞き終えた莉子が言う。「ちなみに代理人を立てる気はありますか？」

「できればそうしたい気持ちもありますけど、費用面で不安があるというか……」

「わかりました。少々お待ちを」

莉子はスマートフォンを操作し、それを耳に当てた。しばらくして莉子が話し始める。

「もしもし、私よ。先日はありがと。助かったわ。……違うわ、そんなんじゃないから。実は弁護士を紹介してほしいの。こういうのは法務省の官僚に訊くのが一番の近道かと思ってね。民事訴訟に強い弁護士、心当たりはあるかしら?……不倫問題よ。私の友人が不倫相手の妻に訴えられそうなの」

法務省という単語が聞こえ、思わず由菜は目を見開いていた。この人は今、法務省の役人と話しているのだろうか。

「そうね。私の携帯にかけてきてくれると助かる。費用は私が払うから心配しないで。……えっ? その件だったら官房副長官には伝わっているはずだけど。去年のアドバイザリーボードの資料を見ればわかると思うわ。……了解。私からも念を押しておく。じゃあね」

莉子は通話を終えた。官房副長官とかアドバイザリーボードとか、耳慣れない言葉の数々が耳に入ってきた。いったいこの人は何者なのか。そう思いつつも由菜は言った。

「あの、訴訟の費用だったら私が……」

「心配要らない。実は退職金が入ったの。その使い道に迷っていたのでちょうどよかった。それに、できれば訴訟になる前に何とかしたいと思ってる」

つまり裁判になる前に決着をつけるという意味か。しかし姫村の妻、中嶋つかさはかなり怒っているだろうと想像がついた。元モデルという立場上、彼女はイメージというものを重んじるタイプの女性のはず。そんな彼女にとって旦那を寝とられたというのは決して許せる出来事ではない。だからこそ代理人を通じて訴訟の構えを示しているのだ。

「こういう仕事に強い人に心当たりがあるから大丈夫よ」

「何から何まで……ありがとうございます」

「問題の本質が違ってると思うの。あくまでも問題はアルコールが検出されたパイロットにある。彼にどんな事情があったにせよ、彼の体内からアルコールが検出されたのは事実なわけだから、彼に罰を与えるのは当然で、その予防策を考えるのは上層部の仕事。あなたにまで罰を科すのはおかしい。社長にもそう言っておくから」

「しゃ、社長ですか？」

「そう、社長よ」

涼しい顔で莉子は言った。由菜はその顔をまじまじと見た。もしかして社長の娘さんだろうか。でも名字が違う。社長は星村という名字だ。

「ところで宮野さん、今夜はお時間ある？」

スケジュールではこの後福岡空港に飛び、そこから新千歳空港を経由して羽田に戻ることになっていた。特に今夜は予定はない。

「特に予定はありませんけど、私は……」

「それはよかった。ちょっと付き合ってほしいところがあるの。こういうのは多い方がいいと思って」

「いったい何ですか？」

莉子が立ち上がり、片目を瞑って答えた。

「合コンよ」

○

ＳＮＳとは個人情報の宝庫である。元警察官という職業柄、城島はそれを知っている。たとえばインスタグラムやフェイスブックを見れば、その人物の交友関係、行動パターンなどはあっという間に把握できてしまう。しかも頻繁に更新している人物ほど、特定が容易だ。

城島は今、青山にあるコインパーキングにいる。今から三時間ほど前、莉子から連絡がきて、ある人物の調査を依頼された。ターゲットは中嶋つかさ、本名姫村つかさという元モデルだ。例の飲酒事件を引き起こしたパイロットの妻だ。

莉子の頼みは絶対だ。最初に城島がとりかかったことは中嶋つかさのＳＮＳのチェックだ。彼女のインスタグラムを見ると、そこは情報の宝庫だった。入れ食い状態とはまさにこのこと。インスタグラマーとしての顔もあるらしく、行った飲食店、髪を切った美容室、ネイルサロン等々、店名入りで載せてくれている。有り難くて涙が出るほどだった。インスタグラムを見ているだけで彼女の行動パターンが読めてくるような気さえした。

そして城島が目をつけたのは、あるパーソナルトレーニングジムだった。彼女は週に三回、そのジムに通っており、ジムのトレーナーとのツーショット写真もアップしていた。掲載されている曜日と時間帯から、ちょうど今日はジムに通う日だと思われた。ネットでジムのホームページにアクセスし、このビルに辿り着いたというわけだ。ここで張っていれば中嶋つかさが現れるかもしれないが、それほど過度な期待はしていない。ほかにも彼女の行きつけの場所はたくさん判明しているからだ。

地下駐車場がないのは事前の調べでわかっているので、出てくるとしたら正面のエントランスしかない。城島は一時間前からこうしてビルの前のコインパーキングに車を停め、ビルから出てくる人物を見張っていた。

時刻は午後五時になろうとしていた。午後六時まで粘ってみようと思っていた。莉子からのメールを読む限り、期限は特に決まっていない様子だった。彼女の立ち寄りそうなポイントはいくつかチェック済みなので、今日が駄目なら明日出直すまでだ。

スマートフォンを出し、娘の愛梨に電話をかけた。小学校進学を機にキッズ携帯を買い与えている。すぐに通話は繋がった。

「もしもし。お父さんだ。具合はどうだ？」

「だいぶよくなった」

実は今日も愛梨は学校を休んだ。今週に入ってもう二度目だ。前回と同じく朝から腹痛を訴えたのだ。無理に学校に行かせるわけにもいかず、城島は仕方なく了承した。病院に連れていこうとしたのだが、多分薬で治ると本人が言い張ったため、城島は仕事に出ていた。

「何か食べたいものはあるか？　多分七時くらいには帰れると思う」

「特にない。ラーメンとかでいいよ」

腹が痛いと言って学校を休んだ人間にラーメンを食べさせるのはどうかと思ったが、城島は「わかった」と言って通話を切った。実は腹痛というのは仮病ではないかと城島は疑っている。

愛梨は小学三年生だ。まだ早いと思うが、一応そちらの線もあるかと思い、妹の美沙にそれとなく訊いてみたところ、まだ愛梨に初潮の兆候はないらしい。だとすれば腹痛の原因は何か。それとも腹痛ではなく、別の理由で休んでいるのか。気になって仕方がないが、真正面から問い質してもおそらくはぐらかされてしまうだろうと思った。

愛梨は莉子と個人的にやりとりをしているらしい。二人が顔を合わせたのは二回だけだが、意外にウマが合ったようだ。莉子が客室乗務員になったことを知り、愛梨は自分のことのように喜んでいた。愛梨が客室乗務員に憧れていることを城島は初めて知ったくらいだった。もしかしたら莉子なら愛梨の些細な変化に気づいているかもしれない。今度会ったときに訊いてみるとするか。生憎今夜は送迎は必要ないと言われていた。

午後五時三十分を回った頃だった。エントランスから一人の女性が出てきた。ゆったりとしたパーカーを着ていて、大きめのサングラスをかけていた。自己主張強めのそのサングラスに見憶えがあった。中嶋つかさがインスタグラム内でもかけていたものだ。彼女に間違いない。いきなり当たりくじを引いてしまったらしい。

彼女は横断歩道を渡り、こちらに向かって歩いてきた。城島が車を停めているコインパーキングに入ってきた。城島は見つからないようにシートの角度を調整した。精算機で料金を支払った中嶋つかさは白いカイエンに乗り込んでいった。そのナンバーを頭に叩き込む。

カイエンがコインパーキングから出ていくのを見て、城島も慌てて車から降りて精算機に向かって走った。急げば間に合うだろう。今日のうちに彼女の自宅住所を押さえてしまえば、今後の監視作業が楽になるはずだ。

○

「やっぱりＣＡさんって有名人とかに名刺渡されたりするんですか？」

「あ、それ、俺も気になってた。絶対あるよね、そういうの」

由菜は品川にあるイタリアンレストランにいた。奥の個室を借り切っていて、五対五の対面方式の合コンに参加している。自分が合コンに参加できるような状況にないのは十分理解しているが、どうしてもと莉子に頼まれ、こうしてこの場にいるのだ。

「ちなみに由菜さんの出身はどちらですか？」

目の前に座る男性に訊かれた。男性陣の職業はそれぞれで、どうやらフットサルチーム関係の友人らしい。目の前の男性は銀行マンだと自己紹介で言っていた。

五対五であるのだが、女性陣は六人いる。なぜか莉子は由菜の斜め前、ちょうどお誕生日席と言われる場所に座っており、タブレット端末に視線を落としていた。会話に参加することなく、五人の話に耳を傾け、時折タブレット端末に何やら入力しているようだ。目的がわからないが、それでも十人の男女は莉子の存在を気にしつつも会話を楽しんでいる。今は自己紹介が終わり、それぞれに会話が始まったところだ。

「私は浜松の出身です」

「知ってる。餃子が有名なんだよね。真ん中にモヤシが載ってるやつ」

ほかの四人の女性陣もスターライト航空の客室乗務員だった。年齢はまちまちだが、二十代半ばが多かった。ほぼ全員が同年代だが、スターライト航空だけでも八百名近い乗務員が働いているため、今日初めてまともに話す人もいた。特に由菜の場合、状況が状況なだけにあまり積極的に会話に加わるのは避けていた。訊かれた質問には答える。その程度だ。

「ちょっとよろしいでしょうか」ずっと黙っていた莉子が口を開いた。かなり真剣な顔つきで、プライベートな合コンというより、大事な会議に臨んでいるようでもある。「私から質問があります。五年後、自分が何をしているか。もしくは何をしていたいか。そういった展望についてお答えください。男性Aの方からお願いします」

莉子から一番遠くにいるのが男性Aらしい。男は戸惑ったように立ち上がった。

「えっと、男性Aです」と笑いをとったあと、男は続けた。「五年後というと、僕は三十五歳になっているはずです。さきほど自己紹介したように僕は現在個人でプログラムなどを組んで企業さんに売ったりしているんですが、できれば五年後には法人化できればいいなと思います」

男女交代で話していく。五年後という具体的な数字が与えられたせいか、それぞれがきちんとしたビジョンを披露した。女性Dである由菜の隣の子が立ち上がる。

「五年後、私は三十二歳です。私は三十歳になったらスターライト航空を退職する予定です。実家が旅館を経営しているので、おそらくそこで若女将として働いているはずです」

由菜の番が回ってくる。由菜は立ち上がった。

「あまり具体的なことは考えていませんが、私は多分今のまま客室乗務員を続けていると思います」

それだけ言ってすぐに着席する。莉子は話を聞きながらタブレット端末に何やら入力していた。莉子が何も言おうとしないので、参加者たちは次々と口を開いた。

「ホナミさん、ご実家が旅館を経営されているんですね？　場所はどちらですか？」

「箱根《はこね》です。もしよろしかったら一度いらしてください」

「もちろんですよ。おい、シバノ。お前んとこの会社、慰安旅行これからだろ。使わせてもらったらどうだ？」

由菜は前菜であるサラダを食べる。それなりに人気店のようだが、料理はごく普通の味だった。由菜以外の男女は楽しそうに話している。やはり今のメンタルでは人と楽しくお喋りできる状況ではない。不倫がバレてしまい、さらに訴えられてしまいそうなのだ。

実はさきほど、スマートフォンに電話があった。今日最後のフライトを終え、ロッカールームから出たときだった。相手は弁護士と名乗った。どうやら莉子が手配してくれた弁護士らしく、今後はすべてを任せてもらいたいと言っていた。恐縮しながら礼の言葉を言うことしかできなかった。通話後、相手の弁護士の名前をインターネットで調べてみたところ、かなり有名な弁護士であることが判明した。民事訴訟で敵なしと言われている弁護士のようだ。こんな人が私の弁護を引き受けてくれるのか。そう心配になってくるほどだった。莉子にそのことについて話してみたいのだが、さすがに合コンの場に相応《ふさわ》しい話題ではない。

「次の質問です」と莉子がよく通る声で発言する。「結婚願望の有無について聞かせてください。結婚したい年齢、それと結婚後に子供が何人欲しいかも併せてお願いします。この質問をハラスメントだと感じた場合、お答えいただかなくても結構です」

　男性Aから順番に答えていく。すぐに自分の番が回ってきたので、由菜は答えた。

「結婚願望はありますが、時期とか出産については具体的に考えていません」

　再び雑談タイムに入る。結婚というワードが出たせいか、最近周囲で結婚式が続いていると男性の一人が愚痴り始めると、結婚式あるあるの話題に移っていった。

「でもCAさんと結婚したらその友達も披露宴に来てくれるわけだろ。壮観だよね。制服着たCAさんがテーブルを囲んでいたら」

「制服着ていくことはありません。普通のドレスですよ」

「あ、そうなんですか。そいつは残念だ」

　莉子だけは会話に加わることなく、タブレット端末に視線を落としている。その後も雑談の合間に莉子が質問をするという、一風変わった合コンが由菜の目の前で繰り広げられた。質問は将来住みたい場所や実家への帰省の頻度など、人生観やライフスタイルに関するものが多かった。

　男性陣の一人が言った。

「でも真波さん、非常に場を仕切るのが上手いというか、こういう司会的な仕事に慣れていますね。コーディネーター的な仕事をされていたことがあるんですか?」

「ええ、まあ」

　莉子は素っ気なく答えた。いったいこの人は何者なんだろう。そしてこの合コンの真の目的とは何か。由菜はそんな疑問を感じつつ、炭酸水を口にした。

○

監視は二日目に入っていた。前日の夜、城島は中嶋つかさの住むマンションを特定していた。品川区内にある高層マンションだった。パイロットというのはプライベートでも高いところに住みたがる人種のようだ。

マンションの地下駐車場の出入り口が見える位置にプリウスを停め、張り込みを開始した。警護課に配属されてSPになる前、二年間だけ刑事課にいたことがある。そのときに先輩刑事と何度か張り込みをしたことがあるので要領はわかっていた。それほど難しいことではない。対象が出てきたらあとを尾ける。それだけだ。

午前中に一度、白いカイエンが地下駐車場から出てきたが、向かった先は近所にあるスーパーマーケットで、買い物だけ済ませて中嶋つかさはカイエンに乗って自宅マンションに戻った。旦那の姫村瑛人というパイロットは自宅謹慎中だと聞いている。買い物にも同行せず、一人で留守番をしている様子だった。

動きがあったのは午後三時過ぎのことだった。再び白いカイエンが地下駐車場から出てきたので、城島は尾行を開始した。車は山手通りを中目黒《なかめぐろ》方面に向かって走っていた。特にスピードを出すわけでもないので、比較的尾行も楽だった。

中目黒を通過し、そのまま渋谷《しぶや》方面に向かってカイエンは走っていく。ある交差点の手前でカイエンはハザードランプを点けながら路肩に寄った。しばらく様子を観察していたが、運転席から中嶋つかさが降りてくることはなかった。車はハザードランプを点けたまま停まっていた。

すると歩道を歩いていた一人の男がガードレールを乗り越え、カイエンの助手席に乗り込むのが見えた。一瞬しか見えなかったが、筋肉質のスポーツマンタイプの男だった。車が発進したので、再び尾行を開始する。

二人を乗せた車が向かったのは渋谷のシティホテルだった。地下駐車場に車を停め、二人は仲良くエレベーターに乗って姿を消した。時刻は午後三時三十分を回っている。旦那が自宅謹慎中に、元モデルのセレブ主婦はホテルで愛人と密会ということか。だとしたらいいご身分だ。

すぐに城島は莉子に電話をかけた。今日彼女は出勤していないことは承知していた。スターライト航空では四日連続で勤務して二日間の休日というのが基本的なローテーションらしい。すぐに電話は繋がった。事情を話すと莉子は言った。

「私も合流します。位置情報を送ってください」

通話を切ってから現在位置を莉子のもとに送る。エレベーターが真正面に見える位置に車を動かし、そこで張り込みを開始した。

三十分後、助手席のウィンドウを叩く音が聞こえた。莉子が立っている。ロックを解除すると莉子が乗り込んでくる。

「お疲れ様です」

「状況は?」

「まだ動きはないですね。おそらく男は愛人でしょう」

飲酒問題で騒ぎを引き起こした姫村は、莉子の同僚である客室乗務員と不倫の関係にあり、飲酒問題が明るみに出た際、その責任の一部を相手の女性に押しつけるような発言をしたらしい。しかも姫村の妻はその客室乗務員を訴える姿勢を見せており、彼女にとっては踏んだり蹴ったりの状況になっている。それを見兼ねた莉子が彼女のために一肌脱ごうとしているわけだ。仕事を淡々と推し進めるだけではなく、意外に人情味があると城島は莉子のことを見直していた。

「どうやって現場を押さえるんですか?」

「これを使って撮影しようと思います」

城島はポケットからライター型のカメラを出した。探偵などが使うもので、秋葉原《あきはばら》で仕入れた代物だ。

「なるほど。わかりました」

莉子はそう言ってバッグの中からタブレット端末を出した。仕事をするつもりらしい。城島は邪魔にならぬように黙ったままエレベーターの方に目を向けた。時間だけが過ぎていく。

午後五時少し前、エレベーターの中から一組の男女が出てくるのが見えた。中嶋つかさと、その連れの男性だった。別々に出てこられたら厄介だと思っていたので、城島は胸を撫で下ろす。カメラを向け、二人の姿を撮影した。うまく撮れているか不安だった。地下駐車場は暗いし、距離も離れている。同じことを思ったのか、莉子が言った。

「近づいた方がよさそうですね」

「でも、どうやって……」

「降りましょう」

莉子が助手席から降りたので、城島も慌ててそれに従う。そして宿泊客を装う感じでエレベーターの方に向かって歩き始めた。莉子が腕を絡めてきたので、城島はわずかに狼狽する。彼女にすれば不自然に思われぬようにカップルを装ったつもりかもしれないが、やはり男性である以上、妙齢の女性に腕を絡められるのはそれだけで緊張する。

前方から二人が歩いてくる。城島は隠し持ったカメラのボタンを立て続けに押した。やがて二人とすれ違った。男の方はがっしりとした体つきで、アスリートを思わせる風貌だった。二人はそそくさとカイエンに乗り込み、そのまま走り去った。それを見届けてから城島たちはプリウスに戻り、カメラの端子を莉子のタブレット端末に接続し、撮影した画像を確認した。プロ級とは言えないが、二人の顔が識別できる程度には撮れていた。それを見て城島は安堵する。

「これは使えるかもしれませんね」莉子が画像を見ながら言った。「ただし相手の男性が単なる友人、ビジネスパートナーであるという可能性も否定できないので、何とも言えません。それでも調べてみる価値はありそうです」

ごく普通のシティホテルだ。部屋で二人きりで過ごしたのではなく、レストランでお茶を楽しんだという可能性もないわけではない。

スマートフォンに着信が入っていた。画面には見知らぬ番号が表示されている。「失礼」

と莉子に断りを入れてから城島は電話に出た。男の声が聞こえてきた。

「城島さんの携帯電話でしょうか。私、三年二組の担当をしている吉井《よしい》と申します」

愛梨の担任の先生だ。たしか二十代半ばくらいの若い教師だったと記憶している。愛梨の担任教師がいったい何の用だろう。

「愛梨ちゃん、体調はどうですか？」

「えっ？　どういうことですか？　うちの娘が何か？」

会話が嚙み合っていない。話を聞くと今日も愛梨は学校を休んだという。そんなことは聞いていなかった。今日は朝から張り込みに出たため、愛梨より先に部屋を出た。彼女が勝手に学校に電話をかけ、休んでしまったということか。

「やはりそうでしたか」

吉井という教師の言葉に引っかかりを覚え、城島は彼に訊いた。

「やはり、というのはどういう意味でしょうか？」

やや沈黙があったあと、電話の向こうで吉井が言った。

「城島さん、少々込み入った話になりそうなので、これから学校に来ていただくことは可能でしょうか？」

それから一時間後、城島は愛梨の通う小学校にいた。事情を話すと莉子も同行したいと言いだし、家庭の問題だから断ろうと思ったのだが、言いだしたら折れない彼女の性格を知っていたので、同行してもらうことにした。

下駄箱の前で一人の男が立っていた。担任の吉井だった。頭を下げながら近づいてくる。城島の背後に立つ莉子を見て、吉井は一瞬だけ目を見開くような仕草をしたが、すぐに元の顔に戻って言った。

「お忙しいところすみません。こちらへどうぞ」

放課後の校内は静まり返っている。職員室にはまだ明かりが点いていた。学校の教師がテストの採点やら行事の準備で忙しいとは話に聞いたことがある。

案内されたのは一階にある面談室という部屋だった。真ん中に四人掛けのテーブルが置いてあった。椅子に座ると吉井が言った。

「わざわざお越しいただきありがとうございます」

「いえ」と挨拶もそこそこに城島は切りだした。「それで込み入った話とはどういうことでしょうか？　最近愛梨は学校を休みがちだったので、私も不安に思っていたんです」

吉井に呼ばれたことは愛梨には伝えていない。愛梨は今頃自宅にいるはずだ。

「こちらをご覧ください」

そう言って吉井がテーブルの上に置いたのは一枚のコピー用紙だ。莉子と城島が並んで写っている。顔にボカシが入ったその写真は、数ヵ月前に莉子が総理の隠し子であると報じられた写真週刊誌で使用されたものだった。

「さきほど教室のゴミ箱に捨てられているのを見つけました。多分うちのクラスの児童が学校に持ってきたんだと思います」

写真には書き込みがある。『城島のおやじ』とか『そうりの娘』といった言葉のほかに、顔には落書きがされている。

「失礼ですが、栗林総理の……」

やや恐縮したように吉井が莉子の方を見ると、彼女は小さくうなずいた。

「ご想像にお任せします。それより何があったんでしょうか。私も愛梨ちゃんとは親しくさせていただいているので、是非とも話を聞かせてください」

吉井がこちらに目を向けてきたので、城島はうなずいた。それを見て吉井が話し始める。

「うちのクラスに、ある一人の女の子がいます。名前はA子ちゃんとさせてください。A子ちゃんは家庭の事情というんでしょうか、たとえば同じ洋服をずっと着ているとか、近づくとちょっときつめの臭いがするとか、そういう傾向のある女の子でした。私も担任として気遣っていたんですが、私の目の届かないところで一部の男子児童から嫌がらせを受けていたようなんですね」

要するにいじめだ。しかしその言葉を口にしてしまうと、学校側がいじめがあるのを認めてしまうことになる。吉井は慎重に言葉を選んで話している。

「男子児童の主犯格はB君という男の子です。父親は大企業の専務をされているとかで、かなり裕福なご家庭のお子さんです。B君はことあるごとにA子ちゃんにちょっかいを出していました。その二人の間に割って入っていったのが愛梨ちゃんです」

クラスメイトの誰もが見向きもしない中、一人A子を庇ったのが愛梨だったという。吉井がA子がいじめられていることを知ったのも、愛梨から教えられたらしい。いじめられている子を助けようとする愛梨の心意気に、父親として城島は誇らしい気持ちを抱いた。

「私も注意をしたので、A子ちゃんに対する嫌がらせ行為は終息しました。それが夏休み前くらいの話です。そして夏休みが終わって二学期になったんですが、そこで変化がありました。A子ちゃんが目に見えて変わったんです。身なりとかが一気にグレードアップしたんですよ」

理由は吉井もわからないそうだが、多分シングルマザーである母親に理由があるというのが吉井の推測だった。たとえば新しい恋人ができ、その男から支援を受けられるようになった。考えられないことではない。

「そしてA子ちゃんはB君と接近するんです。仲良くなってしまうんですね。それでなぜか二人は愛梨ちゃんにちょっかいを出すようになるんです」

「えっ？　ちょっと待ってください」と思わず城島は口を挟んでいた。「だって愛梨はA子ちゃんを助けていたんですよね。それがどうしてそんな風になってしまうんでしょうか？」

「それは私にもわかりません。子供ってデリケートなので、もしかしたらA子ちゃんにとって愛梨ちゃんの行動は余計なお世話だったのかもしれません。ちょうどその頃、週刊誌にこの写真が掲載されました。誰かが気づいたか、もしかしたら愛梨ちゃんがうっかり洩らしてしまったのか、そのあたりの経緯はわかりませんが、子供たちにとっては影響は小さいものではありません。つまりこういうことです。愛梨ちゃんのお父さんは週刊誌に載ってしまうほどの悪人だ。あまり関わらない方がいいんじゃないか」

城島はコピー用紙に目を落とす。たしかに自分の親がこんな風に写真週刊誌に掲載されてしまったら、子供にも影響が出るのは確実だ。そこまで考えていなかった自分の軽率さを呪わずにはいられなかった。

「ここ最近、私の目に見える範囲、授業中なんかはごく普通なんですが、それ以外のところでは愛梨ちゃんは孤立しているみたいです。巧妙に無視されているっていうんですかね。ただ私にも確証があるわけではないんです。子供たちに個別に訊いても誰も口を割りません」

だから愛梨は学校に行きたくないのか。一学期には一度も学校を休まなかった彼女が、ここ最近は学校を休みがちだ。しかも今日に至っては父親に無断で学校を休んでしまったのだ。

「実は先日、帰り際に愛梨ちゃんを呼び止め、話を聞きだそうとしたんですが、彼女は何も言いませんでした。私は何もされていないから心配しないでくれ。そう言うんです。そう言われてしまうと私自身も動きようがないというか……。それに学校側としてもいじめがあると認めてしまうと、結構な大問題に発展してしまうので、私はまだ誰にも話していません。最初に城島さんに直接話しておこうと思い、今日ここに来ていただいたんです」

娘がクラスでいじめを受けている。そう言われても実感が湧かなかった。もちろんいじめという言葉くらいは知っているし、城島自身も子供の頃、程度の差はあるにせよ、いじめに似たようなものは見たことがある。しかしそれが我が子の身に起きているというのだ。

「私の力不足です」と吉井が頭を下げた。「申し訳ございません。今後もできる範囲で愛梨ちゃんのことを気遣うつもりです」

「先生、頭を上げてください」

城島はそう声をかけた。頼りない印象だったが、この若い男性教師も彼なりに真剣に考えているのだと感じた。ただし彼にしても難しい問題だというのは推測できる。

どうしたものだろうか。城島は腕を組んだ。隣に座る莉子もいつになくシリアスな顔で何やら考え込んでいた。

「すみません、真波さん。わざわざ来ていただいて……」

城島は彼女のためにスリッパを用意した。私も愛梨ちゃんと話をしたい。彼女がそう言いだしたので、こうして自宅に案内したのだ。途中、愛梨の好物であるピザをテイクアウトで買ってきた。

リビングに愛梨の姿はなかった。奥にある愛梨の部屋に向かい、城島はドアをノックした。

「愛梨、いるんだろ。遅くなって悪かったな。ピザ買ってきたから食べようじゃないか」

今日無断で学校を休んだことを責めても意味はない。それはさきほど莉子にも言われたので、話題に出すのはやめにした。

「愛梨、お前の好きなピザだぞ。マヨネーズがかかってるやつだ。旨いぞ、きっと」

「……要らない。食欲ないから」

背後に莉子が立っている気配を感じた。背中を叩かれたので、城島はドアの前から離れた。今度は莉子がドアの向こうに呼びかける。

「愛梨ちゃん、私よ。ちょっと愛梨ちゃんに話したいことがあってお邪魔したの。実はね、私とお父さん、ついさっきまで学校にいたの。そこで愛梨ちゃんの担任の先生と話してた。そう、吉井先生。多分私より若いけどしっかりした先生ね」

莉子も自分と同じ印象を受けたらしい。平時であるならば安心して娘を任せられる教師だと城島は感じた。しかし今は平時ではない。愛梨がクラス全体からいじめを受けているのだ。完全に非常事態だ。

「愛梨ちゃんが置かれてる状況は吉井先生から聞いたわ。どうしてこうなってしまったのか、名前は教えてくれなかったけど、大体の状況は把握してるつもり」

自分はいじめを受けている。愛梨自身はそうは言っていないらしい。要するに被害届を出さないため、吉井としても解決に動けないという状況だ。

「愛梨ちゃん、この場合、あなたがとれる戦略は三つ。戦うか、引き分けを狙うか、逃げるか。その三つよ。まずは戦う場合から説明するわね。これは簡単で、いじめを受けていることを先生に話して、徹底的に相手と戦うの。声を大にして戦うの。私やお父さんも味方するけど、勝てない可能性も高いわ」

何となく想像できた。学校側にしてもいじめがある事実を公表したくないだろうし、何とか穏便に解決しようとするだろう。愛梨の訴えを学校側が――担任の吉井は味方であっても――退けてしまうことは容易に想像できた。つまり戦いたくても戦えない。そういう事態に陥ってしまうのだ。

「二つ目の引き分け狙いというのは、まあ消耗戦ね。向こうが飽きてしまうのを待つだけ。それに小学校というのは幸いにもクラス替えというものがある。ガラリと環境が変われば情勢も変わるかもしれない」

今は十二月の半ばだ。愛梨の次のクラス替えは五年生に進級するときだ。あと一年以上もあるため、消耗戦に持ち込むにはゴールが遠い気がしないでもない。

「最後の逃げるというのは、文字通り逃げちゃうの。引っ越して別の学区になれば、違う小学校に通うことができる。でも今の学校の友達とは疎遠になってしまうというデメリットもある」

実はさきほど愛梨がいじめを受けていると知ったとき、引っ越しについては一瞬だけ考えた。しかし愛梨にも今の学校で築いた人間関係というものがあるだろうし、こちらから積極的に勧める気にはなれなかった。

「まあざっくりと三通り示したけど、これ以外にも方法はあるかもしれない。引き分けを狙いつつも、少し戦ってみるとかね。これからゆっくり考えていきましょう。私も協力は惜しまない」

例の週刊誌の記事が影響を与えているということもあってか、この件に関して莉子も多少の責任を感じているようだった。まったく何だかなあ、と城島はやるせない思いになる。そもそもの発端は愛梨がA子を助けようとしたことだ。それがなぜか今度は愛梨がいじめられる羽目になる。小学校というのもなかなか複雑な場所らしい。

「そういうわけだから愛梨ちゃん、私たちと一緒にピザを食べない？　こういう風に考えてはどうかな。今ピザを食べても食べなくても、状況はそれほど変わらない。だったら美味しいピザを温かいうちに食べた方がいいんじゃないかな」

物音が聞こえた。ベッドから降りたようだ。やがてドアが開き、愛梨が廊下に出てきた。城島はリビングに戻り、グラスや飲み物などを用意する。三人でリビングのテーブルを囲み、買ってきたピザを食べ始めた。

「愛梨、サラダもあるぞ。よかったらどうだ?」

「とりあえず要らない」

「愛梨ちゃん、野菜も食べた方がいいよ。ビタミンはお肌にもいいのよ」

莉子がそう言うと愛梨は素直に応じた。

「じゃあ食べる」

城島はサラダを皿によそい、愛梨の手元に置いた。愛梨がピザを食べているのを見て、やはり学校を休んだのは腹痛などの病気ではなく、メンタルに起因するものだろうと思った。

愛梨がぼそりと言った。

「莉子ちゃんって総理大臣の娘なんだよね」

特にこれまでに愛梨に説明してこなかったが、彼女も例の記事を読んでいることが今日の一件で明らかになった。多分あの週刊誌をクラスに持ち込んだのはA子かB君のどちらかだと思うが、余計なことをしてくれたものだ。

「そうだよ。私の父親は内閣総理大臣。でも戸籍上では無関係なんだけどね」

「でも血は繋がっているわけでしょ。だったら無理だね」

「何が? 何が無理なの?」

莉子が訊くと、愛梨は口の周りについたピザソースを紙ナプキンで拭きながら答えた。

「結婚。お父さんと莉子ちゃんが結婚すればいいなと思っただけ」

「お、おい、愛梨。何を言いだすんだよ。そ、そんなの無理に決まってるじゃないか。あ、真波さん、申し訳ございません。おっと、これはいかん」

あまりに動揺したせいか、緑茶の入ったマグカップを肘で倒してしまった。マグカップがフローリングの上に落ちてしまう。莉子も立ち上がって零れた緑茶の後始末を手伝ってくれる。なぜか目を合わせられなかった。

しっかりしろ、と城島は自分に言い聞かせる。こっちはバツイチ子持ちの四十二歳。向こうは元厚労省キャリア官僚にして総理の隠し子。釣り合いがとれるとれない以前の問題であり、住んでいる世界が全然違うのだ。

○

由菜が仕事に復帰して一週間が経過した。徐々にではあるが、以前と変わらぬスタンスで同僚たちが話しかけてくれるようになっていたが、彼女たちは心の中ではこう思っているはずだった。可哀想な子。姫村キャプテンに都合よく遊ばれてしまったのね、きっと。

実際、ふとした瞬間に視線を感じることがあり、そちらに目を向けると数人の客室乗務員が立ち話をしていることがあった。彼女たちの話題は自分のことに違いない。そんな被害妄想に由菜の心は支配されていた。

だから今、由菜は自宅の部屋のテーブルの前に座り、転職サイトをぼんやりと眺めている。そろそろ限界かもしれない。そう思い始めていた。

由菜が客室乗務員を志したのは高校三年のときだった。由菜が通っていた私立高校では三年の秋に修学旅行があり、行き先はオーストラリアだった。三泊四日のタイトなスケジュールであったが、生徒たちが心待ちにしている一大イベントだった。由菜も例外ではなく、友達とともに修学旅行を待ち望んでいた。旅行中の行動計画も班で決めることになっていたため、同じ班の仲間たちと放課後に集まってああでもない、こうでもないと盛り上がっていた。

そして修学旅行の当日、成田空港からオーストラリアのシドニー国際空港に向かって出発した。その機上で由菜は腹痛に襲われた。何度かトイレに行って多少は楽になったのだが、鈍い痛みはなかなか治まってくれなかった。多分前日の夜に自宅で食べたアジのたたきが原因だろうと勝手に考えた。二度とアジのたたきなんか食べるもんか、と由菜は決意し、実際にその決意は向こう五年ほど守られることになる。

顔色が悪いようですが、お体の具合は大丈夫ですか？

そう話しかけてきたのは一人の客室乗務員だった。彼女は通路に膝をつき、由菜の顔を下から覗き込むように見ていた。すでに出すものは全部出していて、少しずつ痛みも治まってきたが、まだまだ本調子にはほど遠かった。

実は……。

初めての海外旅行、初めての飛行機ということもあり、由菜は緊張していた。話しかけてくれた客室乗務員の好意が嬉しく、アジのたたきに中たったみたいでお腹が痛いと正直に話した。すると客室乗務員は「少々お待ちください」と言い残し、その場から立ち去った。数分後に戻ってきた彼女の手には一本のミネラルウォーターのペットボトルと、小型のピルケースがあった。

これ、私の常備薬です。本来であればこういった行為は許されないのですが、よかったらお飲みください。母から教えてもらった漢方のお薬なんです。

客室乗務員の胸のあたりにネームプレートがあり、そこには『公文《くもん》』と記されていた。由菜は公文という客室乗務員からピルケースを受けとり、薬を飲んだ。苦かったが、不思議と清涼感のようなものも感じた。次第に痛みも治まっていき、痛みが治まると眠気に襲われた。ぐっすりと眠ることができて、気づくと空港に到着していた。

シドニー国際空港のロビーで、由菜たち一行は班ごとに整列させられていて、点呼とパスポートなどの所持品のチェックをおこなっていた。するとそのときロビーを歩いてくる一団が見えた。二人のパイロットを先頭に、客室乗務員たちが二列に並んで歩いていた。全員が日本人であり、由菜たちの便に搭乗していた乗務員であることは明らかだった。

せめて一言お礼を言いたい。由菜はこっそりと班の列を抜け、その一団の方に向かった。列の中ほどに彼女の姿はあった。彼女も由菜の存在に気づいたのか、列から抜けだした。そして彼女は言った。

お加減はいかがですか？

由菜は答えた。よくなりました。一言お礼を言いたくて。ありがとうございました。

すると公文さんは言った。それはよかったです。ではよい旅を。

綺麗なお辞儀をしてから、彼女はキャリーバッグを引き摺り、同僚たちのあとを小走りに追った。その後ろ姿を見ながら、由菜は決意した。私も客室乗務員になろう、と。あの人みたいな、優しい客室乗務員になりたい、と。

高校卒業後、由菜は名古屋《なごや》にある四年制の大学に進学した。客室乗務員になることを夢見て、英語の勉強に力を入れた。大学四年生のときに受けた航空会社の採用試験に落ちてしまったが、グランドスタッフと呼ばれる地上職の試験には合格し、中部国際空港で働くことが決定した。しかし夢を諦めることができず、翌年も客室乗務員の採用試験を受けた。大手二社は落ちてしまったが、スターライト航空の試験には合格した。念願の客室乗務員になることができたのだ。

今年で由菜は二十八歳になった。自分はまだまだ下っ端だと思っていたが、知らぬ間に後輩たちの数も増えていて、中堅どころのスタッフになっていた。たまに他の航空会社の乗務員と食事に行く機会もあり、何度か公文さんについて尋ねたことがあるが、誰一人として公文という乗務員については心当たりがなかった。会った当時三十歳だったとすれば、今では四十歳くらいになっているはず。すでに退職しているのかもしれなかった。

できれば辞める前に公文さんに会って、もう一度話をしたかったのだが、その願いを叶えることは難しいようだ。しかし客室乗務員を辞めて、これからどうすればいいのか。皆目見当がつかなかった。転職サイトを見ていても、これといった職業が見つかるわけではない。

スマートフォンが振動した。メールを受信したらしい。会社からのメールで、内容は『Nプロジェクト説明会について』と書かれていた。Nプロジェクトなる単語は初耳だった。説明会の案内を見て、由菜は訝しく思った。説明会の講師として『真波莉子』という名前がそこには書かれていた。

数日後――。

説明会の会場は羽田空港内にあるスタッフ専用の会議室だった。対象はスターライト航空に所属する全客室乗務員だった。と言っても全員一度に呼び込むのは物理的に無理があるため、百人くらいを対象とした説明会を複数回、おこなう予定になっているようだ。

会議室の前方にはスーツ姿の男性社員も座っている。由菜が参加するのは一回目の説明会ということもあってか、幹部連中も視察に訪れているらしい。何と社長の姿も見える。

時間になり、会議室前方のドアから真波莉子が入ってきた。グレーのスーツに身を包んでいる。その姿は客室乗務員というより、どこかの企業のエリート社員のようにも見える。実は彼女のことで新情報が入っていた。実は彼女、総理大臣の隠し子だというのだ。

数日前、ロッカールームでその噂が耳に入ってきた。彼女の父親は現内閣総理大臣である栗林智樹であるという。そういえば数ヵ月前、総理に隠し子がいるというニュースがワイドショーを賑わせたことがあったが、由菜は興味がなかったのでスルーしていた。言われてみればうなずける部分もある。彼女には運転手付きの送迎車がついている。一度送ってもらったことがあるのだが、総理の娘ならそのくらいの待遇であっても何ら不思議はない。

「皆様、本日はお集まりいただき誠にありがとうございます」

演台を前にして、莉子は小さく頭を下げた。彼女の声はよく通った。

「この二週間ほど、私は客室乗務員として皆様と一緒に乗務させていただきました。至らない点があったことを、まずこの場をお借りしてお詫び申し上げます」

莉子がもう一度頭を下げる。例の中嶋つかさが訴訟を起こすと言っていた件だが、昨日動きがあった。莉子が紹介してくれた弁護士から連絡が入り、先方が訴えを取り下げると言ってきたというのだ。その弁護士は何度か先方の代理人とも話をしていたそうで、これは厄介な案件になりそうだと頭を悩ませていたという。ところがどういう風の吹き回しか、突然中嶋つかさが訴えを取り下げたというのだった。由菜自身もよくわからないが、とにかく最悪の事態は免れることができたようだ。

「新型コロナウイルスが猛威を振るったことは記憶に新しいことと存じます。皆様方も当然影響を受けたことでしょう。今もコロナウイルスの影響は色濃く残っておりますし、今後五、六年はコロナウイルスの影響下にあるという見解を示す専門家もいます」

第一回の緊急事態宣言が発出されていた頃は一番酷かった。多くの便が欠航となり、当然客室乗務員の勤務体制にも影響が出た。自宅待機を余儀なくされ、月に二回程度しか飛ばないという、信じられない事態も起きた。

搭乗回数の減少は、そのまま給料に直結する。客室乗務員は基本給に加えて乗務した分の手当がつく給与体系になっているため、基本給が低めに設定されている。多くの乗務員が給料だけでは生活費を賄うことが難しくなり、そこで会社が用意したのは自治体や企業への出向だった。ただしそれも乗務員全員に割り振られるほどの数ではなかった。由菜自身はこっそりと実家に帰省するなどして、コロナ禍を過ごしていた。

「経済も徐々に回り始め、最近ではスターライト航空のフライトスケジュールに関しても通常の八割程度にまで回復したようです。しかし予断は許されません。今後ワクチンの効かない変異株が出現するかもしれません。ことによると数年後、まったく未知なるウイルスが出現し、世界を再び恐怖の渦に陥れる可能性もあります。そういったことを踏まえ、客室乗務員の在り方、今後の進むべき道筋を考えてほしい。それが星村社長から私に与えられたミッションでした」

会議室がわずかにざわめく。莉子が客室乗務員として働いていたのは、星村社長の命を受けてのことだったのだ。

星村啓介、六十歳。スターライト航空の社長にして、創業者だ。一九九〇年代にスターライト航空を設立し、航空業界に新規参入した。機内サービスを簡素化し、普通運賃を下げることにより、平均搭乗率を高い水準に維持、一躍業界第三位に躍りでた。大手二社の運賃の引き下げや、LCCと呼ばれる格安航空会社との競争などで、何度か厳しい局面に立たされたものの、創業以来、星村は社長の座に君臨している。

「ところで皆さん」莉子が会議室にいる乗務員たちを見回して言った。「皆さんは十五年後、今と同じようにCAとして空を飛んでいるでしょうか?」

答える者はいない。先日の合コンのときの質問に似ている。もしかするとあの合コンはCAの意識調査のようなものだったのか。

周りを見ると、莉子の質問の意図を探るように首を傾げている者もいれば、周囲の乗務員と小声で話している者もいる。由菜は十五年後の自分に思いを馳せた。私は四十三歳になっている。仮に姫村の件がなかったとしても、きっと私は客室乗務員を辞めているはずだ。

「人事課の調べによると、四十歳を過ぎても客室乗務員として現場に立たれる方は、およそ二割程度だそうです。おそらく皆さんの多くが近い将来、客室乗務員の制服を脱ぐことになろうかと思われます」

定年退職まで勤め上げる客室乗務員というのは非常に稀な存在だ。ＣＡというのはあくまでもファーストキャリアであり、多くの者がセカンドキャリアに進んでいく。もっとも多いのが結婚による退職だろう。結婚してもしばらく仕事を続ける人も多いが、子供ができると育児との両立が難しく、退職していくケースが多いようだ。あとは社歴が長くなると社内の他の部署――商品開発や広報、クレーム対応などの地上勤務――に移るケースもそれなりにある。または心機一転、まったく別の分野の仕事に飛び込む者もいる。

「自分が求めていたセカンドキャリアを得ることができれば、申し分はありません。しかしそうでない方も中にはいらっしゃるのではないでしょうか」

耳が痛い。まるで自分の未来を言い当てられているようでもあった。周囲を見渡しても、真剣に莉子の話に聞き入っている者もいれば、隠れてスマートフォンをいじっている者もいた。後者は圧倒的に若い子たちが多かった。若さは武器だ。ＣＡになったばかりの若い子たちにとって、セカンドキャリアというのはまだ遠い未来のことなのだろう。しかし二十代後半の由菜たちにとって、それはすぐ先の未来だった。

「皆さんの将来を悲観しているわけではありません。できれば皆さん全員がお医者様や企業のＣＥＯといった方と結婚できることを望んでいますが、神様は不公平です。全員が理想の結婚相手と巡り合うことは不可能でしょう」

少し笑いが洩れる。職業として客室乗務員が男性に人気があるのは事実だが、それはそういう場、いわゆる合コンなどに積極的に参加すればの話だ。由菜はもうここ数年、その手の飲み会には参加していない。一年前、姫村と一緒に飲んだのは例外中の例外だった。

「そこで私が考案したのが、Nプロジェクトなるものです」

莉子がそう言うと、前方の画面に『Nプロジェクト』という文字が表示された。続けて莉子が言う。

「NプロジェクトのNはナイチンゲールを意味しています。ナイチンゲールというのはクリミアの天使と呼ばれた、イギリスの看護師です。近代看護教育の母とも言われています。そうです。私が皆さんにお勧めするセカンドキャリアは、看護師です」

会議室にどよめきが洩れる。演台を前にして立つ莉子は、満足そうな笑みを浮かべ、居並ぶ客室乗務員たちを見回している。

○

悪くない反応だった。少なくともあからさまな拒絶反応を見せている乗務員はいなかった。莉子は手元にあるタブレット端末を操作し、背後の大型モニターに資料を表示させた。そして説明を開始する。

「看護師には二種類あります。正看護師と准看護師です。私が提案するのは准看護師です。正看護師というのが厚生労働省が認定する国家資格であるのに対し、准看護師というのは都道府県知事が認定する資格です。業務内容にそれほど大差はありませんが、准看護師というのはみずからの判断で業務をおこなうことはできません。かならず医師や正看護師の指示を仰ぎ、業務をおこなうことになります」

単純な思いつきだった。コロナ禍において医療体制が逼迫し、看護師を確保できないために病床が不足するという事態に陥った。だったらそこに人員を回せないか。そう思っただけだ。

「准看護師になるためには二年間、准看護師養成所に通う必要があります。スターライト航空に所属する客室乗務員については、希望者にはその学費を全面的に会社側で負担いたします。それに原則的に授業は対面方式ではなく、オンライン授業を予定しています。通常通りのフライトをこなしつつ、夜間や休日を使って勉強できるわけです。ただし実地研修については実際に医療機関や学校等に出向いてもらうことになりますが」

すでに根回しは終わっている。厚労省の担当者――何度か一緒に食事をしたことがある友人――にも話をしてあるし、都内にある准看護師養成所の所長とも面会し、協力を要請していた。医師会の幹部にも話をしてあるし、航空業界と繋がりの深い国土交通省航空局の人間とも会って話を通してある。誰もが協力的だった。

「二年間で資格を取得できると私は言いましたが、それは決して楽なことではありません。フライトで疲れて帰ってきたあと、さらに勉強しなければいけないのです。ただしそれをするだけの価値があると私は考えます。資格取得後、勤務条件に適した医療機関を紹介する制度もいずれ整えるつもりです」

コロナ禍において、多くの客室乗務員が自宅待機を余儀なくされ、不安や孤独を感じたことは想像に難くない。もし准看護師の資格を有していれば、仮に今後、そうした事態に陥った場合でも、医療機関に出向できるのである。

「人生、何があるかわかりません。かく言う私も数ヵ月前までは厚生労働省で国家公務員として働いていましたが、諸事情により退職せざるを得ない状況になりました。皆さんもそうです。今後のことは何一つわかりません。たとえば……そうですね、あなた、よろしいでしょうか」

莉子は一番前に座っていた客室乗務員に声をかけた。二十代半ばと思われる女性だ。実は彼女のことを莉子は知っている。先日参加した合コンに来ていた客室乗務員だ。

「は、はい」

女性が緊張気味に返事をする。莉子は訊いた。

「あなたは十五年後、今と同じように客室乗務員をしていますか？」

「いいえ、していないと思います」

その答えが返ってくることは想定内だ。わかっていても莉子は訊く。

「では何をされているんでしょうか？」

「私は実家が旅館を経営しておりまして、三十歳になったらそこで働く予定でおります」

「では十年後、もしもご実家の旅館が経営破綻したらどうされますか？」

「そ、それは……」

女性が口ごもる。莉子は笑みを浮かべて言った。

「ごめんなさい。意地悪な質問をしてしまいました。ですが仮にそうなってしまった場合でも、准看護師の資格さえ持っていれば、職探しも容易になることは間違いありません」

この二週間、客室乗務員として働きながら、彼女たちの人生について考えてみた。やはり結婚や出産を機に退職していく女性が多いようだった。一度退職してしまえば、当然のことながら航空会社への再就職は難しい。育児が一段落して、また働きたいと思っても、二度と彼女たちは飛べないのである。ならばそのときに助けになるチケットを用意してあげることはできないか。そう考えたのだ。

「では続きまして、准看護師の詳しい業務内容について説明します」

タブレット端末を操り、モニターに次の資料を表示させた。准看護師の仕事の内容や平均給与、正看護師へのキャリアアップの手順など、より詳しい内容を説明した。多くの者は真剣な顔つきで耳を傾けている。社長をはじめとする幹部社員たちも食い入るように莉子の話を聞いてくれていた。

「……私からの説明は以上となります。次回は希望者に対して、さらに詳しい説明をおこなうつもりです。そのときは准看護師養成所の講師もお招きし、詳しい学習方法なども説明する予定です。追って連絡いたします。ご清聴ありがとうございました」

莉子が頭を下げると、パラパラと拍手が起こった。会議室の後方にはカメラを構えた男性社員の姿もある。今日の説明会の様子はマスコミにも情報提供する予定だった。まずは幸先のいいスタートが切れたようだ。莉子は非常に満足していた。

それから三日後。その日の夜、莉子は総理公邸に来ていた。片づけなければいけない仕事がいくつかあり、父の執務室で仕事をした方が都合がよかったからだ。諸外国の首脳から送られてきた書簡を読んだり、今週予定されている会議の資料に目を通し、重要と思われる箇所には付箋を貼るなどした。

気がつくと午後九時を回っていて、莉子は執務室を出た。広い応接室には父の栗林総理とその娘である梓がいた。二人とも赤ワインを飲んでいる。

「やあ、莉子。お疲れ様。疲れただろう？　こっちに来て一緒にシャトー・ラトゥールを飲もうじゃないか」

すでに父は酔っていた。父は基本的に午後六時から酒を飲み始める。だから夜間に地震などの災害などが発生して、対策本部が設置されるのを極端に嫌う。

「あ、莉子さん、来てたんだ」腹違いの妹である梓が顔を上げた。「CAの仕事には慣れた？　結構大変でしょう。派手に見えるかもしれないけど」

「本当ね。思ってた以上にハードな仕事でびっくりした。でももう飛ばないの」

梓は大手二社の一つであるAMAに勤めている。最初は伯父である星村が社長を務めるスターライト航空に勤務していたのだが、国際線がないのでセレブに会えないという理由でAMAに移ってしまったのだ。合コンをこよなく愛する客室乗務員だ。

「それは残念。そういえば莉子さん、JARでも動きがあったみたいだよ」

JARとは日本で最も長い歴史を誇る航空会社だ。幅広い路線網を有しており、国際的な評価も高い航空会社だ。日本ではJARとAMAの二社を、航空大手二社と呼称している。

「動きって何？」

「例のNプロジェクトだっけ？　それのJAR版みたいなやつ」

「聞いてないわ。それ」

Nプロジェクトについては初回の説明会があった夜、早速夕刊にもとり上げられ、それなりの評価を得ていた。客室乗務員だけ優遇するのはよくない、といった否定的な声も聞かれたものの、医療関係者などからは歓迎する声も上がっていた。何よりスターライト航空の上層部での受けがよかった。それでも反社長派である高良副社長などは客室乗務員の業務に支障が出るとして、業務終了後に勉強をすることに不満の意を示しているらしい。この手のいざこざは組織にはつきものだ。

莉子はスマートフォンを出し、ネットニュースのサイトに接続した。すぐにその記事は見つかった。要約すると次のような内容だった。

ＪＡＲでは客室乗務員のキャリアチェンジを支援するため、資格取得に関する費用を全面的に援助する方針を明らかにした。医療事務やファイナンシャルプランナー、宅地建物取引士などの実用的な資格を約三十種厳選し、その取得にかかる費用を援助する。授業に関しては大手通信教育サービスの協力を得て、通信教育やオンライン授業が中心になる。

「それ、完全にパクリだよね」

梓がワイングラス片手に言った。たしかに莉子の発案したNプロジェクトに似ている。同時期に同じようなプロジェクトをＪＡＲでも進めていたということか。しかも向こうは国内最大手の航空会社だけのことはあり、ネットでも高い注目を集めているようだった。少しだけ腹が立つ。

莉子はテーブルに向かい、ボトルのワインをグラスに注ぎ、一気に飲み干した。それを見た父が言う。

「莉子、ラトゥールをがぶ飲みするんじゃない。その一杯にどれだけの国民の税金が注がれてると思ってるんだ」

「そういえば」と梓が思い出したように言う。「牛窪議員の息子さん、去年からJARの執行役員になったみたいね。こないだ飲み会でそんな話題になった。かなり強引に社内改革を進めようとしてて、社員たちには嫌われてるみたいよ」

議員が自分の息子や親戚を大企業に送り込むのは、今に始まった話ではない。たしか牛窪の息子はもともと財務省の官僚だったが、早期退職して民間企業の重役として採用された気がする。いくつかの企業を渡り歩き、辿り着いたのがJARということか。その裏には父である牛窪恒夫の思惑が見え隠れしていた。国内最大手の航空会社というのは、すなわち利権の温床であることを意味している。

何となく見えた。おそらく莉子が国交省などに根回ししている際、その情報が牛窪の耳に入った。牛窪はそれを息子に伝えた。そして莉子のNプロジェクトに似たような制度を、さもオリジナルであるかのように発表する。手柄はすべて牛窪の息子のものになるわけだ。

「でもまあ、AMAでも似たような助成制度はあるけどね。それに今でも向上心のある子は自力で資格とかとってるしね。何を今さらって感じがしないでもないわ」

厚労省時代にも助成制度はあった。莉子自身もそれを利用していくつかの資格を取得した。それを考えると今回のJARの制度は目新しいものではない。

「頑張って、莉子さん。私は全面的に莉子さんを応援してるから」

「ありがと、梓ちゃん」

莉子は決意を新たにした。私はNプロジェクトを推し進めるだけだ。

○

「ふーん、そっか。それはなかなか厄介だな」

お猪口片手に的場が言った。城島は徳利を持ち、的場のお猪口に酒を注いだ。会社の近くの居酒屋だ。いつもと同じカウンター席で飲んでいる。

ここ最近、愛梨は学校を休むことはなくなったが、やはり元気はない。親として何とかできないものか。娘の置かれている状況を考えると悔しくて仕方がない。

「実はうちもあったんだよ。二年くらい前かな。下の息子が小学四年生のときだった」

的場には息子が二人いると聞いたことがある。城島は先を促した。

「息子さんはどんな嫌がらせを受けたんですか?」

「うちの息子、誰に似たのか正義感だけは強くて、クラスでいじめられてた子を庇うような言動をしたらしいんだが、それがクラスのボス的存在の子の気に障ったようでな、クラス全体から無視されるようになったんだ」

愛梨の場合と似たようなものだ。結局小学校というのも社会の縮図であるため、ヒエラルキーが存在する。その頂点に君臨する者に嫌われてしまったら最後、なかなか元には戻れないのだ。

「で、息子さんはどうなったんですか?」

「息子の様子が変だったから、問い詰めると白状した。俺も参ったよ。まさか息子がそういう風になるとは思ってもいなかったからな。どうしようか結構悩んだ。引っ越そうかとも真剣に考えたが、まだマンションのローンが残ってたしな」

莉子が語っていたことを思い出す。戦うか、逃げるか、引き分けを狙うか。いじめを受けた場合の三つの基本的な対処法らしい。引っ越しをして学区を変えるというのは、典型的な逃げの戦略だと思われた。

「女房が言いだしたんだ。何かスポーツをやらせたらどうかってな。肉体的に強くなれば、いじめられなくなるんじゃないか。そういう発想だ。で、息子にやりたいスポーツをやらせることにした。息子が選んだのはサッカーだった。近所のサッカーチームに入ったんだ。すっかり夢中になってしまってな。サッカーの友達ができたのも大きかったらしい。そういう自信みたいなものが子供にもわかるのか、気づくといじめもなくなっていたんだよ」

「なるほど。参考になります」

そうは言ってみたものの、愛梨はそれほどスポーツが好きではない。スポーツでなくても、別の習い事でもいいのではないか。ピアノなどの楽器でもよさそうだ。しかし愛梨がピアノを習いたいというだろうか。

やはり引っ越すというのが現実的な選択肢なのかもしれない。的場と違い、城島が住んでいるのは賃貸マンションだ。学区の違うところに引っ越し、転校してしまうのは容易だ。一度愛梨に訊いてみるのもいいだろう。彼女が首を縦に振れば、すぐに物件を探せばいい。

「ところで今日はもう仕事は終わりか？」

的場に訊かれ、城島は答える。

「ええ。今日は終わりです」

「だよな。じゃなきゃこんなとこで酒なんて飲めないよな」

さきほど莉子を総理公邸に送り届け、それで今日の業務は終了となっていた。明日は昼前に総理公邸に来てくれと頼まれていた。

「でもたいしたもんだよ。CAを看護師にしてしまおうっていうんだろ。よく思いつくよな、そんなこと」

莉子が客室乗務員になった理由は、まさにそれだった。コロナ禍において多くの職種の人々が苦しんだが、航空業界も例外ではなく、客室乗務員たちを民間企業に出向させるなどして、糊口をしのいでいたらしい。より強力な変異株がいつ発生してもおかしくない。そんな状況を想定し、莉子は客室乗務員のセカンドキャリアについて考察していたというのだった。

「実は俺の女房、元CAなんだよ」

「そうなんですか?」

「ああ。警視庁にいた頃、広報課に同期がいてな。そいつがセッティングした飲み会で知り合った」

本庁の広報課といえば将来的にも出世が見込める花形の部署だ。広報課所属の警察官であれば、客室乗務員との飲み会くらいはセッティングできるのかもしれない。

「俺が警視庁を辞めるって言いだしたとき、女房は言ったよ。話が違うってな。公務員は堅実な仕事だから。それも結婚を決意する一因だったらしい。しばらくの間、険悪なムードだったよ」

だが実際には民間の警備会社のSPになるため、給料は上がる。そう説明してやっと機嫌を直してくれたという。的場は警護部門の起《た》ち上げのために引き抜かれたのだ。今の会社に拾われた形の城島とは違う。

「三日前にこの話題になったとき、うちの女房は言ってたよ。もしこの制度が私の現役の頃にあったら応募してたかもしれないって。うちは下の子が来年中学生になって、そろそろ手がかからなくなってきたんだ。そういうときに看護師の免許持ってたら、すぐに働きに出ることができるからな」

莉子に聞かせてあげたい話だ。的場の妻のように思っている元CAは少なくないだろう。

「そういや女房の知り合いで、実際にCAから看護師に転職した人がいるらしい。もしあれだったらその人の連絡先、教えようか？　体験談が聞けるかもしれないぜ」

「お願いできますか」

「ちょっと待ってろ。女房に訊いてみるから」

的場は自分のスマートフォンを操り始めた。城島はマグロの刺身を食べ、それから日本酒を一口飲む。この話を彼女が聞いたら喜ぶことだろう。

喜ぶ莉子の顔が見たい。そう思っている自分がいるのは事実だった。そして先日愛梨が口にした台詞を思いだした。お父さんと莉子ちゃんが結婚すればいいなと思っただけ。

そんなことはない。絶対に有り得ない。城島は自分の空想を打ち消し、通りかかった店員に日本酒のおかわりを注文した。

○

「……授業は基本的にオンラインを予定しています。コロナ禍において、当学院でもオンライン授業を積極的にとり入れたため、ノウハウはありますので、その点はご心配なく」

広い会議室は半分ほど席が埋まっていた。集まっているのは全部で六十人くらいだろうか。由菜は比較的前の方で男性の説明に耳を傾けていた。

時刻は午後九時になろうとしている。開始時刻は午後八時三十分で、客室乗務員のフライト終了時刻を考慮しての時間であるのは明らかだった。由菜も新千歳空港からの便を降り、そのままこの会議室に直行した。

Nプロジェクトの第二回の説明会だ。回数を分けておこなわれた第一回の説明会は原則全員参加なのに対し、この第二回の説明会は自由参加、つまり興味を示した者だけが参加するというスタイルだった。つまりここに集まっている約六十名の客室乗務員は、准看護師への転職に多少の興味があるということなのだ。

「……私からは以上です。何か質問はございますか？」

男性が話し終えた。彼は准看護師養成所の担当者だ。今回のプロジェクトで実際に協力してくれる学校らしい。

一人の女性が手を挙げ、質問した。

「そのオンライン授業ですが、スマートフォンからでも観られますか？」

「問題なくご覧になれます」と男性担当者が答えた。「ただし通信料に関しては皆様方のご負担になるので、お気をつけください。客室乗務員の皆様は地方のホテルに滞在することも多いと聞き及んでおります。その場合はホテル側のインターネット回線を利用することをお勧めします」

説明を聞いていて、わかったことがある。准看護師になるのはそれほど簡単ではない、ということだ。通常であれば半日制の授業を二年間受けたのち、試験に臨むというものだった。履修時間はトータルで千九百時間近くになり、そのうちの七百時間ほどが臨地実習、つまり実際に医療機関に出向いて臨床での実践を学ぶ授業のようだった。その時間数だけ聞いていると途方もなく難しいものに思えて仕方がない。

由菜の心中が伝わったのか、男性担当者が説明した。

「皆さんはお仕事をしながら勉強を進めなければなりません。おそらく二年間での修了は難しいと考えております。現在ゆったりとしたカリキュラム、一日二時間程度のものを組んでいる最中でございまして、そちらは三年程度で修了となる予定です」

最近、由菜は自分の将来について、毎日のように考えている。これほど真剣に自分の将来について考えたことはなかった。高校の修学旅行のときに客室乗務員になると衝動的に決意してから、その夢に向かって一直線に走ってきた。実際に客室乗務員になってからは、日々の仕事に追われる毎日だった。自分へのご褒美という意味もあり、たまに同僚たちとプチ贅沢な食事や旅行を楽しんだ。

こういう日々がずっと続くだろうと思っていたが、時間というのは残酷に流れていく。いつしか自分よりも若いＣＡが目につくようになり、その若さが眩しく感じられるようになった。そんなときだ。コロナという未曽有の危機に遭遇し、生活は激変した。そんな中、姫村と仲良くなって逢瀬を重ねるようになった。自分がいけないことをしている自覚があったが、関係はズルズルと続いてしまった。そして姫村の飲酒騒動と、関係の発覚。幸いなことに姫村の妻である中嶋つかさは訴えを取り下げてくれたようだが、由菜が失ったものは大きかった。

だからＮプロジェクトの詳細を知らされたとき、心が揺らいだ。神様が手を差し伸べてくれたようにも思った。しかし冷静に考えると、果たして自分が看護師になれるだろうかという漠然とした不安もあった。これまで医療関係の仕事に従事するなど考えたこともなかった。決して勉強が得意な方ではない。そんな自分が看護師になれるだろうか。そういう不安に襲われたのだ。その不安は今も拭えずにいて、大きくなるばかりだった。

「……質問がないようですので、私からの説明は以上となります」

男性担当者の説明が終わった。次は人事課からの説明だった。カリキュラムを受講した場合、その学習時間については時間外手当をつけることや、その他諸々の実務的な手続きなどが説明された。最後に真波莉子がマイクを持つ。

「皆さん、いかがでしたでしょうか。より詳しく知りたい点があったら、何なりと質問してください。この場で答えられない場合にも責任を持って後日お答えいたします」

特に質問は出なかった。莉子が手にしているタブレット端末を見ながら言った。

「では最後にある動画をご覧いただきたいと思います。皆さんの先輩というか、他社で客室乗務員をしていらした方で、看護師に転職された方がいらっしゃいます。たまたま私の知り合いが見つけてくださって、事情を話すとインタビューに応じてくださいました。ご覧ください」

わずかに照明が暗くなり、前方のモニターに動画が再生される。白衣を着た一人の女性が映っていた。由菜は思わず「あっ」と声を上げていた。

場所は病院の待合室あたりだろうか。その女性は背筋をピンと伸ばし、インタビューに応じていた。編集してあるのか、質問者の声は聞こえないようになっている。

『初めまして、私は上沢有希《うえざわゆき》といいます。私がJARに就職したのは今から二十年前です。昔見たドラマの主人公がCAさんで、それに憧れていたんです。大学ではチアリーディング部に入っていたので、周囲にもCAを目指している子が多くて、その子たちと一緒に英語の勉強をしたりしていました。そして大学四年生のときにJARの採用試験に合格して、念願のCAになることができたんです。嬉しかったですね。制服を着られるだけでワクワクしていました。

一番印象的な思い出ですか？　そうですね。一度同僚に誘われて飲み会に行ったら、当時超有名だった、今でも超有名なんですが、男性アイドルグループのメンバーが二人、来ていたことですね。それがとても印象に残ってます。でも二人とも話は面白くなくて、一緒に来ていた若手お笑い芸人の方がよっぽど場を盛り上げていました。あの二人と飲んだことは一生の自慢です。と言っても私は隅の方にちょこんと座っていただけですけど。

自分のキャリアについては、若い頃はそれほど真剣に考えていなかったですね。運航スケジュールをもらって、この日はパリで泊まるんだったらあの店に行きたいなとか、そういうことばかり考えていました。転機になったのは二十六歳のときです。同期の子が結婚して、その披露宴に呼ばれたときです。その子の相手、いわゆる若手実業家で、都内で複数の飲食店を経営されている方でした。ご主人の意向もあり、結婚後は家庭に入るために会社を辞めてしまったんです。結構仲がいい子だったので、少し淋しかったですね。そのときから私は自分の将来というものについて考えるようになったんです。

ただしそれほど真剣に考えていたわけではありません。化粧品に興味があったので、美容関係のお仕事に転職するのもいいかもしれないと漠然と考えていました。二つ上の先輩で大手化粧品会社に転職された方がいたので、いざとなったらその方に相談しようと思っていました。恋人ですか？　そのあたりのことはご想像にお任せします。

三十歳のときです。まさに青天の霹靂とはあのことをいうのでしょうね。母から電話があり、私は実家のある福岡《ふくおか》県福岡市に帰省しました。父が体調不良で入院したというんです。母と妹と一緒にお医者様の話を聞き、言葉を失いました。目の前が真っ暗になった感じでした。父はガンを患っていて、すでに手の施しようがないと言われました。余命半年と宣告されたんです。

父は五十歳になったばかり。日本料理屋で板前をしていました。昔から病院が嫌いで、しかも個人事業主ということもあってか、健康診断を受けていなかったのが発見が遅れた原因でした。入院してから七ヵ月後、父は息を引きとりました。その間、私は休日のたびに福岡に帰り、病床の父を見舞いました。

父が亡くなって初めて、私は自分の将来を真剣に考えるようになりました。母は専業主婦として父を支えていて、年齢的にもパートの仕事をするのが精一杯でした。二歳下の妹は地元の信用金庫に勤めていました。私は大手航空会社にいるとはいえ、一生安泰とは言い切れません。いろいろ思い悩んだ結果、看護師になるという考えに行き着きました。多分病床の父を見舞っていたとき、何度も看護師さんと接していたせいかと思います。

こう見えて行動的というか、思い立ったら行動してしまう癖があって、看護学校の資料をとり寄せて、学費などを確認してからすぐに会社を辞めてしまいました。母と妹にも事後報告だったので、驚いていたと思います。私が突然会社を辞めて、実家に帰ってきてしまったんですから。父が亡くなったのが一月で、時期的にもちょうどよかったんですね。私は四月から看護専門学校に通い始めました。多少の蓄えがあったんですけど、学校が休みの日には父が働いていた日本料理屋で仲居として働きました。

無事に三年間で卒業し、国家試験にも合格することができました。最初は学校が提携している大学附属病院で働きました。そこで主人と出会ったんです。

えっ？　指輪ですか。実は仕事中はつけないことにしてるんです。落としてしまうといけないので。主人はごく普通のサラリーマンをしています。私の勤務していた病院に彼が入院してきたのが出会いです。これ以上はご勘弁を。

いわゆるできちゃった婚でした。結婚を機にいったん退職し、子供が二歳になってから復職しました。それからずっと今の病院にお世話になってます。息子はもう六歳になりました。やんちゃな子です。

多分この仕事はずっと続けると思います。共働きの方が収入がいいですし、何より今の仕事にはやり甲斐もありますからね。今は内科の入院病棟で働いています。最近では若い子の教育係を任されるようにもなりました。CA時代に培った経験は活きていると思います。ホスピタリティというのでしょうか。おもてなしの心というのは大切です。病院にもビジネスの側面があるので、患者さんが次も訪れたくなるような環境を作るのは大事ですし、それはCAにも通じるものだと思いますので。

Nプロジェクトですか？　ええ、知ってます。ニュースで見ました。とてもいい制度だと思います。もし私が現役だったら必ず利用していましたね。少しでも興味があったら勉強してみるのもいいかもしれません。だって会社が学費を負担してくださるんですよね。将来医療機関で働くかどうかは別にして、勉強しておいて損はありません。それにこんなことを言ってしまって怒られるかもしれませんが、嫌だったら途中で辞めてしまえばいいんですよ。

CA時代に仲のよかった子たちとは今でも交流が続いています。実はほとんどの子が会社を辞めているんですけど、一人だけ会社に残ってCAを続けていた子がいました。ラストサムライと呼んでからかっていたんですが、コロナ禍でフライトが激減してしまって、その子も遂に退職してしまいました。残念でなりません。

このVTRを見ているスターライト航空の皆さんに最後に言っておきたいことがあります。いろいろと話してきましたが、正直医療現場というのは綺麗事ばかりではありません。人の死に立ち会うこともありますし、病院によっては想像以上にハードな仕事だったりします。ときには人間関係に疲れることもあります。ただし、もしあなた方のどなたかが医療現場を第二の職場として選んでくれたら、私たち医療関係者はきっとあなた方を歓迎します。是非私たちと一緒に戦いましょう』

インタビューが終わった。由菜は知らず知らずのうちに涙を流していることに気づき、ハンドタオルを目元に当てた。もう一度画面を見る。間違いない。多少年は重ねているが、高校三年生のときに会った、あの公文さんで間違いなかった。

どれだけ探しても見つからないわけだ。彼女は実家の福岡県に戻り、そこで看護師として働いていたのだから。航空業界に足を踏み入れるきっかけになった人と、このタイミングで出会う。運命めいたものを感じずにはいられなかった。

○

莉子はタブレット端末を操作して、ＶＴＲの再生を終了した。そしてマイクに向かって言う。

「皆様、どうだったでしょうか？　やはり現役看護師、しかも元ＣＡさんということもあって、身近に感じられるインタビューだったと思います」

城島から紹介された女性だった。こちらから連絡したところ、休憩時間ならインタビューに応じてくれるというので、莉子はすぐに福岡に向かった。客室乗務員としてではなく、搭乗客としてスターライト航空の便に乗ったのだ。プライベートなので城島も同行した。

上沢有希——旧姓は公文というらしい——が勤めていたのは福岡市博多《はかた》区にある総合病院だった。休憩時間にインタビューをおこない、そのまま東京に舞い戻った。それが一昨日のことだ。すぐに厚労省の広報課に勤めている友人に連絡をとり、映像の編集を依頼した。映像が莉子のもとに届いたのは今日の午後のことだった。何とか間に合った形だった。

「上沢さんも言っておられましたが」と莉子は続ける。さすがに希望して参加しているためか、集まっている客室乗務員の目はどれも真剣だ。「医療現場というのは大変な職場であり、綺麗事ばかりではないでしょう。戦う、という表現を使っておられました。まさにその通りだと私は思いました」

戦場に赴くナイチンゲール。スターライト航空は文字通りナイチンゲールを育てようとしているのだ。その影響も大きく、すでに各地の医師会からも問い合わせの電話が何件もかかってきているという。

「運用は来年四月を予定しています。早い方がいいと思いますので、もっと前倒しする可能性もあります。どうでしょうか？　現段階でNプロジェクトに参加したい、つまり准看護師の資格をとる勉強を始めてみたいと思っている方はいらっしゃいますか？」

手を挙げる者はいなかった。隣席同士で視線を合わせ、小声で話している子もいた。無理もない。彼女たちにとっても人生の一大決心なのだ。ただし今日の説明会の感触からしても、おそらく数人は名乗り出てくれるだろうという自信もあった。

「わかりました。今後もインフォメーションは共有させてもらいますので、参加する気になりましたら、メールなどでも……」

視界の隅で一人の女性が手を挙げているのが見え、莉子は口を閉じてその女性に目を向けた。宮野由菜だった。彼女は神妙な顔つきで立ち上がり、こちらを見て言った。

「私、准看護師になる勉強がしたいです。よろしくお願いします」

例の飲酒騒動に巻き込まれた、不運な客室乗務員だ。城島が運転するプリウスで自宅まで送ったこともあるし、元気がなさそうだったので強引に合コンに連れていったこともある。

これは縁だな、と莉子は実感する。最初に手を挙げてくれたのは彼女だった。これを縁と呼ばずして何と呼べばいいのだろうか。

「宮野さん、ありがとう。こちらこそよろしく」

それが呼び水となり、次々と客室乗務員たちが立ち上がってくれた。業務を終えて駆けつけたのか、制服を着たままの女性もいた。最終的には半分ほどの客室乗務員が立ち上がってくれた。

「三十二名ですね」

男性社員が莉子に耳打ちした。悪くない数字だった。莉子は彼女らに向かって言った。

「ありがとうございます。では希望者の皆さんは、あちらにある用紙に必要事項を記入し、退出してください。今後はメールにてこちらから連絡いたします。今日決められない方に関しても、その気になりましたらいつでも事務局まで連絡をください。門はいつでも開けておきますので」

希望者たちが前方に用意したテーブルに向かっていく。三十二名の希望者たち。しかし三年という学習期間はそれなりに長い。中には途中で勉強を投げだしてしまう子もいるだろうし、結婚などで退職してしまう子もいるに違いない。この中で十名、試験に受かってくれればプロジェクトは成功だと莉子は思っていた。

しかし彼女だけは――。莉子の視線の先には宮野由菜の姿があった。彼女だけは数年後、白衣を着て医療機関で働いているような、そんな予感がした。

「真波さん、ありがとうございました。あとは私たちにお任せください」

女性社員にそう声をかけられた。彼女は元ＣＡで、今は人事課に配属されていた。極めて優秀な女性で、今回のプロジェクトの実務は彼女が担うことになる。

「わかりました。では私はこれで失礼します」

バッグを持って会議室を出る。そのまま廊下を歩き、エレベーターに乗った。地下駐車場に降りると、所定の場所にプリウスは停まっていた。莉子が後部座席に乗り込むと、運転席に座る城島が訊いてきた。

「首尾はどうでした？」

「お陰様で希望者が出ました。三十二名です」

「そいつはよかった。ところで今日はどちらまで？」

ようやく仕事が一段落した。今日くらいはのんびりしてもいいかもしれない。

「では自宅までお願いします。あ、やっぱり赤坂までお願いします」

「麻雀ですね。了解いたしました」

プリウスはすでに走りだしている。メールのチェックをしようとスマートフォンを出したときだった。ちょうどそのタイミングで着信が入った。未登録の番号だったが、市外局番は見憶えがあるものだった。莉子の生まれ故郷である、神奈川《かながわ》県北相模《きたさがみ》市のものだ。少しだけ嫌な予感がする。莉子はスマートフォンを耳に当てた。「もしもし」

「真波さんの携帯電話でよろしいでしょうか。こちら北相模市立病院の救急センターです」

「私が真波です」

莉子は息をすうっと吸った。心を落ち着かせるためだ。病院から電話。おそらく母の身に何か起きたことを意味している。

「たった今、真波薫子さん、あなたのお母様が当病院に搬送されました。交通事故です。車で走行中にほかの車と衝突したようです」

やはりそうか。嫌な予感が当たったことを実感した。不測の事態が発生したことに気づいたのか、城島がバックミラーでこちらを見ていた。

「それで母の容態は？」

続けられた言葉を聞き、莉子は言葉を失った。

「頭を打ったようで、現在は意識がありません。至急こちらまでお越しください。もしもし？　真波さん、聞こえますか？　真波さん――」

第三問　某航空会社の客室乗務員のセカンドキャリアについて考えなさい。

解答例

准看護師になるための授業料を全面負担し、医師会と連携のもと、客室乗務員が准看護師に転職できる道筋を示す。他社に真似されても無視していい。

第四問

赤字経営が続く某市立病院の経営を立て直しなさい。

城島は目が覚めた。枕元に置いてある腕時計を見ると、朝の六時半を回ったところだった。窓から朝の光が差し込んでいる。今日もいい天気だ。

布団を畳んで和室から出た。短い廊下を歩いて居間に向かう。包丁でまな板を叩く音が聞こえていた。エプロンをつけた莉子がキッチンに立っている。ネギを刻んでいるようだ。その隣には娘の愛梨が立っている。愛梨は味噌汁を温めているらしい。

「おはようございます」

城島がそう言うと、莉子が振り向いた。

「あ、おはようございます。もうすぐできるのでお待ちください」

「ありがとうございます」

これは夢などではない。朝、起きると莉子が朝食を作っている。すでにこの生活を送り始めて一ヵ月ほど経つが、いまだに慣れなかった。城島はコーヒーメーカーからカップにコーヒーを注ぎ、そのまま窓の方に向かった。庭には樹木がたくさん植えられていて、今は寒椿が見頃を迎えている。

ここは神奈川県北相模市だ。一ヵ月前、莉子の母親が交通事故に遭ったのがそもそものきっかけだった。莉子の母親は肋骨や足の骨を折るなどの重傷を負い、全治三ヵ月と診断された。リハビリにも時間を要することから、莉子が下した決断は一時的な帰省だった。都内から通うのではなく、実家に暮らして母の面倒をみたいというものだった。

警護対象者が都内を離れ、実家で暮らすことになる。どうしたらいいか悩んでいた城島に対し、莉子は思いもよらぬ提案をしてきた。よかったら私と一緒に北相模市で暮らしませんか。その方が何かと都合がいいと思うんです。愛梨ちゃんにとっても息抜きになるかもしれませんしね。

愛梨は学校でいじめを受けていた。最近は比較的収まりつつあったようだが、やはりクラスメイトとギクシャクした関係になってしまっているようだった。莉子の提案を伝えたところ、愛梨は一晩悩んだ末に「北相模市に行ってもいいかも」と言いだしたのだ。

そこから先は早かった。ちょうど学校が冬休みに入るタイミングだったこともあり、愛梨は区域外就学の制度を使い、正月明けから北相模市内にある小学校に通うことになった。そのあたりの事務的な手続きはすべて莉子がやってくれたので、城島は荷造りするだけでよかった。マンションの部屋は解約せず、いつでも戻れるようにした。着替えなどの身の回りの品だけバッグに詰め込み、こうして北相模市に引っ越してきたのである。

「お父さん、できたよ」

愛梨に言われ、城島は食卓に向かった。座卓の上には朝食が並んでいた。ご飯と大根の味噌汁、鮭の塩焼きと納豆という定番のメニューだ。「いただきます」と言って城島は食べ始める。莉子は意外にも料理上手だった。

何だか奇妙な気分だった。十歳以上も年が離れた女性と一つ屋根の下で暮らしているのだから。しかもその女性というのは総理大臣の隠し子なのだ。まったく予想もしていなかった展開だ。

「お父さん、食べないの？」

気づくと箸が止まっていた。城島は気をとり直して言った。

「食べるよ。食べるに決まってるだろ。愛梨、学校はどうだ？　楽しいか？」

「まあまあだね」

愛梨は素っ気なく言う。しかし彼女がすでにクラスにも馴染み、友達ができたことは莉子を通じて聞いていた。今は三月におこなわれる合唱コンクールに向けて練習に励んでいるようだ。やはり環境を変えてみるのも悪くないと城島は心の底から感じていた。

「真波さん、今日の予定は？」

「そうですね」と莉子が味噌汁のお椀を置きながら答えた。「午前中は病院に行きます。午後から会社に顔を出して、その後はここでリモートワークでしょうか」

「わかりました」

「大根は全部収穫した方がいい。母がそう言っていました。収穫した大根はたくあんにするそうです。やり方は母のノートに書いてあります」

「了解です。お任せください」

莉子の母親、真波薫子は今年で五十八歳になり、地元の水道会社で事務員として働く傍ら、自宅に隣接した畑で農業もおこなっていた。テニスコート二面ほどの広さだが、そこにはさまざまな野菜が栽培されていて、季節になれば旬の野菜が収穫できるようになっていた。

薫子が不在の間、畑仕事はすべて城島の担当になった。莉子の送迎以外は畑仕事をしていると言っても過言ではない。薫子のノートには、作物を植えた時期や穫れた野菜の保存の仕方などが細かく記されていて、それをもとに城島は畑の管理をしている。

「お父さん、日に焼けたね」

「そう言うお前こそ」

愛梨が白い歯を出して笑った。学校から帰ってくると、愛梨は自転車で遊びにいくようになった。都内と違い、ここでは自転車が必需品なのだ。引っ越してきて最初の週にホームセンターに行き、愛梨のための自転車と、それから農作業用の作業着などを購入した。

「城島さん、おかわりは？」

「あ、ではいただきます」

茶碗を渡すと、莉子がそれを持って炊飯器に向かう。まったくこれは何なのだ、と城島は内心思う。これでは家族そのものではないか。

しかし困惑しているのは城島だけのようで、莉子も愛梨もごく普通に三人暮らしを受け入れている様子だった。まったく女というのは不思議な生き物だ。

○

廊下の向こうから白衣を着た一団が歩いてくる。莉子は壁際に寄り、彼らが通り過ぎるのを待った。先頭を行くのは六十代くらいの気難しそうな医師で、首には聴診器をぶら下げていた。その後ろには二名の若い医師が続き、さらには看護師が五名ほど付き添っている。

噂には聞いていたが、初めて見た。今日は外科の入院病棟を巡っているということか。彼らが通り過ぎてから、莉子は廊下を奥に進んだ。

病室に入る。母の薫子は窓際のベッドにいた。四人部屋だが、入院しているのは母だけだ。ほかの三台のベッドは空いていて、仕切りのカーテンもないので部屋は広く感じる。

「おはよう、お母さん」

そう言いながら莉子は母の薫子が寝ているベッドに近づいた。母は起きていた。莉子を見て言う。

「おはよう、莉子。ちょっとベッドを上げてくれない？」

言われるがまま、レバーを操作してベッドの角度を上げた。すでに朝食も終わっている時間だ。母の右足はギプスで固定されている。

一ヵ月前、母は交通事故に遭った。夜、軽自動車を運転中、交差点で青信号を直進したところ、横から走ってきたトラックに激突されたのだ。頭を強く打ち、母はそのまま北相模市立病院に搬送された。脳には異常は見受けられなかったが、右大腿骨と肋骨二本を骨折する大怪我をした。そして二ヵ月間の入院が必要と診断されたのだ。退院後も通院してリハビリすることになると聞いている。

「これ、頼まれていた雑誌ね」

「悪いわね、莉子」

母は薄い紫色のパジャマを着ている。顔色もいい。入院当初はあまり元気がなかったが、最近では入院生活にも慣れたのか、笑顔を見せるようにもなっていた。若い頃は女優を目指していただけあって、化粧をしていなくても十分に美しかった。

「今さっき見たよ、大名行列。ここにも来たんでしょう？」

「来たわよ」と母が答える。「ぞろぞろと大人数で入ってきたわ。『順調そうですね』って言われたから『お陰様で』と答えたの。それだけよ。何も見やしないんだから困ったものね」

院長先生による朝の回診がおこなわれている。そんな噂は耳にしていた。大きな大学病院ならまだしも、ここは地方の市立病院だ。院長の威光を見せつけるのが目的だとしても、少し場違いな感じがしないでもない。

「本当にいいのよ、莉子。毎日来てくれなくても。あんただって仕事があるでしょうに」

「私のことは気にしないで。それに最近はリモートワークも進んでるしね」

リモートワーク。自宅にいながら仕事ができるようになり、ライフスタイルが多様化した。地方に移住した人も多いと聞く。母の介護を理由に一度そういった生活を経験してみようという気持ちがあったのも事実だ。

帰省に際して、実家に光回線を引き込む工事をした。かかった経費はそれだけで、今のところ問題なく過ごせている。スターライト航空から引き受けたNプロジェクトに関しても、完全にリモートワークだけで何とかなっている。

「ところでお母さん、鈴木《すずき》先生の診察は？」

「今日も先生、来られないみたいなの。だから来週に延期だって」

「ふーん、そう」

鈴木というのは母の主治医だ。普段は横浜《よこはま》市内にある大学病院に勤務している四十代の外科医だが、週に三日の割合で北相模市立病院で診療にあたっているという。しかしかなり多忙の身らしく、来られない日も結構あるようで、そういうときは若い医師が代わりに派遣されてくるのだ。おそらく研修医を終えたばかりの若手医師だと推測できた。

入院して一ヵ月が経つ。レントゲンを撮り、骨折の治り具合を確認すると言われているのだが、鈴木医師が来ないため、ずっと延期になっているのだ。

「あ、莉子。緑茶を買ってきてほしいんだけど」

「わかった。ちょっと待ってて」

莉子は病室から出た。廊下を歩き、階段で一階まで降りた。一階では各課の外来診療がおこなわれていて、患者の姿がチラホラ見える。しかしどこかうら寂しい感が否めなかった。こういう市立病院はもっと混雑している印象があるのだが、この北相模市立病院に関してはそこそこといった印象を受ける。たとえば今通りかかった眼科では、待合ベンチには誰も座っていない。

廊下を歩き、売店に向かう。ペットボトルの緑茶を二本買い、支払いを済ませて売店をあとにする。一階の総合受付の前でその男性を見かけた。五十代くらいの男性が、受付の女性職員に食ってかかっている。

「出せよ、院長を。いるのはわかってんだよ」

「申し訳ございません。院長は学会に参加しているため、今日は不在なんです」

「嘘言うんじゃねえよ。駐車場にクラウン停まってたぞ。こっちはわかってんだよ。出せよ、早く」

クレーマーだろうか。女性職員も困っているようだ。

「ふざけんじゃないぜ、まったく。俺の女房はこの病院に殺されたようなもんなんだよ。院長が頭を下げるのが筋ってもんだろ。おい、どうなんだよっ」

頭に血が上ったのか、男は受付のシート――コロナ対策の遮断用の透明のシート――を叩いた。シートの向こうで女性職員が悲鳴を上げる。多くの来訪者たちが遠巻きにしていた。

やがて廊下の奥から二人の男性がやってくる。おそらく正規職員だろう。二人がかりで説得を始めたようだが、男の怒りは治まらないようだった。

「もういい。てめえらに話しても無駄だ」

男は肩を怒らせてロビーから出ていく。二人の男性職員は追いかけようともせず、困った顔つきで顔を見合わせているだけだった。


「いつも悪いね、莉子ちゃん。あ、お茶くらい淹れるから」

「お構いなく、社長。そろそろ終わるので」

莉子は午後から母が勤めている水道会社に行き、そこで事務仕事をこなしていた。伝票の整理などが主な仕事だ。今日はこれをやるようにと母から指示を受けているので、あまり困ることはない。

「お茶、ここに置いとくからね」

「ありがとうございます」

社員五人の小さな会社だ。母を除く四人が男性の作業員で、今は全員が現場に出ているはずだった。市から請け負った水道管の修理工事などを専門におこなっていて、小さな仕事が途切れることなく入ってくるようだ。社長はすでに七十を超えており、現場に出ずにこうして会社にいることも多い。莉子にとっては幼い頃から出入りしているので慣れ親しんだ場所でもある。

伝票の整理を終え、社長が淹れてくれたお茶を一口飲む。それを見た社長が言った。

「総理の娘さんが俺が淹れた粗茶を飲んでくれるなんて、こんなに嬉しいことはないよ」

「やめてくださいよ、社長」

去年の週刊誌の騒動はここ北相模市でも話題になったらしい。そして母の正体、つまり栗林総理とかつて交際していた女性というのが、真波薫子であることも周知の事実となってしまったようだ。ただしもともと田舎だし、噂になったのは一瞬の出来事だったと、以前電話したときに母は言っていた。

「それにしても栗林総理も大変だよな。まあいろいろあったけどさ、今はコロナも下火になりつつある。批判する声も聞こえるけど、俺はよくやってると思うよ」

「ありがとうございます。社長にそう言っていただけると父も喜ぶかと」

「よしてくれよ、莉子ちゃん」

実際、父はよくやっていると莉子は思う。ああ見えて打たれ強い性格をしているのが幸いだった。長いコロナ禍で国民の不満は自然と政治に向かっていき、その矢面に立たされたのが内閣総理大臣である父だった。たとえば隠し子発覚のスキャンダルにしても、普通であれば「こんな重大な局面で何やってるんだ」という世論が沸き起こっても不思議はなかったが、父は涙の謝罪会見をおこない、うまく国民を煙に巻いてしまっていた。莉子の台本通りだったにせよ、ああいうのは父にしかできない芸当だ。

「ところで莉子ちゃん、薫子さんの具合はどうなんだい？」

「順調に回復してると思います」

実は主治医の診察を受けられなくて困っている、とは言えない。すると社長が腕を組んで言った。

「莉子ちゃんはずっと東京にいたから知らないと思うんだが、実はここ最近、市立病院の評判が悪くてね。今じゃ大きな病気が見つかっても市立病院には行かない人もいるみたいだぜ。俺の知り合いでもさ……」

横浜や小田原《おだわら》あたりの総合病院に入院し、そこで手術を受ける市民が増えているというのだ。たしかに何となくわかる。ほぼ毎日足を運んでいるが、昔はもっと活気があったような気がしていた。

「五年くらい前に、院長先生が替わったんだ。その前にも医師不足とかいろいろ問題を抱えていたみたいだったけど、新しい院長になって一気に駄目になったって話だ。内部事情は俺にもわからないけどね」

自分の母親が入院している病院の悪評を聞くのはつらい。社長もそれに気づいたのか、取り繕うように言った。

「でも薫子さんの場合は骨がくっついてしまえばいいわけだしな。あとのリハビリは別の病院に通ってもいいわけだし。おっとそろそろ現場に行かないと。じゃあ莉子ちゃん、あとはよろしくね」

社長が事務所から出ていった。莉子はパソコンの電源を落とした。この後は自宅に帰って自分の仕事をするだけだ。スターライト航空のNプロジェクトは軌道に乗りつつあるので、今は主に父の補佐的な仕事をこなしている。

来客を告げるメロディが鳴った。入り口にあるセンサーが反応し、メロディが鳴る仕組みになっている。顔を向けるとガラス戸が開き、二人の男性が入ってくるのが見えた。二人ともスーツを着ていて、首には名札をぶら下げている。

「どちら様でしょうか?」莉子は彼らのもとに歩み寄りながら言った。「申し訳ございませんが、社長は席を外しております。もしよかったら携帯を鳴らしてみてはいかがでしょうか?」

男たちは答えない。二人の年齢は三十代くらいだろうか。どことなく莉子はその匂いを嗅ぎとった。この二人は多分――。

男の一人が自分の名札を手にとり、それを莉子に見せるようにして言った。

「我々は北相模市役所の秘書課の者です。真波莉子さんでよろしいですね。実は市長がどうしても真波さんに面会したいと申しております。これから少しお時間よろしいでしょうか」

二人の男は同時に頭を下げてきた。やはり公務員か。日本全国どこに行っても、公務員というのは何となく匂いでわかるものだ。

○

「ねえ、真由美《まゆみ》さん、噂だけど内科のモチヅキさん、今月一杯で辞めちゃうみたいよ」

吉田《よしだ》真由美が遅めの昼食を食べていると、同僚の看護師が話しかけてきた。ここは北相模市立病院の食堂だ。閑散としていて、今も数組しか客はいない。真由美は壁際のテーブル席で売店で買ったパンを食べていた。

「らしいわね。私も聞いた」

「駅前に今度新しいクリニックができるみたいなんだけど、そこで働くんだって。いいわよね、若い人は。責任感というものがないのかしら」

北相模市立病院ではここ半年で十五人以上の退職者が出ていた。コロナ禍においては医療従事者として最前線に立っている使命感から、みんなで協力して乗り切ってきた。ワクチン接種が始まったあたりから、徐々に蓄積した疲れが出てきたのか、一人また一人と辞めていった。

「仕方ないわよ。去る者は追わずよ」

「相変わらずドライね、真由美さんは」

真由美は二十九歳、今年の夏には三十歳になる。この病院で働くようになって八年目だ。正式な役職ではないが、今年から内科の入院病棟のリーダーを任されている。結構きつめな性格であるのは自分でもわかっているが、これればかりは性格なのだから変えられない。

病院全体がどんよりとした空気に包まれているのは事実だ。ある者は沈没寸前の船にたとえていたが、その言葉は的を射ていた。真由美が働き始めた当時から、医師不足などで市民から敬遠されるようになっていた。そして五年前、救世主として期待された現院長が無用の長物であることが判明し、事態は一層深刻化した。そしてコロナ禍がとどめとなったのだ。今も常に医療スタッフを募集しているが、なかなか新規の応募者は現れず、その負担は残っているスタッフの肩にのしかかる。完全に悪循環だ。

「でも真由美さんはいいわよね。最悪仕事辞めちゃっても旦那さんの稼ぎがあるわけだし」

「そりゃそうだけど、やっぱり二馬力は必要よ」

真由美は二年前に結婚した。相手は小学校からの同級生で、出会いのきっかけは同窓会だ。彼は都内のシステム開発会社に勤めるシステムエンジニアだった。過去形なのは彼が去年の暮れで会社を辞めてしまったからだ。この事実を真由美は誰にも告げられずにいる。

夫の孝介《こうすけ》が会社を辞めた理由は、上司との対立に原因があるという。長引くコロナ禍の中、リモートワークを推進しようとしていた若手社員と、従来通りの勤務形態を崩そうとしない古参の社員が対立する形となり、その狭間に立たされた夫は気苦労が絶えない様子だった。そして遂に我慢の限界に達してしまったというわけだ。彼の苦労を間近で見ていたので、同情する気持ちがないわけでもないが、真由美がひそかに狙っていた「妊娠からの育休」というプランも、当分の間は諦めざるを得ない状況になってしまった。

「午前中もインフォメーションに悪質なクレーマーが来てたみたいよ」

「知ってる。さっき聞いた。まったく困ったものよね」

数ヵ月前に救急搬送された妻が、ここで満足な治療を受けられず、結果死亡してしまったというものだった。死因は心筋梗塞だった。ここに運び込まれたときはすでに手の施しようがない状態にあったというが、当時夜勤だった若いドクターの説明がたどたどしく、誤解を招いたという経緯もあった。

似たような話はいくらでもあった。ここ数年は慢性的な医師不足に陥っており、常勤の医師を確保するのが難しい状況だ。近隣の病院からバイト的に雇っている科も多い。中には経験不足の若手医師もいるし、急患で運ばれてきた患者を皮膚科の医師が診察することもあるとも聞く。いつ重大な医療事故が起きても不思議ではない、そんな状況だ。

真由美はパンを食べ終えた。休憩は一時間だ。今日は夜勤ではないので、夕方には仕事が終わる。立ち上がりながら同僚に訊いた。

「そういえば、総理の元恋人、お加減はどう?」

「順調に回復しているみたいよ」と同僚は答えた。彼女は外科の入院病棟を担当している。「今日も娘さんがお見舞いに来てたっけ。偉いわよね。ほぼ毎日顔を見せてるもの」

総理の元恋人が入院している。一ヵ月前、真波薫子が入院してきたとき、院内でも話題になった。実は真由美も用もないのに外科の入院病棟に足を運び、何気ない素振りで真波薫子の顔を見てきた野次馬の一人だ。細面の美しい女性だった。

「あの娘さん、二十代後半くらいよね。もしかして真由美さん、小学校とかで被ったりしてないの?」

「さあ、記憶にないわね」

とぼけた真由美だったが、実は知っている。真波莉子とは同い年で、小中学校が同じだった。一度だけ同じクラスになったこともある。子供の頃から真波莉子は勉強ができ、神童とまで言われていた。そのせいかクラスでも若干浮いた存在だった。少し超越しているといった感じだった。

三日前、一階の廊下で彼女とすれ違った。互いにマスクを着用していたため、向こうは真由美のことに気づかなかったらしい。中学卒業後、真由美は地元の高校に進学したのに対し、莉子は隣町にある県内有数の進学校に通いだした。東大に合格したと風の便りに聞き、完全に別世界の人間になってしまったのだと痛感した。

「さて、仕事に戻らないと」

真由美はそう言って立ち上がる。私は看護師で、向こうは入院患者の家族。これ以上、距離が縮まることは決してないだろう。それより、と真由美はふと思う。真波莉子はあのことを憶えているだろうか。

○

その店は赤坂の裏路地にあった。二階建ての木造の建物は年季が入っており、築五十年は優に超えていると思われた。知る人ぞ知る鰻の名店だった。城島が暖簾をくぐったのは午後二時近く、すでに昼食には遅い時間であったが、それでも店内は半分ほど席が埋まっていた。名乗ると二階席に案内された。廊下の一番奥の個室だった。座敷に一人の男が座っている。

「失礼します。お連れ様がお見えになりました」と女性の店員が声をかけると、男が顔を上げた。

「おお、来たか。入りなさい」

馬渕栄一郎。元政治家で、自明党の幹事長だった男だ。現在の栗林政権を支える旧馬渕派のボスであり、引退後も政局に対して強い影響力を持つと言われている。莉子の知り合いでもあり、先日一緒に雀卓を囲んだ。城島が警視庁を去ることになったのは、馬渕に対する銃撃事件がきっかけだった。城島にとっても因縁のある相手である。

「失礼します」

馬渕の向かいに腰を下ろす。馬渕が女性の店員に向かって言った。

「特上を二つ」

「かしこまりました」

女性の店員が下がっていく。馬渕がビール瓶を差しだしてきたので、城島は小ぶりのグラスを両手で持った。注がれたビールを一口飲む。緊張していたが、ビールは旨かった。

「すまないな。急に呼びだしてしまって」

「構いません」

昨夜のことだ。知らない番号から着信があり、出てみると馬渕だった。連絡先を教えた覚えはないが、馬渕クラスの人間ならこちらの番号を入手するのは造作もないことだろう。そしてここに来るように言われたのだ。断ることはできなかった。

「日に焼けたようだな」

毎日のように農作業をしているから、とは言えない。城島は曖昧に笑った。

「ええ、まあ」

「最近は真波君ともすっかりご無沙汰だ。もう一ヵ月になるのかな。彼女が北相模に引っ越してから」

「そうですね。ちょうど一ヵ月です」

「彼女は元気にやってるのかね」

「元気です。今日も午前中は病院にお見舞いに行って、午後からは……」

当たり障りのない会話が続く。馬渕が尋ね、城島が答えるという形だった。質問の内容は莉子の近況がほとんどだった。瓶ビールを飲み干した頃、鰻重が運ばれてきた。肝吸いと漬物もついている。

鰻は旨かった。ほどよく脂が乗っており、口の中でホロリととろけた。濃いめのタレだが、決してしつこくなく、飯によく合った。こんなに旨い鰻重を食べたのは初めてかもしれない。できれば愛梨にも食べさせてやりたいが、おそらく五千円は下らない。何かの記念、たとえばテストで百点とったとか、運動会で一等になったとか、そういうときに連れてきてやるのもいいだろう。

あっという間に食べ終えてしまった。ほぼ同時に馬渕も箸を置いた。緑茶を啜りながら馬渕が言った。

「君に来てもらったのはほかでもない」

来たな。城島は背筋を伸ばした。単純に鰻を一緒に食べたいという理由だけで自分がここに呼ばれたのではないことくらい、城島も承知していた。馬渕が懐から一枚の写真を出し、テーブルの上に置いた。写真を見ろ、という意味だと解釈し、城島は手を伸ばした。

「拝見いたします」

写っているのは男性だ。年齢は五十代くらい。精悍な顔つきをした男だった。ホームパーティーか何かの写真を拡大したものらしく、両脇には外国人の男女が立っていた。

「彼の名前は厚沢和幸《あつざわかずゆき》という。年齢は五十五歳。ちなみにその写真は二年前のもので、彼の知人のSNSから拝借してきた」

知らない顔だ。首を傾げていると、馬渕が続けて言った。

「その昔、私の秘書をしていたこともある男だが、今はドイツに住んでいる。その彼が明日の午前中、成田空港に到着する。君には厚沢の警護を依頼したい」

なるほど。警護の仕事であれば、城島に依頼するのは筋違いではない。しかしそれならば会社を通じて依頼してくれてもいいのだし、そもそも馬渕クラスなら、警視庁のSPでさえも自由に動かせそうな気がする。城島の胸中を察したのか、馬渕が湯呑み片手に言った。

「この件は公にはしたくない。できるだけ内密に頼みたいんだ」

警護の世界にはよくあることだ。警護を依頼するというのは、それなりに複雑な事情を抱えていることを意味している。そして、その理由を深く詮索しないのがこの業界のルールでもある。

「わかりました。お引き受けいたします」

「助かる。その写真は君が持っていてくれていい。到着する便の詳細については今日中に知らせることにしよう。おそらく厚沢が滞在するのは二、三日だ。その間、君には厚沢の警護を依頼したい」

それほど難しい仕事ではないと思われた。ただし馬渕がこうして依頼してくるということは、何か一筋縄ではいかない理由があるのだ。

「個人的に謝礼を用意するつもりだ。それから真波君には私から説明しておくから心配要らん。彼女の身辺も落ち着いているようだしな」

「よろしくお願いします」

北相模に引っ越してから、彼女の警護も楽になった。今のところマスコミの影もなく、半分農家の人になったような生活だ。今回は本格的な警護の仕事になると考えてよさそうだ。しかも依頼人は馬渕栄一郎。気を引き締めて取り組まなければならない。

城島は湯呑みの茶を飲み干し、警護対象者の写真をポケットに入れた。

○

案内されたのは市長室だった。重厚なデスクの後ろに恰幅のいい男性が座っていた。莉子が入ってきたのを見て、男性が腰を上げた。

「ようこそいらっしゃいました。こちらにおかけください」

応接セットのソファに案内される。ここまで莉子を案内してきた秘書課の男は壁際に控えていた。恰幅のいい男性は莉子の正面に座って言った。

「私が市長の亀田《かめだ》です。以後お見知りおきを」

名前くらいは知っている。もう三期ほど市長を務めている男だ。年齢は六十代半ば。もともと県の職員だったはずだ。悪い評判はそれほど聞かず、次の選挙にも出馬するだろうというのが巷の噂だ。

「急にお連れしてしまって申し訳ない。さぞ驚かれたことでしょう」

わざわざこうして市長室に案内されたということは、先方はすでに莉子の素性を知っているに違いなかった。制服を着た女性職員が入室し、湯呑みをテーブルの上に置いた。女性が客に対してお茶を出す慣習は、今も一部で残っている。ペットボトルで渡してくれた方が有り難いのに、まったく理解に苦しむ。

「真波さんは現在は北相模市にお住まいのようですが、ご滞在はいつまでになりますか?」

市長に訊かれ、莉子は答える。

「未定です」

北相模市は人口十二万程度の小さな市だ。二十年ほど前に三つの村が合併して市になった。神奈川県の北東部に位置していて、自然豊かな場所だった。自然豊かと言えば聞こえはいいが、要するにごく普通の地方都市という意味だ。

「ところで市長さんが私に何の用でしょうか?」

莉子がそう切りだすと、市長がうなずきながら言った。

「さすが栗林総理のご息女。話が早いですな。いろいろとお噂は耳にしております。厚労省時代はかなりご活躍されたようですな。退職後はファミレスの売り上げ最下位の店舗をわずか一ヵ月で立ち直らせたとか。そして先月、スターライト航空が発表した客室乗務員のセカンドキャリア支援策、Nプロジェクトでしたかな、あれもどうやら真波さん、あなたのご発案だったようだ」

別に難しいことをしたわけではない。仕事とは問題を解決することである。その信条に基づき、仕事をしてきただけだ。

「現在、お母様が市立病院に入院されていることは存じ上げております。さきほど電話で病院の事務部長とも話をしましたが、回復傾向にあるようでよかったです。そこで相談なんですが、是非とも真波さんにお力をお貸しいただきたい」

市長が膝に手を置き、そのまま頭を下げた。薄くなった後頭部から目をそらし、莉子は言った。

「市長、頭を上げてください。それだけではまったく要領を得ません。私に何をさせたいのか。それをはっきりおっしゃっていただかないと」

莉子がそう言うと市長は頭を上げた。そして説明する。

「お母様が入院している市立病院のことです。七、八年前から赤字経営になっておりまして、何とも厳しい情勢が続いてます。元厚労省キャリア官僚という視点のもと、市立病院の財政再建に是非ともお力をお貸しいただきたいのです」

母を見舞うために毎日通っているので、それなりに肌で感じることがある。やはり財政的にも厳しいということか。さきほど社長が言っていた医師不足も、そこに原因があるのかもしれなかった。

「真波さんが当市に帰省中と部下から聞いて、このタイミングを活かさない手はない。そう思ったんです」

市立病院というのは、その名のごとく市が運営する病院のことだ。事務を執行するのは市の職員であり、そこで働く看護師も公務員という扱いになる。「失礼します」と断ってから莉子はバッグからタブレット端末を出し、北相模市のホームページにアクセスした。組織図を見ると市立病院事務部という部があり、事務課と医事課などから成り立っていることを知った。

「ざっくりとした数字でいいんですが」莉子はタブレット端末から目を上げて言った。「御市の市立病院の昨年の収益と赤字の金額を教えていただくことは可能でしょうか？」

市長が背後を見た。いつの間にか職員の数が増えていた。今は四人の男性職員が控えていた。うち一人の男性が前に出た。

「収入は三十億円程度で、赤字が五億円程度です。そのくらいの数字が毎年続いています」

「では毎年一般会計から補塡しているわけですか？」

「そうです。起債の償還などを含めると七、八億ほどになります」

かなり厳しい状況と言えよう。毎年五億の経常赤字を生み出す病院。本来であれば閉鎖されてしまっても不思議はないが、自治体直営の病院ということもあり、一般会計からの繰出金で何とか生き永らえているのだ。莉子の頭に浮かんだのは、人工呼吸器をつけながらルームランナーを走らされている男の姿だ。

「どうでしょうか？」と市長が口を挟んでくる。「市立病院の経営再建の件ですが、お引き受けいただけるでしょうか？　北相模市の市民を代表し、改めてお願い申し上げたい」

市長が頭を下げた。振り返ると背後に立ち並ぶ職員たちも神妙な面持ちでこちらを見ている。莉子は市長に向かって言った。

「まずは資料を見せてください。決算資料や監査の資料もお願いします。病院のすべての数字を把握させてください」

「では引き受けていただけるんでしょうか？」

「この問題、私が解決……」と言いかけて、莉子は口をつぐんだ。さすがに今回ばかりは状況的に厳しい。ここはいったん分析に時間をかけるべきだ。

「それはわかりません。資料を見てからですね」

と答えつつも、莉子の肚《はら》は決まっている。病院の経営を再建する。こんなに楽しそうな仕事、そうそうない。まさに私のためにあるような仕事ではないか。


その日の夜、莉子は永田町にいた。創作居酒屋の個室だった。午後八時過ぎ、待ち合わせの相手がようやく姿を見せた。

「よう、真波君。久し振り。元気そうだな」

「課長補佐こそお変わりなく」

「変わったよ。君が辞めたお陰で二キロも痩せたんだぜ」

厚労省時代の上司、課長補佐の中村だ。去年、例の週刊誌騒ぎを受け、何も告げずに彼の前から立ち去った。不義理をしてしまったと思っていたので、一度謝りたいと思っていた相手だ。

「その節はご迷惑をおかけしました。申し訳ございません」

「いいって、別に。総理の隠し子だったなんて、最初聞いたときは驚いたけどね。別に辞めることなかったんじゃないかと俺は思ってる。まあいいや。送別会くらいは開きたいと思ってたんだ。まずは飲もうぜ」

中村が店員を呼び止め、ドリンクと食事を適当に注文した。運ばれてきた生ビールで乾杯する。話題は自然と莉子が厚労省時代に担当していた仕事の進捗状況や、後任で入ってきた職員の話になる。

「……まあ、ギリギリで何とかなってるって状態かな。でも真波君が個人的にやってた仕事に関しては手つかずだ。まあこれは仕方ないと俺も諦めてる」

何でも屋。厚労省時代につけられた莉子の通り名だ。部署の壁を飛び越え、あらゆる会議、委員会に顔を出していた。あれをほかの者にやらせるのは酷というものだ。

「でもよかったよ。真波君も元気そうで。スターライト航空のセカンドキャリア支援策、あれって真波君が絡んでるんだろ。まったくたいした奴だよ、本当に」

二杯目は二人とも芋焼酎のロックにした。頼んだ料理が比較的和風のものが多かったからだ。焼酎の注がれたロックグラスと一緒に、刺身盛り合わせと豚の角煮が運ばれてきた。

「で、用件は何だ?」芋焼酎を舐めるように飲みながら中村が訊いてくる。「君のことだ。ただ俺と一緒に飯が食いたいってわけでもないんだろ」

「さすが課長補佐。よくおわかりで」

莉子は隣の椅子に置いてあった書類ケースをとり、中から書類の束を出した。さきほど北相模市役所で入手した北相模市立病院の資料諸々だ。それをテーブルの上に置きながら莉子は言った。

「今度、この病院の経営立て直しをやろうと思ってるんです。そこで課長補佐のご意見を拝聴できればと思いまして」

「なるほど。そういうことか」

ふっ、と笑みを浮かべ、中村はロックグラスを置いた。そして書類を手にとった。いつの間にか中村の右手には三色ボールペンが握られている。彼は以前、千葉《ちば》の国立病院に出向していたことがあり、その際に予算や病院経営などを学んだと聞いたことがあった。だから真っ先にこうして相談してみたのだ。使える人材は何でも使うのが、莉子のやり方だ。

三十分ほど、中村は書類とにらめっこをしていた。やがて書類を置いて中村は大きく息を吐きながら言った。

「こりゃ無理だろ、どう見ても」

「そんなにヤバいですか？」

「ああ。この十年で入院、外来ともに患者が激減してるじゃないか。しかも医師数が五年で六人の減。呼吸器内科の医師が減ったのが痛いね。それに何といっても病床使用率。何と去年は四十八パーセントだ。コロナ専用病床を確保していたとはいっても、この数字は酷いよ。酷過ぎる」

予想していたこととはいえ、改めて専門家の意見を聞くと、現状の厳しさを痛感した。

「どこから手をつけていいか、それさえも俺にはわからないよ。医師の確保か、予算の見直しか。それとも職員の意識改革が先なのか。問題は山積みだな」

書類をケースにしまった。そして芋焼酎を一口飲む。夕方に馬渕から連絡があり、数日間城島を貸してほしいと言われた。断る理由がないので了解した。馬渕の個人的な仕事を城島が引き受けたという。

「結構厳しい戦いになることは確実だぞ。真波君、どうするんだ？　引き受けるのかい？」

豚の角煮を食べながら中村が訊いてくる。莉子は答えた。

「相手にとって不足なしです。この問題、私が解決いたします」

「さすがだな」と中村が口笛を吹いてから続けた。「君ならそう言うと思ったよ。で、どこから手をつけるんだ？　やるからにはでかい手術が必要だぞ」

「この話をいただいたとき、思い浮かんだのが人工呼吸器をつけてルームランナーの上を走らされている男性の姿でした。まあ女性でもいいんですけどね」

男は苦しそうに、息も絶え絶えに走っている。苦しいのにはさまざまな理由があるだろうが、やや肥満気味な男の体形にも問題があると考えて間違いなさそうだった。

「まずはダイエットから始めるつもりです。体を少しでも軽くして、動けるようにするのが目的です」

「ダイエット？　それはつまり……」

莉子はロックグラス片手に答えた。

「ええ。コストカットです。非情なまでのコストカットを断行します」

○

成田国際空港の第一ターミナル。城島は椅子に座り、入国審査カウンターに目を向けていた。すでにドイツのフランクフルト空港からの直行便は定刻通りに到着している。そろそろ乗客たちが姿を見せ始めていた。

やはり国際線だけのことはあり、出迎えている人たちも国際色豊かだった。ドイツ語とおぼしき文字が書かれたボードを持った者もいた。城島はやや離れた場所から入国審査カウンターを窺っていた。

ポケットから写真を出す。昨日から何度も見ているので、男の顔は脳裏に刻まれている。ただし二年前の写真らしいので、今は風貌が変わっている可能性がある。髪型や服装などで印象はいくらでも変えられる。

出てくる乗客たちを観察した。そして一人の男が目に留まった。黒いダウンジャケットを着ている男だ。フードの部分に黄色い毛皮がついている。黒縁の眼鏡をかけているが、おそらく彼で間違いなかった。

城島は小走りで男のもとに向かい、並んで歩き始める。男はこちらを一瞥したが、すぐに何も見なかったかのように前を向いて歩いていく。右手でキャリーバッグを引き摺っている。城島は名刺を出した。

「ジャパン警備保障の城島といいます。ある方からあなたを警護するように依頼を受けました」

馬渕の名前は出さない方がいいと判断した。男は名刺を受けとる素振りも見せなかった。素っ気ない口調で男が言った。

「警護を頼んだ覚えはないのだが」

「さきほど申した通り、ある方から依頼を受けました」

男に立ち止まる気配はない。やや気難しい印象を受けた。体格もいいし、よく鍛えられているようだ。同業者の匂いを感じとった。この男、もしかして元警察官ではなかろうか。

「車を用意してあります。どうぞこちらへ」

城島は前に出た。背後から厚沢がついてくるのは気配でわかった。口では警護に対して無関心な様子だったが、こうしてあとからついてくるということは、警護を受け入れると考えてよさそうだ。

周囲に視線を配ったが、怪しい人影などはなかった。平日の午前中という時間帯のためか、空港内はそれほど混雑していない。エレベーターで立体駐車場に向かう。白いプリウスのトランクを開け、厚沢のキャリーバッグを積んだ。厚沢が後部座席に乗り込むのを見届けてから、城島は運転席に座った。厚沢に向かって訊く。

「どちらに向かえばよろしいですか?」

「都内に。宿泊先を決めていない。適当に見繕ってくれると助かる」

「わかりました」

とりあえず東京駅周辺に向かってみるか。交通の便からしても、東京駅周辺に宿をとっておけば好都合だろう。車を出そうとしたとき、後部座席で厚沢が言った。

「四時の方向に黒い車が停まっている。車種はわからん。日本の新車には疎いものでな」

バックミラーを調整する振りをしつつ、右斜め後方を確認する。厚沢の指摘した通り、黒いアルファードが停まっている。角度的に後部座席しか見えなかった。

「停まってますが、それが何か？」

「多分尾行だ。さきほど一瞬だけ車内に人影が見えた。途中でまいてくれると助かる」

本当だろうか。ターミナルでは怪しい者の姿は見かけなかった。こちらが車で移動するとわかっていたうえで、この駐車場で見張っていたということか。

アクセルを踏み込み、車を発進させた。黒のアルファードのブレーキランプが赤く光るのが見えた。やはり厚沢の言う通り、あの車はこちらを尾行する気のようだ。いったいどうして――。

「君だよ」と後部座席で厚沢が言った。「おそらく連中はターミナルで君を見かけた。そして君が警護のために派遣されていると見当をつけた。となると下手に動き回るよりも、駐車場で張っていた方が早い。自分が思っている以上に君の顔は割れているってことだ」

やはり第一印象は間違っていなかった。ただ者ではなさそうだ。つまりこの男――。

「教えてください。あなたは元警察官ですか？」

厚沢は素っ気なく答えた。

「違う。それより少し休みたい。時差ボケだ」

そう言って厚沢は目を瞑った。バックミラーを見ると後ろから追走してくるアルファードが見えた。馬渕からの依頼であり、そう簡単にいく仕事とは思っていなかったが、開始早々尾行されるとは、思った以上に骨の折れる仕事になりそうだった。

さて、どこで振り切ったらいいだろうか。

城島は頭を切り替え、尾行をまくことだけに思考を費やそうと決めた。

○

「失礼します」

莉子は院長室に足を踏み入れた。院長室は北相模市立病院の二階にあった。事務課などがあるフロアの一番南側の部屋だった。南側に面した部屋は日当たりがよく、ガラス張りの窓から陽光が差し込んでいた。一人の男性がゴルフのパッティングの練習をしている。男がこちらを見て首を傾げた。

「誰だ?」

「本日付けでこちらに採用になりました、真波と申します」

男は反応しない。さらに一球、ボールを打つ。三メートルほどの距離を転がり、ボールは穴に落ちた。穴の周辺にはボールが散らばっている。

「ちょうどよかった。君、そのボールを拾って持ってきてくれるかね」

さも当然のような口調で男が言ったので、莉子は答えた。

「お断りいたします。それは私の業務には含まれておりません」

男——院長である鶴岡正人《つるおかまさと》がこちらを見た。その目にはわずかに怒りの色が滲んでいる。部下に抵抗されることは滅多にないのだろう。

しかしすぐに元の表情に戻り、鶴岡は言った。

「さきほど部長から報告を受けたところだ。この病院の経営再建だって？　馬鹿馬鹿しいにもほどがある。総理の娘だか何だか知らんが、余計な口出しは無用だ」

鶴岡正人、六十六歳。専門は循環器科であるが、今は診療に当たることはないらしい。東亜医大の卒業生であり、長年東亜医大附属病院に勤務していた。ところが十年ほど前、内部の派閥抗争に敗れ、地方病院の院長の座に納まった。そして五年前、東亜医大との太いパイプを買われ、この人なら医師不足を解消してくれるのではないかという淡い期待のもと、北相模市立病院に招聘されたのだ。しかし医師不足が解消されるどころか、経営は悪くなっていく一方だった。市長の在任中は院長の座を解かれることはない。そんな口約束を市長と交わしているものだから、勝手に解任することができないようだ。

「私は亀田市長から指令を受けております。この病院を立て直すようにと。そのためのプランも練っているところです」

「立て直す必要などない。この病院では必要な医療はきちんと提供できているんだ。私は毎朝、各病棟を回診しているが、謝礼の言葉をかけられたことは多々あっても、苦情の類いは一切聞いたことはない。それが何よりの証拠だ」

昨日、市長と面談後、庁舎内で市立病院の幹部職員から話を聞いた。鶴岡院長の朝の回診は、彼が院長に就任した五年前、突如として始まったものらしい。患者と真摯に向き合いたい。鶴岡はそう話しているらしいが、大学病院の悪習をそのまま地方の病院に持ち込んでいるだけだ。

「ここ数年、医師不足が続いております。看護師も減少傾向にあるようです。何より酷いのは病床使用率です。例年のように五十パーセントを下回っているようでは、まともな経営状態とは言えません」

「君ね、医療というのは崇高なものなんだ。金だけではないんだよ」

「おっしゃる通りです。医療というのは我々人間の生活において欠かせないものであり、崇高なものであることは否定いたしません。しかし経済活動としての側面もございます。患者は治療を受け、料金を支払う。患者から金を受けとる以上、病院としてもそれに見合った治療を提供する義務があるんです」

「じゃあ何か？　うちの病院はそういった水準に達していないとでも言うのか？」

「地域の基幹病院としての役割を果たしているとは思えません」

「馬鹿な」と鶴岡は鼻で笑った。「所詮は田舎の市立病院ではないか。高水準の医療を受けたいのであれば、東京でも横浜でも勝手に行けばいい。どうせ入院患者はジジババばかり。今のままで十分だ」

やはりな、と莉子は確信を得た。この男の本質を見たような気がした。鶴岡が院長の座にある限り、真の意味で改革するのは難しいかもしれない。

東亜医大のＯＢであるにも拘わらず、実際にはそれほどコネクションも持っていないと聞いている。医師の派遣を要請しても無視されるし、県の医師会などの集まりでも大きな発言力は持っていないと聞く。要は内弁慶だ。狭い王国で威張っているだけなのだ。しかし残念ながら、現時点ではこの男を辞めさせる方法はない。

「私は市長からの要請を受けております。それに従い、この病院の再建案をご提案させていただくことになると思います」

莉子の首には名札がかかっている。ここ北相模市では名札の紐の色で、職員の区分を表しているようだった。青は正規職員で、緑は臨時職員、黄色は嘱託員だ。莉子は緑色の紐だ。今日付けで臨時職員として採用されたのだ。

「好きにすればいい。どうせ無駄骨に終わるだろうけどな」鶴岡はそう言ってからデスクの上にある電話機の受話器を持ち上げた。「私だ。昼食は天丼にしてくれ。特上だ」

受話器を置いてから、鶴岡はゴルフの球を拾い集め、再びパッティングの練習を開始する。莉子がいることなど眼中にないといった感じだった。

鶴岡に言われるまでもなく、好きにやらせてもらうつもりだった。最終的な決定権を有しているのは鶴岡だが、そこをクリアするのは現状では難しい。となれば実務的な部分を推し進めていくのが先決だ。

「では失礼します」

莉子は一声かけてから院長室をあとにした。

○

城島はカードキーを使って部屋の中に入った。東京駅近くのビジネスホテルだ。八重洲口から歩いて五分ほどのところにある。

チェックインをしたのは昼過ぎだった。その後は買い物に同行した。厚沢が向かったのは日本橋《にほんばし》にあるデパートで、そこの紳士服売り場でスーツを新調した。裾直しの間、厚沢はデパートの近くにある理髪店で髪を切った。来日した理由が買い物と散髪とは思えなかった。単純にそうしたかっただけなのだろう。

夕方にはホテルに戻ってきた。厚沢は隣の部屋に泊まっている。明日の午後に予定があるらしく、それまでは特に用事は入っていないため、このホテルで過ごすと言っていたが、それを鵜呑みにするほどお人好しではない。彼が勝手に部屋を抜けだした場合に備え、彼のキャリーバッグにGPSの発信器を仕掛けさせてもらった。スマートフォンで位置を確認できる代物だ。

城島は買ってきた弁当をテーブルの上に置いた。近くにあった牛丼屋でテイクアウトしてきたのだ。それとは別の袋に缶ビールとミネラルウォーターが入っている。缶ビールを一口飲んでから、スマートフォンでGPSの位置を確認する。さきほどと同じ場所にある。まだ室内にいるようだ。ただしキャリーバッグを置いたまま外出する可能性もあるため、これだけでは心許ない。もうしばらくしたら厚沢の部屋をノックしてもいいだろう。

牛丼を食べる。あっという間に食べ終えてしまった。時刻は午後七時になろうとしている。城島はスマートフォンを手にとり、娘の愛梨に電話をかけた。

「俺だ。そっちはどうだ?」

「どうって、別に」

電話に出た愛梨は素っ気なく言った。北相模市に引っ越してから一ヵ月が経つが、城島が外泊するのは初めてだ。

「夕飯は何だった？　もう食べ終わったんだろ」

「海鮮丼。莉子ちゃんが作ってくれた」

「そうか。海鮮丼か。お父さんは牛丼だった。似てるな」

「丼だけじゃん」

「ところで真波さんは何してる？　仕事か？」

「そうみたい。ご飯も食べないで仕事してる。さっき覗いてみたらパソコンで会議してた。何か難しいこと言ってたよ」

私、明日から市立病院で働きますので。莉子がそう宣言したのは昨晩の夕食のときだ。詳しい話は教えてもらえなかったが、また何か裏があるのは想像できた。田舎に移住したとしても、あれだけ優秀な人材を企業や自治体が放っておくわけがない。

「愛梨、真波さんの仕事の邪魔をするんじゃないぞ」

「しないよ。するわけないじゃん」

不思議なものだ。真波莉子と同じ屋根の下に住んでいるのだ。こうして外泊してみると、普段の生活の奇妙さを痛感した。寝るとき以外、城島は若干緊張しているのだが、愛梨はすっかり莉子に懐いてしまい、リラックスして過ごしているようだ。

「あ、そうだ」思いだしたように愛梨が言った。「実はね、クラスの友達からミニバスのチームに入らないかって誘われてるの。明日の土曜日、チームの練習があるみたい。見学に来てくれって言われてるんだけど、どうかな?」

最近、会話の中で学校のことが話題になる機会が増えた。そのたびに今回の引っ越しは正解だったと思ったりもする。

「いいんじゃないか。お前はもっと運動ができるはずだからな」

城島自身も運動神経は鈍くなかったし、別れた妻もそうだったはずだ。数日前、体育の授業のバスケでシュートを決めて褒められたと話していた。その活躍がクラスメイトの目に留まったということだろう。

「わかった。じゃあ見学だけ行ってみる」

「俺は明日も仕事だ。一人で大丈夫か?」

「大丈夫に決まってる。じゃあね」

通話は切れた。スマートフォンを充電器に差し込んでから、城島はカードキー片手に部屋を出た。そして隣のドアのインターホンを押す。しばらくして厚沢が姿を現した。

「何か?」

「いえ、別に。いらっしゃるかどうか確認しただけです」

ホテルのアメニティである浴衣を着ていた。かすかにテレビの音声が聞こえた。映画でも観ているらしい。ずんぐりとした体形をしているが、決して太っているわけではなく、むしろ日頃から鍛錬を欠かさないタイプと思われた。柔道かレスリングを想像したが、耳は潰れていないようだ。

「何かあったらこちらから声をかける」

「そうしてください」

厚沢がドアを閉めたので、城島も自分の部屋に引き返した。あの馬渕栄一郎が警護を依頼するような男なのだ。何か裏の事情があると考えてよさそうだし、実際に成田空港から尾行された。尾行を振り払うのには苦労したが、その一件で城島も気が引き締まったのも事実だった。

とりあえず明日になるのを待つしかなさそうだ。城島はベッドに横たわり、テレビのリモコンをオンにした。

○

午後一時少し前。真由美は市立病院の二階の廊下を歩いていた。ほかにもチラホラと医師や看護師たちの姿が見える。二階のこのあたりは事務課や医事課などの事務職員たちの執務室になっているため、真由美たち看護師はあまり馴染みのない場所だ。

「真由美さん、こんにちは」

振り返ると知り合いの看護師が駆け寄ってきた。「こんにちは」と返事をしてから、二人で会議室の中に入った。テーブルはなく、椅子だけが等間隔に置かれていた。八割方席は埋まっている。

前方に空いている席を見つけ、一緒にいた知り合いの子と並んで座ることにした。椅子の上にはＡ４サイズの紙が置かれていた。それを手にとってから椅子に座る。五枚ほどの紙で、今日の会議の資料のようだった。タイトルは『北相模市立病院経営再建計画説明会資料（案）』とある。周囲を見ると誰もがその資料を食い入るように眺めていた。

ちょっと吉田さん、私の代わりに会議に出てくれない？　職場の看護師長からそう言われたのは今朝のミーティングのときだった。今日の午後、管理職を対象にした会議がおこなわれることになっているのだが、看護師長は午後から休みをもらう予定になっているため、その代理として真由美が指名されたのだ。

真由美は膝の上の資料に目を落とす。何やら難しそうな資料だった。周囲には医師の姿もあるし、スーツを着た事務職員も多数いた。全部で五十人くらいで、そのうち看護師は十五人くらいだろうか。

一人の女性が会議室に入ってくるのが見えた。グレーのパンツスーツを着ているその女性は、間違いなく真波莉子だった。彼女は真由美のすぐ横を通り過ぎ、そのまま真っ直ぐ会議室の前方にあるテーブル席に向かった。そしてマイクを持ち、立ったまま話し始める。

「皆さん、お忙しい中お集まりいただき誠にありがとうございます。私は昨日付けでこちらの病院の事務課に配属になりました、真波と申します。座って説明させていただきますが、どうかご容赦ください」

莉子が椅子に座った。腕を触れられ、隣を見ると知り合いの看護師がしたり顔でうなずいている。真由美もうなずいた。似たようなことをしている看護師が数名いた。

看護師たちの情報網を侮ることはできない。ほぼ毎日、母の見舞いに通う真波莉子と、彼女の隠された素性については、看護師たちはとっくに知っているのである。

「私は亀田市長直々にこの病院の経営再建を依頼されました。手始めにおこなうのがコストカットです。お手元の資料をご覧ください」

莉子は流暢に話している。こういう場に慣れているような感じだった。元厚労省の官僚だったと聞いている。小学校の同じ教室で机を並べていた子とは思えなかった。彼女は東大卒で、しかも総理大臣の隠し子だ。十数年の時を経て、こうして同じ会議室に一緒にいるのが奇妙な気がした。

「コスト&ベネフィットという言葉をご存じでしょうか」莉子の説明が始まった。「コストというのは費用、ベネフィットというのは便益のことをさします。ある事業を遂行する際、それにかかる費用と、その事業から生じる便益を分析し、その事業を遂行するか否か、判断しようという手法です」

コスパという言葉は聞いたことがあるが、ベネフィットという言葉は初耳だった。ただし意味は何となく理解できた。

「この度、私は市から提供された資料を徹底的に分析しました。市の了解を得たうえで、厚生労働省の職員、現役医師、大学教授等、専門的知識を持つ方々にも協力を依頼しました。その結果、作成したのがこの資料です。協力してくださった大学教授はこうおっしゃっていました。『この病院、放っておくと十年後には廃院だな』と」

廃院。その言葉に会議室の空気が変わったような気がした。

ここ数年、患者の数が減っているのは真由美も感じていた。真由美が勤務する内科の入院病棟も、満室になることはほとんどなく、五割埋まればいい方だ。昔はずっと満室だった、と年配の看護師が語るのが冗談に聞こえるほどだ。

「それぞれの事業、セクションをコスト&ベネフィットの観点から評価しました。五段階評価です。Aが良好、Bが概《おお》ね良好、Cが普通、Dが低調、Eが壊滅的となっております」

真由美は資料を見た。たしかに表の一番右にアルファベットが並んでいる。Dが目立った。ちなみに「看護部（入院病棟）」にはCの評価が下されている。

「本題はここからです」咳払いをしてから莉子が続けた。「Eの評価となった事業、セクションにつきましては、今年度末をもって原則的に事業の停止、もしくはセクションを廃止することにいたします」

どよめきが起きた。隣の子が資料の一点を指さし、それを真由美に見せてきた。そこには「眼科（外来）」と書かれていて、Eの評価が下されていた。その下の皮膚科も同様だった。つまり眼科と皮膚科がなくなってしまうということか。

「ちょっと待ってくれるかな」

そう言って手を挙げたのは脳神経外科の医師だった。割ときつい性格で知られている。

「いきなりそんなこと言われても現場の人間はたまらないって。廃止されるセクションで働いてる人間はどうするんだよ。お払い箱ってことかい?」

その通りだ。そこで働くスタッフがいるのだ。たまたま真由美は外れているからいいものの、眼科と皮膚科にも看護師がいる。

「医療スタッフに関しては異動などで雇用を守るつもりでいます。それ以外のスタッフに関しては市役所人事課と相談のうえ、再就職先を探すことになると思います。さきほど原則的にと申し上げた通り、E評価の事業、セクションについても業務改善計画をお示しいただければ、廃止の取り消しも検討いたします。その場合のボーダーラインですが、前年比で三十パーセントの収益の増加です」

ガタン、という音が後ろの方で聞こえた。振り返るとコック服を着た男が立っている。食堂で働くコックだ。立ち上がった際に椅子が倒れてしまったらしい。

「ふざけやがって、何が経営再建だ。単なるリストラじゃねえか」

吐き捨てるように言い、コックの男は資料を床に叩きつけ、会議室から出ていった。周囲が騒然とする中、莉子の冷静な声が聞こえてきた。

「静粛に。今回のコストカットは改革の第一弾です。週明けには第二弾を予定しておりますので、皆さんもそのつもりでいてください」

さらに周囲は騒がしくなる。さらなるコストカットが待ち受けているということか。真由美も半ば呆然としながら、手元の資料に目を落とした。それにしても、と真由美は思わずにいられない。まさか真波莉子がこの病院で働くことになろうとは。人生とは何が起こるかわからないものだ。

○

城島はホテルの地下駐車場にプリウスを停めた。後部座席には厚沢が座っている。昨日買ったダークグレーのスーツを着ていた。この有楽町にあるホテルに来たのは厚沢の要望だった。その目的は知らされていない。

厚沢が車から降りたので、城島もあとに続く。二人の足音が響き渡った。厚沢も特に文句を言うこともなく、エレベーターに向かって地下駐車場を歩いていた。

厚沢は二階でエレベーターを降りた。二階にはいくつかの広間があった。今日は土曜日ということもあってか、複数の結婚披露宴が開かれているようで、着飾った男女がそこかしこで談笑していた。

ホテルの案内表示の前で厚沢は足を止めた。今日開催が予定されている結婚披露宴や催し物が表示されている。そのうちの一つに目が留まった。『近藤家・厚沢家結婚披露宴』と書かれていた。始まるのは一時間後の午後三時からで、場所は桔梗の間とあった。おそらく厚沢の目的はこれだ。

厚沢は歩き始めた。桔梗の間は廊下の突き当たりだ。できるだけ厚沢の行動を妨げないでやってくれ。馬渕からはそう言われている。城島は周囲に目を走らせたが、怪しい人影はなかった。

桔梗の間の前には受付があり、そこには正装した男女が立っている。それ以外にも招待客らしき男女が親しげに話しているのが見えた。厚沢はそのまま何食わぬ顔をして中に入ってしまうつもりのようだった。すると受付にいた男が声をかけてくる。

「失礼ですが、招待状はお持ちでしょうか？」

まるで門番のようだ。それに男はやけに体格がいい。城島は男からある特有の匂いを嗅ぎとっていた。

厚沢が何も言わないので、男が言った。

「申し訳ございません。招待状のない方を中に入れるわけにはいきません。どうかお引きとりください」

厚沢は無表情だったが、心の中では落胆しているに違いなかった。近くにいた男がスマートフォンで話す声が耳に入ってくる。

「……はい、自分はもうホテルの中です。ソウチョウはまだお見えになっていません。ニソウはもう中に入ってます」

厚沢が廻れ右をして、廊下を引き返した。城島は隣に並んで厚沢に訊いた。

「もしかして娘さんの披露宴ですか？」

厚沢は答えなかった。しかしさきほどの案内表示が物語っていた。近くに待合スペースがあり、いくつかのソファが置いてあった。そのうちの一つに厚沢が座ったので、城島もその前に座り、そして言った。

「すべて話してくれとは申しません。ある程度の事情をお聞かせ願えれば、私としても何か協力できるかもしれませんので」

厚沢は何も言わない。仕方ないので城島は自分の推理を口にした。

「娘さんの結婚式ですよね。お相手は自衛官ではないでしょうか。さきほど電話で話している男性の声が耳に入りました。曹長、二曹というのは自衛官の階級です。あの受付の男の対応からして、中には幹部クラスの自衛官がいるのかもしれませんね」

着飾った男女たちが目の前を行き交っている。くたびれたスーツの自分が浮いていることに城島は気づいていた。昨日、厚沢がスーツを新調したのは、ここに来るための服装を用意したかったからだ。

「その通りだよ」と厚沢が重い口を開いた。「ある事情により、私はドイツに渡った。もう二度と日本に戻ることはない。そう思っていた。しかし娘が結婚することを知った。最近はSNSが発達してるから、ドイツにいても娘の動向がわかってしまうんだ。痛しかゆしというやつだな」

式の日取りや会場も、すべてSNSを通じて知ってしまった。となると帰国したいという感情が疼きだした。最愛の娘の、一生に一度の晴れ姿なのだ。せめて一目でいい。遠くから娘の花嫁姿を見たい。そう思うのは男親として当然だ。

「昔世話になった馬渕さんだけには来日する旨を告げた。明日の便で帰る予定だ。本当に娘の顔を一目見るだけでいいんだ」

「最後に娘さんに会ったのはいつですか?」

「十年くらい前だな。中学生の頃だった。彼女は今年で二十五歳になる。SNSにアップした写真は毎日見ているんだが、やはり今日は特別だ」

同じ娘を持つ親として、厚沢の気持ちは痛いほど理解できた。城島は提案した。

「私に考えがあります。うまくいけば娘さんの姿を遠くからでも見ることができるかもしれません」

「協力してくれるのか?」

短い付き合いではあるが、この男が悪い人間でないことは察しがついた。たとえば厚沢が妻や娘にＤＶを働き、それが理由で遠ざけられているなど、マイナスの理由も考えられたが、もっと何か深い事情が隠されているような気がしてならなかった。

「成功するかどうか、それは運次第です。行きましょう」

城島がそう言って立ち上がると、厚沢も大きくうなずいた。

○

「まったくふざけんじゃないわよって感じ。こんなの、おかしいよ」

そう言いながら看護師の一人が例の資料『北相模市立病院経営再建計画説明会資料（案）』をテーブルの上に叩きつけた。ここは食堂の一角だ。真由美の周囲には五人の看護師が集まっている。中には私服の子もいる。この騒ぎを聞きつけ、急遽駆けつけたのだ。

集まっているのはバレー部の面々だった。真由美は市立病院の看護師たちで構成されるバレー部に所属している。週に二日の練習と、月に何度か週末に練習試合をおこなう。春と秋にはリーグ戦にも参加する。対戦相手は県内の病院や自治体などのバレー部だ。真由美がバレーを始めたのは中学の頃で、高校の部活もバレーだった。人に慕われる性格なのか、それともリーダー的な気質があるのか、中学でも高校でも三年生のときは部長だった。そして今も、市立病院のバレー部ではキャプテンを任されている。

「眼科も皮膚科もなくなっちゃうんでしょ。本当参ったわね」

「でもあの女、雇用は維持するって言ってたよ」

すでに莉子は完全に悪者になっていた。あの女呼ばわりだ。

厨房の奥からスマートフォン片手にコック服を着た男が出てきた。説明会を途中で退出していった男だ。この男は実はバレー部の監督だ。だからこうして食堂の一角に集まっているのである。この食堂がなくなってしまえば、監督は職を失ってしまうのだ。

「監督、本社は何だって？」

一人の看護師に訊かれ、監督は答えた。

「今日は土曜で本社も休みだから、ちゃんとした話は週明けになるみたいだが、もしこの話が本当なら、特に反対することなく撤退するつもりらしい。もともと売り上げも悪かったしな」

食堂は病院の一階にあり、五十名ほどが入れる広さがある。しかしお世辞にも儲かっているとは言えない状況だ。院内には売店もあるし、外に行けばコンビニや大手チェーンの飲食店がある。ここで食事をしている外部の人の姿はあまり見かけたことがない。

「食堂が撤退するってことは、監督もここからいなくなるってこと？」

「そういうことになるだろうな。俺は病院に雇われてるわけじゃないから」

この食堂は市内にある民間の弁当宅配業者が運営している。入院患者の食事を作っているのと同じ会社だ。採算のとれない食堂に関しては、仮に今回コストカットの対象にならなかったとしても、撤退は時間の問題だったはずだ。

「職を失うことにはならないと思うから、みんなは心配しないでくれ」

部員たちを安心させるかのように監督は言った。さきほどは頭に血が上っていたようだが、今ではすっかり冷静さをとり戻している。彼は四十代で、離婚歴がある男性だ。時間を持て余しているのか、練習や試合には必ず参加してくれる。

「でもさ」と看護師の一人が言った。「監督がいなくなると困るよね。バスの運転してくれる人がいなくなっちゃうじゃん」

「まあな」と監督が答える。「俺が次にどこで働くことになるか、それにかかってるな。土日も勤務する工場なんかだと、今までみたいに試合や遠征に付き合ってやるのは難しくなるだろうな」

監督は大型免許を持っているため、バスの運転ができるのだ。それにそもそも勤務先が病院内の食堂だから、彼に監督をお願いしているのだ。勤務先が変わってしまったら、これまで通り監督業を依頼するのは無理がある。

真由美は手元の資料を見た。Ｅ評価は全部で九つもあった。看護師たちが口々に話している。

「にしても、あの真波って女、腹立つよね」

「総理の隠し子なんだよね。ちょっと美人だからって調子に乗るなっつうの」

「ガツンと言ってあげたいよね、ガツンと」

一瞬、沈黙が訪れる。顔を上げると全員の視線がこちらに注がれていた。

「えっ？　私？」

真由美がそう言うと、一人の看護師が言った。

「やっぱりこういうときはキャプテンの出番だよ。真由美くらいしか思いつかないもん。あの女に向かってガツンと言える子」

「そうですよ」と若い看護師が同調する。「産婦人科のエミちゃんがいじめられてたとき、キャプテンがガツンと言ってくれたじゃないですか。あれがなかったら今頃辞めてたって、エミちゃん言ってましたよ」

実は私、あの真波莉子と小中で一緒だったんだよね、と言える空気ではなくなっていた。言ったら最後、じゃあキャプテン行ってきてください、という展開になることは目に見えていた。

「でもさ」と真由美はみんなの顔を見回して言った。「今日の説明会に出てわかったんだけど、うちの病院、結構深刻な状況にあるみたいよ。このままだとヤバいんだって」

一人の看護師が答えた。

「そんなの知ってますよ。入院病棟のベッドだってスカスカだし。こないだ看護学校の同期と飲んだら嫌味言われました。『市立病院は暇でいいわね』って。でもどんなにヤバくても馘になることはないんですよね?」

「そうだと思うけど」

基本的に公務員という身分なので、そう簡単にリストラされることはない。しかし本当にそうなのだろうか。真由美はそんな疑問を感じていた。

私は一介の看護師に過ぎず、仕事を忠実にこなし、家庭と両立させながら、余暇でバレー部の活動を楽しめばいい。そう思っていた。ところが今日、実は自分の勤務先である病院が、経営的にかなり厳しい状況にあることを知ったのだ。年間で五億円もの赤字を出し、病床使用率も五十パーセントを切っている。これまではそういった数字的なことを一切知らされることがなかったのだ。

「そろそろ仕事戻らないと」

「そうだね。私も戻ろうかな」

看護師たちが立ち上がり、自分の職場へと戻っていく。「じゃあ監督、またね」と声をかけてから、真由美も彼女たちを追うようにして食堂をあとにした。このままでいいのだろうか。そんなしこりのようなものが胸の中に残っていた。

○

「私がすべて話すので、厚沢さんは黙っていてください。くれぐれも相手に顔を見せないように」

「了解した」

不機嫌そうな顔つきで厚沢が答えた。城島は鉢植えの花を持っている。厚沢も同様だ。

娘の結婚式に潜入したい。そんな厚沢の願いを叶えるため、城島はいったんジャパン警備保障の本社に戻り、倉庫から作業着を借りてきた。ＳＰの仕事をするときに、たまに変装しなければならない場合があり、そのため会社には数パターンの衣装が用意されている。城島がチョイスしたのはベージュの作業着だった。どこでも見かけるタイプの平凡な作業着だ。

それを着て向かった先は花屋だった。そこで豪華な鉢植えの花を二つ買い、それを手に再び披露宴会場であるホテルに引き返した。一時間ほど時間がかかってしまったため、すでに披露宴は始まっていた。受付には一人の男性が立っていた。さっきの男性ではないが、体つきもいいことから、彼もまた自衛官なのかもしれない。

鉢植えを両手で抱えたまま、城島は受付に向かった。

「花をお届けに参りました」

男は「どうぞ」と奥に手をやった。それを見て、城島は受付の前を通り過ぎる。正面が桔梗の間の入り口だったので、城島はドアを開けて中に入った。あとから厚沢もついてくる。

天井が高かった。列席者は二百人ほどだろうか。正面のやや高い位置に新郎新婦が座っているのが見えた。新郎は儀礼服を着ていて、帽子を被っていた。新婦の方は白いウェディングドレスだった。

どこに花を置くべきだろうか。城島は会場内を見回した。すると会場の隅の方にグランドピアノが置いてあるのが見えた。そこだけすっきりしているというか、あのあたりだったら花を置いても邪魔にならないような気がした。

振り返ると厚沢が立ち尽くしていた。鉢植えを手に、半ば呆然とした顔つきで新郎新婦の方を――正確には新婦の姿を見ていた。目が釘づけになっているようだ。およそ十年振りだと言っていた。しかも娘はウェディングドレスを着ており、その隣には生涯の伴侶となる男性が座っているのだ。込み上げるものがあるに違いなかった。

しかし長々とここにいることはできない。ホテル側のスタッフに見つかったら大変だ。花をお届けに参りました。その言い訳で切り抜けられればいいが、うまくいかない可能性もある。

　城島は厚沢の背中を指でつつき、それから手で合図を送った。あそこに花を置いて、外に出ましょう。その意図が伝わったのか、厚沢がうなずくのが見えた。二人で会場の隅に向かい、グランドピアノの近くに鉢植えを置いた。そのまま引き返そうとしたとき、マイクを通じて司会の声が聞こえてくる。

『皆様、ここで新婦はお色直しのため、しばらく中座させていただきます。ご退席にあたり、そのエスコート役を新婦のお母様にお願いしたいというのが、新婦のたってのご希望です。皆様、お母様を拍手でお迎えください』

　拍手に包まれる。黒留袖を着た女性が前に出て、何やら新婦と言葉を交わしてから、二人で一緒に歩きだした。同時に曲が流れ始めた。女性アーティストの有名な曲だった。参加者の多くがスマートフォンで二人の歩く姿を撮影している。

　二人はゆっくりと歩いている。その間、城島は壁に身を寄せ、目立たないようにしていた。厚沢も同じような体勢で俯いている。やがて二人が桔梗の間から出ていくのが見えた。

『それではしばらくご歓談をお楽しみください。よろしければ新郎の近くにお越しいただき、お話や写真撮影など、ご自由にお楽しみください』

　新郎のもとにビール瓶を持った屈強な男たちが集まってくる。自衛隊の仲間なのだろう。

　城島は厚沢の肩を叩き、その耳元で言った。

「そろそろ行きましょう」

「ああ」

二人で会場の隅を歩き、ドアから外に出た。そのまま通路を歩いていく。遠くから娘の姿を見ただけだが、あの状況ではあれが限界だろうと思われた。名乗りでることが許されるような雰囲気でもなかった。

「すみません」

背後で声が聞こえた。振り返るとウェディングドレスを着た新婦の姿があった。その視線は厚沢の背中に向けられている。厚沢はやや俯き気味の姿勢で固まっている。

沈黙が流れる。城島は何も言えず、事の顚末を見守ることしかできなかった。沈黙を破ったのは新婦だった。彼女がすがるような目つきで言った。

「……もしかして、お父さん、じゃないですか？」

厚沢は答えなかった。娘に背中を向けたまま、真っ直ぐ前だけを見ている。続けて新婦が言った。

「お父さんだよね。私、視力だけはいいの、お父さんに似て。ねえ、お父さんよね？」

厚沢は振り返らない。その唇がわなわなと震えていた。本当は娘の名を呼びたいはずだ。そして祝いの言葉をかけたいはずだ。

「……すまん」

厚沢はそれだけ言い残し、そのまま真っ直ぐ歩いていく。新婦は二、三歩前に出たが、その場で足を止めた。そしてその場にとどまり、去っていく厚沢の背中に目を向けていた。

普通であれば、娘の呼びかけに応じて振り返るはずだ。しかしそれをせずに厚沢はこの場から立ち去った。よほど娘に会えない深い事情があるのだろう。

城島は新婦に向かって会釈をしてから、黙って通路を歩きだした。

○

その家はごく普通の一軒家だった。周囲にはポツンポツンと同じようなタイプの住宅が点在している。田んぼや畑も見え、典型的な北相模市の郊外の景色だ。今は結婚して駅近くのマンションに住んでいるが、結婚するまで住んでいた真由美の実家も似たようなものだ。

『真波』という表札が見える。墨で書かれた表札の文字は淡くなっていた。インターホンを押そうかどうか、真由美は逡巡した。中学校を卒業してから会っていないし、口を利いたのは小学校六年生のときが最後だ。向こうは果たして私のことを憶えているだろうか。そんな不安もある。

背後で車のエンジン音が聞こえた。ヘッドライトが近づいてきて、家の前でタクシーが停まった。降りてきたのは真波莉子だった。玄関の前に立っている真由美を見ても、彼女は顔色一つ変えずに言った。

「散らかってるけど、それでもよかったらどうぞ」

そう言いながら莉子は玄関のドアを開け、家の中に入っていった。つまり中に入ってもいいという意味だろうか。恐る恐る真由美は中に入る。こうも簡単に入れてもらえるとは思っていなかった。

「お邪魔します」

すでにスリッパも用意されている。それを履いて真由美は奥に向かった。居間があり、その向こうにはキッチンが見えた。居間の座卓では小学校中学年くらいの女の子が勉強していた。居間に入ってきた真由美を見て、女の子は言った。

「こんにちは」

「こ、こんにちは」

「愛梨ちゃん」とキッチンで莉子が言った。「私、このお姉さんとお話があるの。ちょっと二階に行っててもらえるかな」

「はーい」

女の子はノートやペンなどを片づけ、「ごゆっくり」と小さく頭を下げて居間から出ていった。もしかして莉子の娘だろうか。そうであるなら二十歳そこそこで出産したということになる。

「知り合いの子よ。残念ながら私の子供じゃないわ。事情があってうちで暮らしてるの」

莉子が居間にやってきて、グラスを二つ、座卓の上に置いた。それから座布団を敷いてくれた。自分は女の子が座っていた座布団に座った。

「で、何か用かしら?」

「ええと……」

口ごもってしまう。いつもの自分らしくない。距離感も摑めなかったし、何から話していいかわからなかった。小中学校時代もさほど親しくしていたわけではない。しっかりしろ、私。そう自分を奮い立たせていると、意外なことに莉子が先に口を開いた。

「一度廊下ですれ違ったことがあったわよね。そのときにも声をかけようと思ったんだけど、真由美ちゃんも仕事中だろうと思ったからやめておいた」

病院では常にマスクをつけている。今日の説明会のときもそうだ。それでも莉子は気づいていたということだ。

「今日の説明会、私も出たの」いきなり本題に入ることにした。遠慮するのは性に合わない。「あれ、本気なの？　たしかにうちの病院、あまりいい状況にないのはわかってる。でもいきなり閉鎖とか廃止って言われても、みんな納得いかないと思う」

「本気よ」と莉子は涼しい顔で言った。「本気じゃなきゃあんな大々的に発表したりしないから。それに人材だけは守るつもり。あなたたち看護師は一人として馘にしたりしないから心配しないで。委託している業者さんとかは別だけど。あ、ちょっと失礼」

そう言って莉子が立ち上がり、スマートフォンを持って廊下に出ていく。やがて彼女の話し声が聞こえてきた。「お疲れ様です。……そうですね、一時間後にリモートで会議をしましょう。現時点では……」

小学校の頃を思いだす。同じクラスになったのは五、六年生のときだった。莉子は常に成績がトップで、運動もよくできた。しかし人望という点では、真由美は莉子に負けていなかった自信がある。学級委員長を投票で決める際、クラス内の多数決では大差をつけて真由美が一位、二位が莉子だった。

そんな莉子について、どうしても忘れられない記憶がある。あれは六年生のときの修学旅行での出来事だった。奈良《なら》の旅館に泊まったとき、ある男子が莉子に告白をして、それを彼女がいとも簡単に断った。あなたには一ミリも興味はないから。莉子はその男子にそう言ったらしい。それを聞いた真由美は頭にカッと血が上った。その男子とは仲良しで、実は真由美も好きだったのだ。何だか自分のことまで否定されたみたいで腹が立った。

夜の旅館だった。気づくと真由美は莉子の右手を摑み、そのまま廊下に連れだしていた。そして平手で彼女の頰を叩いていた。騒ぎが大きくなり、駆けつけた担任教師にこっぴどく怒られた。その後、莉子とは口を利かなかった。卒業するまで、ずっとだ。

「ごめん。急に電話がかかってきちゃって」

莉子が居間に戻ってきた。やはりこの子だけは違うな、と真由美は改めて思った。狭い町なのでショッピングモールやコンビニなどで同級生と再会することはよくある。大抵の場合、近況を話し合ったりするのだが、莉子とはそういう感じになれそうになかった。それほどまでに莉子との間には高い壁がある。

「一つだけ訊きたかったんだけど」真由美は疑問を口にした。「今日の説明会で言ったじゃない。どこかの大学教授の話。『この病院、放っておくと十年後には廃院だな』っていうの、あれって本当なの?」

いくら経営状態が危ういとはいえ、十年後に勤務先がなくなってしまうというのは衝撃的だった。市立病院は市が運営しているからきっと大丈夫。そういう幻想を打ち砕かれた思いもあった。

「あの病院ね」莉子が口を開いた。「今年で築三十年を迎えて、徐々に老朽化の兆しが見てとれるの。そういった補修工事にも費用がかかるし、医療機械だって入れ替えなければならない。今の経営状態が続けば廃院という選択肢も見えてくるわね」

そこまで考えていなかった。エアコンが故障しただの、カーテンが破れているだの、そういう細かい話はよく耳にする。もしも外壁や屋根の補修が必要な時期が来たら、それこそ莫大な費用がかかるという意味だ。

「真由美ちゃん、バレー部だったわよね」

いきなり言われ、真由美は戸惑った。多分中学時代のことを言っているのだろう。私が市立病院のバレー部に入っていることはさすがに知らないはずだ。

「うん、まあね……」

「あの病院、今のままじゃ試合にも出られないくらいなの。動ける体じゃないのよ、今の市立病院は。まずはダイエットして、動ける体を作ることが先決。そして次のステージに移行するのよ。そのときは真由美ちゃん、あなたたちの協力が必要なの」

わかった、とは言えなかったが、莉子に協力してあげてもいいと思い始めている自分がいるのは事実だった。彼女の言う次のステージの具体的な内容はわからないものの、この子なら何とかしてくれそうという期待感もあった。同時にバレー部の仲間たちの顔が脳裏に浮かんだ。木乃伊《ミイラ》取りが木乃伊になるとはこのことだ。ガツンと言うどころか、逆に説得されてしまっている。

「私、そろそろ帰らないと」

「ゆっくりしていけばいいのに」

「だってほら、あなたも忙しいみたいだし」

このままとどまっていると完全に洗脳されてしまいそうで怖い。真由美は立ち上がって居間を出た。彼女が追ってくる気配があった。パンプスを履きながら、真由美は言った。

「あれ、憶えてる？」

「あれって何？」

「あれだよ、あれ。修学旅行のときにさ、私、ほら」

真由美は立ち上がり、平手を出してビンタをする仕草をした。それを見て莉子が答える。

「ああ、あれね。昔の話じゃないの。今さら何を言いだすのかと思ったら」

やはり憶えていたのだ。それはそうだ。同級生に平手で叩かれる。そう簡単に忘れるわけがない。

「あのときはごめん。ずっと謝りたかったんだよね」

誰かを思い切り叩く。そんな経験はあれが最初で最後だった。だから胸にわだかまりが残っていた。しかも謝りたくても相手は町を出て、遠くに行ってしまった。まさか謝れる日が来るとは想像もしていなかった。

「別に気にしてないわよ。それに今思えば」と莉子が記憶を辿るかのように言った。「私も結構酷いことを言ったなと思う。あの男の子——名前忘れちゃったけど——彼にも申し訳ないことしたと思ってる。もし会うことがあったら、私が謝っていたと伝えてくれるかしら？」

「わかった。もし会ったら伝えておく。じゃあね」

ドアを開けて外に出た。近くに停めた軽自動車に向かって歩き始める。何だかすっきりした気分だった。

○

一夜明けた日曜日。城島は成田国際空港にいた。もちろん厚沢も一緒だった。今日彼はドイツに戻るらしい。早めに着いたので、出発までまだ二時間以上もある。

「最後に飯でも奢ろう。君には世話になったからな」

厚沢が選んだのは寿司店だった。二人でカウンター席に座り、特上の寿司を注文した。厚沢は生ビールを飲み始めたが、城島はここまで車で来てしまっているため、アルコールは控えなければならなかった。

特に会話もなく、黙々と寿司を食べた。まだ午前中でオープンしたばかりだったが、席は半分ほど埋まっていた。客の多くが外国人だった。

「君、家族は?」

寿司を食べ終えたところで、厚沢に訊かれた。彼は生ビールを飲み干しており、今は熱い緑茶を啜っている。

「娘が一人。妻とは別れました」

「そうか。娘さんはいくつになる?」

「九歳です。小学三年生です」

「可愛い盛りだな。そのうち反抗期になる。女の子は早いからな。うちもそうだった」

昨日、彼は娘の結婚披露宴に潜入した。去り際に娘に気づかれてしまい、声をかけられたが、彼は娘の声に応じることなくその場をあとにした。同じ娘を持つ父親として、身につまされる思いがした。

自分だったらあそこまで冷酷になれない。娘の呼びかけに応じて振り返ってしまうに違いない。しかし厚沢はそんな情に振り回されることもなく、その場をあとにした。厚沢がどれほど重いものを背負っているか。昨日の行動だけでそれが伝わってくる。

「もう日本に戻ってくる予定はないんですか?」

城島が訊くと、厚沢が首を縦に振って答えた。

「多分な。仮に娘が子供を産んだら、こっそりと帰ってくるかもしれない。孫の顔は見たいからな。しかしそれは先の話になるだろう」そこまで話したところで厚沢は声のトーンを落として言った。「寿司屋から出たところに二人の男がいる。スーツ姿の男だ。多分彼らの狙いは私だ」

振り返るわけにはいかない。城島は敢えて逆方向に目を向けた。外の景色を見る振りをしながら、窓ガラスの反射を利用して二人の姿を確認した。

「これで支払いを」

厚沢は通りかかった店員に一万円札を手渡した。数日以内に厚沢がドイツに戻ると見越して、ずっと空港で見張っていたということだろうか。だとしたら相当な根性だ。それほど厚沢が重要人物であることを意味している。

「彼らは何者でしょうか？」

「さあな。金で雇われたんだろう。私を拘束するようにな」店員がお釣りを持ってきたので、それを受けとってから厚沢は続けた。「私の娘の結婚相手は防大出の航空自衛官だ。昨日の式には空将や一等空佐も参列していた。手段を選ばないのなら、あの場で私を拘束することもできるはずだったが、それをしなかった。なぜかわかるか？」

「さあ……」

「体面を重んじたからだ。要するに航空自衛隊の幹部に気を遣ったんだ。政治家が考えそうなことだと思わないか」

つまり外で見張っている二人は政治家に雇われた者たちなのか。となると厚沢は政治的な事件に関与した重要人物なのかもしれない。そしてもう一つ、城島は気づいたことがあった。

「あなたも、元自衛官？」

厚沢は答えなかったが、それが答えのような気がした。最初に会ったとき、元警察官ではないかと思った。その印象はあながち間違ったものではなかったのだ。ある一定期間、厳しい訓練を受けた者だけが出せる、独特の空気を厚沢は身にまとっていた。

「チケットも受けとっている。あとは出国審査カウンターに入ってしまえばどうにでもなる」

厚沢の言わんとしていることは理解できた。少しだけ時間を稼いでほしい。そう言っているのだ。

「わかりました」

城島は店員を呼び止め、ある頼みごとをした。城島の言葉を聞いた店員は神妙な面持ちで店の奥へと消えていった。いつそのときが来てもいいように、城島は心を落ち着かせた。厚沢がジャケットの内ポケットから封筒を出し、それをテーブルの上に置いた。

「これを受けとってくれ」

「いえ、謝礼は結構です」

「私からの気持ちだ。それに君には本当に申し訳ないことをしたと思ってる。どうか許してくれ」

そう言って厚沢は頭を下げた。謝罪される覚えなどなかった。しかし厚沢はテーブルに額がつきそうなほど頭を下げている。試しに封筒を持ってみたが、結構な重さだった。五万、十万という額ではなさそうだ。

「頭を上げてください。あ、そろそろです」

外の通路を犬を連れた警備員が歩いてくるのが見えた。警備員は例の二人組のもとに向かって歩いていく。さきほど城島は店員に二人組の風貌を伝え、こう言ったのだ。あの二人は麻薬を持っている可能性があるから警備員を呼んでくれ、と。警備員の連れた犬はおそらく麻薬犬だろう。

二人組の男が警備員から質問されている。その隙をつき、城島たちは店を出た。そのまま出国審査カウンターを目指して歩きだす。振り返ると二人組は気づいた様子だった。しかし下手に騒ぐと警備員を刺激してしまうと思ったのか、忌々しそうにこちらに目を向けているだけだった。

「助かった。娘さんと仲良くな」

「お気をつけて」

出国審査カウンターに入っていく厚沢の姿を見送った。上着のポケットに返しそびれた封筒が入っていた。今さら返しに行くわけにもいかないし、有り難く受けとることに決めた。

厚沢は職員に対してパスポートを提示していた。さっきの奴らがやってこないとも限らない。城島はその場をあとにした。

それにしても、と城島は首を捻った。さきほどの謝罪の意味は何だったのか。
○

莉子は市立病院二階にある事務課の執務室にいた。デスクやキャビネットが並べられた執務室の片隅に、専用のデスクを与えられていた。その上には書類が山のように積まれていて、今日も朝から書類のチェックで忙しい。

昨日の説明会の反響も耳に入ってきている。やはり売店や食堂の閉鎖、それと眼科や皮膚科といった採算のとれない診療科の廃止というのは話題になっているらしい。眼科や皮膚科などは市内に民間クリニックがあり、そちらに患者が流れているのは事前の調べでわかっていた。だったらそれは民間に任せるべきだと判断した。基幹病院としての役割を全うするのが先決だ。

「真波さん、コーヒーでもどうですか?」

カップ片手に男性職員が声をかけてきた。莉子は手にしていたファイルを置いた。

「ありがとうございます。いただきます」

男からカップを受けとる。男は四十代の係長だ。最初のうちは遠巻きに見守っていた職員たちも、すでにこうして気軽に話しかけてくれるようになっていた。係長が言った。

「部下の女性たちから言われたんですけど、売店を閉鎖しちゃうと不便じゃありませんか。私もたまに昼飯でパンを買ったりしますし、急に入院が決まった人なんかは、あの売店でいろいろ買い揃えたりもしますから」

そういう声が出てくることは想定内だ。莉子自身も母のためにドリンクやお菓子を買ったことが何度もあるので、院内に売店があった方が便利であるのは当然わかる。

「大手コンビニチェーンに入ってもらおうかと思ってます。そうした方がテナント料が見込めますからね。非公式にですが、割と前向きな回答をもらっています」

「なるほど。コンビニですか。そりゃあいい。部下の女性たちも喜びそうだ」

「ところで係長、ちょっと教えてほしいことがあるんですが」莉子はカップを置き、ファイルを手にとった。「この家賃というのは何ですか?」

今、莉子が見ているのは予算の細かい使用状況だ。家賃という名目で年間百万円近い予算が計上されていた。係長が答えてくれる。

「それは院長先生のご自宅です。市内にあるマンションですね」

鶴岡の傲慢な顔が脳裏に浮かんだ。彼はたしか横浜に住んでいるのではなかったか。東亜医大も横浜にあるはずだ。

「たしか、院長のご自宅は……」

「横浜です。ただし仕事の関係でどうしても帰宅が困難な場合もあります。そういうときに泊まるマンションです。月の半分くらいはそっちのマンションに泊まっていると耳にしたことがありますよ」

横浜までは車で一時間ほどだろうか。通勤時間としては長い方かもしれない。遅くなったときに市内に泊まりたくなる気持ちも理解できた。

「ちなみに送迎は？」

「うちの職員がおこなっております。車種はクラウンです。今の院長が就任した年に買ったものです。ちょうど五年目ですね」

高級車だ。しかし買い換えるほどではないかもしれない。クラウンと、市内のマンション。院長クラスになればそのくらいは許容範囲か。

「お仕事の邪魔になるといけないので、私は失礼しますね」

そう言って係長は自席に戻っていった。日曜日の午後だが、職員の姿もチラホラ見える。役所というのはどこも同じだ。慢性的に忙しく、時間外労働や休日出勤などで事務をこなすしかないのだった。

再びファイルに目を落とす。大々的なコストカットを実行したとしても、それだけで赤字経営から脱却できるわけではない。昨日の資料のE評価をすべて廃止にしたとしても、減らせる赤字は五千万円にも満たず、トータルの五億には遠く及ばない。あとは細かいコストカットの積み重ねだ。

「あのう、ちょっといいですか？」

一人の男性職員が立っていた。莉子と同年代、二十代後半くらいかと思われた。名札を見ると『清水《しみず》』とあった。事務課の職員だ。

「どうしました？」

「係長と話している声が耳に入ってしまって……あのマンションの件です。僕、たまに院長の送迎を頼まれるんです。いつもは嘱託員の方にお願いしているんですが、その方が休みのときは若手の僕に送迎の仕事が回ってくるんです。実は院長、あのマンションに女性を住まわせているんです」

「愛人、ということですか？」

「そうだと思います。二度ほど見たことがあるんですが、どこか水商売っぽい感じの女性でした」

驚きはなかった。ああいうタイプの男ならその程度のことはしていて不思議はない。今後、鶴岡が莉子の改革案に対して異を唱えてくるのは目に見えている。この愛人の件を持ちだせば、交渉を優位に進められるかもしれない。

「情報提供、ありがとうございます」

清水はその場から立ち去ろうとしない。まだ何かあるのだろうか。すると清水は脇に挟んでいたファイルをこちらに差しだしてくる。

「これ、見てほしいんですが」

個人名や会社名、その住所と連絡先が書かれている。リストの一番右に金額が書かれていた。寄付金のリストらしい。公的病院への寄付は法的にも控除の対象となっている。数万円単位がほとんどだ。付箋が貼られた箇所を確認すると、そこには『スズオ製薬株式会社』という文字があった。寄付金額は三百万円だ。

「これがどうかしましたか？」

莉子がそう訊くと、清水は周囲を見回してから「実は」と声をひそめて話しだした。

新型コロナウイルスは人々から多くのものを奪ったが、コロナ禍で発展・充実したサービスも少なくない。オンライン双方向サービスもその一つだろう。今では電話やメールと並んでコミュニケーションツールの一つになっているし、ビジネスシーンでもよく目にするようになった。今後も需要が増していくことは間違いない。

午後七時。莉子は自宅の二階にある自分の部屋にいた。さきほど城島から連絡が入り、今日も都内のマンションに泊まるので愛梨を頼むと言われていた。夕飯は済ませたばかりだ。莉子が作ったカレーは愛梨にも好評だった。

パソコンを起ち上げ、オンラインサービスのソフトを起動した。指定された会議室に入っていくと、そこにはすでに三人の男女の姿がある。父と、その妻である朋美と、それから腹違いの妹の梓だ。今日は定例のファミリーミーティングだ。

「莉子、遅いよ。もう私はすっかり酔ってしまったようだよ」

栗林が言った。手にはワイングラスを持っている。きっとボルドーの五大シャトー、ムートンあたりではないだろうか。見栄っ張りな人なのだ。そうでなければ総理になどなったりしない。

父は総理公邸の執務室、朋美は同じくリビング、梓だけは違う場所にいるらしい。どこかのホテルの一室のようだ。

「梓ちゃん、どこにいるの？」

莉子の問いかけに梓が答えた。

「シドニー。明日の便でそっちに戻るの。ああ、くたびれた。足がパンパンよ」

そう言いながら梓はシャンパングラスを傾けている。朋美は優雅にソファに座り、お猪口を持っていた。莉子だけが何も持っていない。それに目敏く気づいた栗林が言う。

「ねえ、莉子。アルコールを飲んでないのかい？　オンライン飲み会なんだからね。お酒を飲んで楽しもうというのがこの会の趣旨なんだよ」

「あ、ごめんごめん」

莉子は自室を出て一階に下りた。居間では愛梨が宿題をしていた。冷蔵庫から缶ビールを出し、それを持って二階に上がる。パソコンの前に座って缶を父に見せる。

「これでいいんでしょう？」

「缶ビールか。そんな安い酒飲んでたら国民に失礼だよ」

「しょうがないわよ。これしかないんだから」

「まあ、いっか。それじゃあ家族水入らずで飲もう。ところで莉子、いつまでそっちにいるつもりなんだい？　もう田舎生活は飽きただろう？　早く帰ってきてくれると私も助かるんだけど」

「当分の間、こっちにいるつもり。実は今、市立病院の立て直しにとりかかってるの。多分二年くらいはかかるんじゃないかな」

「市立病院を立て直してる暇があったら、うちの政治家たちのメンタリティを叩き直してくれないかな。お馬鹿さんばかりで弱っちゃうよ、まったく」

それなりに順調な政権運営ができている一方で、党内の政治家たちのスキャンダルに足を引っ張られているのが栗林内閣の特徴の一つだ。莉子も関与した黒羽発言を皮切りに、つい先日も環境副大臣がゴルフ場で煙草の吸い殻をポイ捨てしているのがスクープされた。その前は六十過ぎの議員の女性スキャンダル。いずれも牛窪派に所属する議員だった。牛窪派にはいわゆる昭和の名残を色濃く残す議員が多数おり、現代の日本にはフィットできていないのが現状だ。そんな人たちに政権を渡すわけにはいかない。

「いっそのこと」朋美が当然のように言った。「莉子ちゃんが立候補したらいいのに。たしか九州のどこかで補選があるわよね。で、当選した暁には官房長官と政調会長と総務大臣あたりを兼務したらいいのよ。莉子ちゃんだったらできるでしょう」

その言葉に梓も反応する。

「そうね、それしかないわね。そして次の総選挙では女性議員を一気に三分の一くらいまで増やしちゃおうよ。莉子さんならできるんじゃない」

「やめてください、二人とも。私は政治家になるつもりは毛頭ないので」

栗林は満更でもなさそうな顔でワイングラスを傾けている。できれば梓の将来の婿ではなく、莉子本人に地盤を譲りたい。栗林は常々そう言っている。

「それより二人とも」栗林が言った。「どっちでもいいから早く結婚してくれ。孫の顔を見てみたいんだよ。お父さんも朋ちゃんも若くはないんだからね」

「あら、あなた。私、まだまだ若いつもりだけど」

「ごめん、朋ちゃん。今のは失言だった」

「あなた、そうやってすぐに失言を認めるのは悪い癖よ。もっと堂々としてた方がいいのよ。総理なんだから」

「そうよ。パパは顔がいいんだから、少しくらい変なこと言っても国民は離れていったりしないわよ」

親子水入らずの会話が続いていく。莉子は缶ビールを一口飲んだ。

○

赤坂の会員制雀荘。城島が受付で名乗ると、奥の個室に案内された。中にいるのは馬渕栄一郎だった。ほかに客の姿はなかった。さきほど電話して、少し話をしたいと告げると、ここに来るように言われたのだ。

「今日は散々な目に遭ったよ。一局も上がれなかった。まあ長く生きていればこういう日もある」

年齢は七十三歳だが、もっと若く見える。すでに政治の世界から足を洗って九年が経つが、いまだに現役感を漂わせている、旧馬渕派と呼ばれる会派の長だ。

「かけたまえ」

「失礼します」

馬渕の向かい側の椅子に腰を下ろす。ここに足を運んだのは初めてではない。椅子の座り心地も抜群だ。

「何か飲むか?」

馬渕に訊かれ、城島は答えた。

「結構です」

「遠慮するな」馬渕は内線電話の受話器をとった。「スコッチを二つ。銘柄は何でもいい。それとチェイサーだ」受話器を置きながら馬渕が言う。「それで話というのは何だね。あ、例の件か」

「そうです。厚沢氏は今日の午前中、成田から出発されました。今頃は機上の人です」

城島は懐から封筒をとりだした。厚沢から強引に渡された封筒だ。その封筒を雀卓の上に置きながら言った。

「別れ際に厚沢氏から渡されたものです。百万円入っていました。たった二晩、警護をしただけのギャラにしては多過ぎます。やはり先生を通じてお返しいただくのが筋かと思いまして」

「奴の気持ちだろう。有り難く受けとっておきなさい」

彼はある事情により日本を離れ、今はドイツに暮らしている。そして今回、愛する娘が結婚することを知り、その花嫁姿を一目見ようと故国の地を踏んだのだ。問題は彼が日本を離れることになった事情だ。

ヒントはある。彼が元自衛官であること。そして政治的な理由で今も彼をつけ狙う者がいること。ただし後者に関しては、どんな手段を使っても彼を拘束しようという積極性は感じられなかった。あわよくば話を聞きたい。その程度ではないだろうか。

「今は便利な世の中になりました。インターネットさえあれば、大抵のことがわかってしまいます。厚沢氏が娘さんの結婚を知ったのもSNSだったそうです」

午前中、成田空港で厚沢を見送ってから、城島は都内に戻ってきた。自宅マンションに向かい、簡単に掃除をしてから北相模に帰るつもりだった。掃除の途中で漠然と思いついたことがあったのだ。厚沢和幸、自衛官。スマートフォンにそう入力して検索した。すると——。

「今から二十五年ほど前、厚沢氏はオリンピックに出場していることがわかりました。アトランタ・オリンピックですね。競技は射撃です。ライフルやピストルなど、複数の競技にエントリーされたようですが、惜しくも予選突破はならなかったそうです」

選手団の名鑑もネット上に残っており、厚沢の若かりし頃の姿を見ることもできる。自衛隊所属。国内では敵なしで世界大会でも好成績を収めていたという。

「先生の名前もありました。アトランタに行かれているようですね。いや、アトランタだけではなく、シドニー、アテネ、北京にも行かれていますね。もちろん冬季五輪もです。先生が長年JOCの理事を務めていらっしゃったのは私も存じております」

馬渕は東大法学部の出身で、法務に長けた政治家として知られている一方、スポーツ振興に尽力した男だった。さまざまなスポーツの協会理事をかけもちしていたし、政治家を引退した今でもその活動は続けているようだ。

「厚沢氏はオリンピアン。しかし訳あって自衛官を退職し、現在はドイツに暮らしているようです」

ドアがノックされ、店員が姿を見せた。四人掛けの雀卓にはそれぞれサイドテーブルが置かれている。店員はウィスキーと水の入ったグラスを置き、目礼して個室から出ていった。

「事情は言いませんでしたが、厚沢氏が日本を離れたのは十年前だったのではないかと私は考えています」

馬渕は何も言わなかった。勝手に話せ。そういう意味だと解釈して、城島は一気に踏み込んだ。

「先生、十年前にあなたを撃ったのは厚沢氏ではないでしょうか？」

今でもあの日のことは憶えている。いや、一生忘れることはできないだろう。突然の銃声。目の前で倒れる馬渕。ほかのＳＰが馬渕のもとに駆け寄り、人間の盾となった。第二、第三の銃撃を警戒しての行動だった。城島も一瞬遅れ、盾に加わった。一番近くにいながら、何もできなかった己の腑甲斐なさを痛感しながら。

「今も先生を銃撃した犯人は見つかっていません。手がかりすらないのが現状です。ここから先は私の推理です。犯人は地下鉄で逃亡し、そのまま成田空港から海外に向けて出発したのではないでしょうか。銃や衣服などはおそらく移動中のどこかで処分したんでしょう。その方法もあらかじめ考えられたものだった」

馬渕がグラスに手を伸ばし、スコッチを口にした。そして小さく笑って言った。

「意外に鋭いな」

認めたも同然だった。城島は言った。

「一応こう見えても元警察官です。それに先生はこうなることを予期していたんじゃないですか？」

来日した厚沢に護衛をつける。別に城島でなくても適任者はほかにもいる。城島の質問には答えずに馬渕は話しだした。

「厚沢と会ったのはアトランタのときだ。彼は三十歳そこそこの自衛官だった。彼はメダル獲得の有力候補だったが、結局予選を突破できなかった。慰労会のときに厚沢と話したんだ」

彼が仕事面でトラブルを抱えていたことを馬渕は知った。オリンピックの数ヵ月前、自衛隊の同僚が違法薬物を摂取していることに気づき、厚沢はそれを上司に告げた。しかしその上司は事実を隠蔽する道を選択し、厚沢にも隠蔽工作に加担するように迫ってきた。正義と悪の狭間で揺れる中、オリンピックが開幕したというわけだった。結果は散々だった。射撃という競技はメンタルが重要なのだ。

「帰国後、私は早速動いた。膿《うみ》は早めに出してしまうのが私のやり方だからな。薬物をやっていた自衛官は逮捕され、揉み消そうとしていた上司は左遷になった。それだけだ。しかしその一件で厚沢は自衛隊という組織に愛想を尽かしてしまったんだな。そのまま奴は退職した。それを知った私は奴を呼び寄せた。私設秘書の一人として雇ったんだ」

馬渕クラスの政治家ともなれば、それこそ私設秘書が十人、二十人いても不思議はない。自衛官として教育されてきた厚沢は、おそらく秘書としても有能だったことだろう。

「もうあれから十年になるのか」遠くを見るような目つきで馬渕は話している。「総裁選を間近に控えていて、私は厳しい戦いを強いられていた。そのあたりの事情については君も承知してるんじゃないか」

当時、城島は馬渕幹事長のSPをしていたため、それなりに政治情勢にも明るかった。ときの総理大臣は高齢を理由に引退を表明していたため、馬渕幹事長と牛窪外務大臣との一騎討ちと目されていた。下馬評では馬渕優勢と伝えられていたが、馬渕陣営の議員が政治資金規正法違反の容疑で起訴され、それがきっかけで一気に情勢が牛窪に傾いた。

「そこで先生は奇策を思いついたんですね」城島は口を挟まずにはいられなかった。「衆人環視の中で、あなたは何者かに狙撃される。たまたま防弾チョッキを着ていたお陰で大怪我を負わずに済んだが、総裁選への出馬は断念せざるを得ない。みずからの出馬を断念し、手塩にかけて育ててきた若き政治家に白羽の矢を立てる」

狙撃された大物政治家から、若き政治家への禅譲。そのストーリーは世間の関心を惹いた。栗林のルックスがいいのも大きかった。栗林は見事総裁選に勝利、内閣総理大臣の椅子に座ることになる。同時に馬渕は政界から身を引いた。

「先生にとっては一世一代の大芝居。狙撃者はオリンピアンとはいえ、失敗しないとも限らない。しかし先生は見事勝負に勝った。負け戦を引っくり返したんです。天敵である牛窪外務大臣に首相の座を渡すことなく、みずからの後継者を総理の椅子に座らせた」

馬渕は深く息を吐いた。そしてスコッチを舐めるように飲んでから口を開いた。

「石橋を叩いて渡る。それが私の流儀だ。ギャンブルは麻雀だけと決めている。そんな私だが、あのときだけはイチかバチかの賭けに出た。このままでは牛窪に負ける。そんな予感がしていた。自分で風を起こすしかなかったんだ」

狙撃に適任な男が身近にいたのは大きかったはずだ。厚沢にしてみれば馬渕の恩に報いるための行動であり、本人はさほど罪の意識はないのかもしれない。しかし十年経った今でも海外生活を余儀なくされている。

「あの狙撃事件は自作自演ではないのか。牛窪は察しのいい男でな、空港に現れたのは奴の息がかかった調査会社の男たちだ。君をつけておいて正解だったようだ」

「どうして私だったんでしょうか?」

城島は狙撃事件の現場にいた、いわば事件関係者だ。もしほかの者を護衛につけておけば、真相は永遠に藪の中だったはずだ。城島だからこそ、厚沢の正体に気づいてしまったのだ。

「縁だよ、縁。最初に会ったときにも言ったはずだ」

私はね、縁というのを大事にする人間なんだ。こうして君とここで再会したのも何かの縁だ。たしか馬渕はそんなことを言っていた。

「君と再会し、そして厚沢が帰国したいと言いだした。これはまさに縁だなと私は思った。あの件で君が警視庁を辞めていたとは知らなかったし、君には真相を知る権利があると思った。だから君が真相に気づくのを覚悟のうえ、厚沢の警護を任せたんだよ」

奇妙な気分だった。肩透かしを食わされたような、虚無感を覚えていた。

「すまなかった。改めて謝罪する。私を許してくれ」

馬渕が頭を下げた。今さら頭を下げられても困る。思わず城島はスコッチを口にしていた。潮のような味がするスコッチだった。飲み干したグラスを静かに置き、そのまま個室から出た。

○

午後一時三十分、会議室は多くの職員で賑わっている。真由美が到着したとき、すでに空いている席はごくわずかだった。前の方に空席を見つけ、そこに座った。前回の説明会よりも多めに椅子が並べられている。百人くらいはいるのではないだろうか。

急遽開催が決まった説明会だ。集まっているのは医師と看護師、それから事務職員たちだ。私服で来ているのは非番のスタッフだろう。午後の外来診療が始まるまで、あと一時間半。できるだけ多くの者が参加できるよう、この時間を選んでいるのだと想像がついた。

今日も真由美は看護師長の代理で参加する羽目になった。前回も吉田さんが行ったんだから今回もよろしくね。そう言われてしまうと行かないわけにもいかなかった。ただし興味があるのも事実だった。莉子がどんな手段でこの病院の経営を再建するつもりなのか、興味は尽きない。

急に会議室が静まり返った。莉子が入ってきたからだ。今日もグレーのパンツスーツに身を包んでいる。髪は後ろで縛っていた。仕事のできるキャリアウーマン、といった空気を全身から漂わせている。

「皆さん、お忙しい中、お集まりいただき誠にありがとうございます。早速ではございますが、経営再建計画の第二回の説明会を始めていきたいと思います」

莉子がマイクで話し始める。今日は資料はないらしい。やや会議室が暗くなり、前方にあるスクリーンにグラフのようなものが浮かんだ。

「今回、私がご提案する第二のコストカットは、職員の給与です」

ざわめきが起こる。しかしそれを無視して莉子は涼しい顔で続けた。

「このグラフは給与のカットの割合により、三年後にどれほど経営が正常化しているか、それを示したものです。赤が十二パーセント、青が八パーセント、緑が五パーセントです。当然のことながら、給与カットの率を上げれば上げるほど、経営が正常化するまでの期間は短くなります。そういう意味では……」

莉子の声が聞きとりづらくなった。あまりにも周囲が騒がしいからだ。給与カットが決定事項のように話が進んでいるため、会議室にいる誰もが口々に不満を洩らしているのだ。

「待ってくれっ」

一際大きな声を上げて、一人の男が立ち上がった。ベテランの放射線技師だ。

「あんた、いきなり何言ってんだよ。給与をカットするだと？　馬鹿も休み休み言えよ」

そうだそうだと同調する声があちらこちらから聞こえる。真由美の家は共働きなので——今は残念ながら旦那は求職中ではあるが——仮に真由美の収入が減った場合でも旦那の分でどうにかやっていける。しかし子供のいる世帯や独り身の者にとっては給与カットは切実な問題だろう。

「何様のつもりだよ。勝手に決めてんじゃねえ」

「そうだよ。こっちは住宅ローンだって組んでんだぞ」

「ふざけるな。十二パーセントもカットされたら生活できねえよ」

非難の声が集中するが、莉子にまったく動じる気配はない。一昨日会ったときは自宅だったせいか、どこかリラックスした表情だったが、今の莉子は違う。硬質な空気を身にまとっていた。

「勘違いなさらないでください。私は皆さんの給与をカットすると言っているわけではありません」

マイクを通じて聞こえてきた莉子の言葉に、周囲の者たちは一瞬だけ黙り込む。続けて莉子が言った。

「カットするのは市役所の職員の給与です。あなた方の給与はカットせず、代わりに市役所職員の給与をカットする方向で調整中です。これは市立病院だけではなく、北相模市全体の問題と考えるべきですから」

静寂に包まれる。誰もが困惑気味だった。真由美もその一人だ。私たちではなく、市役所の人たちの給与がカットされる。それって、いったい——。

「すでに市長には打診済みです。当然、市長も給与カットの対象となっております。市役所職員の皆さんからも反発の声が出ることが予想されますし、職員組合も黙っていないでしょう。その交渉はすべて私がおこなっていく予定です」

再びざわめきが起きた。今度は怒りや不安の声ではなく、戸惑いの色が強かった。

「ちょっと待ってください」さきほどの放射線技師がまた立ち上がった。いつの間にか敬語になっている。「意味がわかりませんよ。どうして私たちではなく、市役所の人たちの給与をカットするんですか。説明してください」

放射線技師の疑問は、ここにいる者たちの声を代弁していた。全員の視線が集中する中、莉子は口を開いた。

「決まりきったことです。あなた方の士気を下げないためです。あなた方には今までの倍、いや三倍は働いてもらうつもりですから」

スクリーンの資料が変わった。何やら表や数字が並んでいる。

「これは市民の受診傾向を分析したものです。外来患者は市内の開業医に、入院患者は市外の基幹病院に流れているようですね。あとは市外にあるリハビリ専門病院に多くの患者が流れているのが特徴的です。これまで北相模市立病院は急性期病院としての役割を担っていましたが、そういったものを見直すべき時期に来ているようです。患者のニーズに合わせて、病院も変わらないといけないのです」

救急車で救急搬送された患者に対し、高度な医療を提供するのが急性期病院の役割だ。ただし今、その役割をまっとうできているとは言い難い状態だ。

「これからは患者をどんどん受け入れます。そのための常勤の医師も増やします。実はすでに某病院から内諾をもらっております。呼吸器内科、消化器科、整形外科の医師をそれぞれ一名ずつ、派遣していただけることになりそうです」

莉子が口にした三つの診療科目は、いずれも北相模市立病院では手薄と言われている部門だった。そこに常勤の医師が来るというのは、病院にとっても非常に大きい。

「現在の病床数はトータルで二百五十床。準備が整い次第、うち五十床を回復期リハビリ病床にして、二百床を急性期病床とします。また、現在の食堂はリハビリルームに改装します。これについては補正予算で対応してもらう予定です」

ガラガラの食堂を閉鎖し、リハビリルームに改装する。コックをしている監督には悪いが、いいアイデアだと認めざるを得なかった。周りの人たちも莉子の話に聞き入っている。

「目標は病床使用率八十パーセント。つまり常時二百人の患者が入院している。半年間でその状態にまでもっていきます。そうすれば三年以内に、いや二年で赤字経営から脱却できるかもしれません」

入院患者を増やすのは簡単だ。これはあまり大きな声では言えないことだが、現状でも北相模市立病院では専門の医師がいないという理由で救急搬送を断っている。断り切れなかった場合は搬送されてくることもあるが、そういうときは応急処置だけ施して帰宅してもらうこともあるらしい。どうしてそんなことが起こるのか。下手に入院させてしまって翌日専門医に「勝手に入院させるんじゃない」と叱責されることを恐れている、と救急外来の友人から聞いたことがある。

「忙しくなりますよ」莉子は会議室を見回して言う。その口元には挑戦的な笑みが浮かんでいる。「かなり忙しくなるので、覚悟してください。給与はカットしない代わりに、皆さんには馬車馬のように働いてもらいます。忙しいのは嫌だ。ぬるま湯にずっと浸かっていたい。

そう思う方はどうぞ遠慮なさらずにお辞めになってください。その方が助かりますので」

働く意志のない者は去れ。莉子はそう言っているのだ。しかし会議室に集まった者から声が上がることはなかった。誰もが固唾を呑んで莉子の話に聞き入っている。

「以上が私の提案する経営再建計画です。来年度からの実施を予定しておりますが、積極的な患者の受け入れだけは準備が整い次第、進めていく予定です。フェニックス作戦と名づけました。不死鳥の如く蘇るという意味です。今後は作戦本部を設置し、そこには各セクションからメンバーを招集する予定です。質問等は院内メールで私宛てに送ってください。皆さんのご意見、お待ちしております。私からは以上です」

莉子が立ち去ろうとしたときだった。先日も質問した脳神経外科の医師が立ち上がって言った。

「ちょっと待ってくれ。本当にできるのか。机上の空論なんじゃないのか」

莉子は小さな笑みを浮かべ、そして答えた。

「できます。問題を解決するのが私の仕事ですから。この病院に山積みされている問題、すべて私が解決いたします」

莉子は歩きだした。カツカツと会議室の脇を歩き、そのまま出ていってしまう。彼女の姿が消えると、急に周囲が騒がしくなった。皆が一斉に口を開いたのだ。

「どう思います？」隣に座っている若い看護師が話しかけてくる。「二百人の入院なんて、絶対無理だと思いませんか？」

「そうねえ。大変かもしれないわね」

そう答えながら、なぜか真由美は体の内側から熱くなるのを感じていた。インターハイの予選などの大事な試合前、感じた緊張感によく似ていた。

○

「駄目だ。こんなものを認めるわけにはいかん。入院患者を二百人も受け入れるだと？　そんなのは無理だ。パンクしてしまうじゃないか」

莉子は院長室にいた。職員・医療スタッフへの説明を終えたあと、そのまま院長室に直行したのだ。資料をもとにフェニックス作戦の概要を説明したのだが、鶴岡はまったくとり合おうとはしなかった。

「それに東亜医大が医師を三人も派遣するわけがないじゃないか。あそこも医師不足で忙しいんだぞ」

莉子はすでに東亜医大の医局長とオンラインで面談を済ませている。鶴岡が東亜医大を去ったのは十年前のことらしいが、それきりほとんど交流がない状態であり、医師の派遣を要請されたこともないという。神奈川県の医師会においても、半ば陸の孤島と化している北相模市立病院の動向を懸念する声があるようだった。莉子が正式に医師の派遣を要請したところ、東亜医大の医局長は前向きに検討すると約束してくれた。もし無理なら厚労省時代の友人に働きかけてもらうつもりだったが、それは必要なさそうだ。

「あちらの内諾を得ております」

「嘘をつくんじゃない。東亜医大の学長とは先週もゴルフに行ったばかりなんだ。そのときにはそんな話にはならなかったぞ」

ゴルフに行ったのは事実だろうが、相手は多分違うはずだ。東亜医大とのコネクションは完全に切れた状態にあるのだから。

「とにかく白紙に戻せ。こんなことを勝手にやられたんじゃたまらん」

少なくとも聞く耳だけは持ってほしかった。そうであれば何時間でも説明するつもりだったし、院長にも協力してもらうつもりだった。具体的な仕事も用意していた。しかしこうも非協力的な姿勢を見せられたら、その気も萎えてしまうというものだ。

「まったく総理の隠し子だか何だか知らんが、私の病院で勝手な真似をされちゃあ困るんだよ。市長にも一言言っておかんとな」

鶴岡は舌打ちをしてからデスクの上の電話機に手を伸ばした。莉子は受話器をとろうとする鶴岡の手首を摑んだ。

「な、何をする?」

「こちらをご覧ください」

予算書のコピーをデスクの上に置いた。そして例の家賃の項目を指さして言った。

「院長先生が市内に借りている物件のようですね。聞いたところによると奥さんではない女性が住んでいるとか。市民の命を預かる病院の代表として、胸を張れる行動とは思えないのですが」

「ふん」と鶴岡は鼻で笑った。「何を言いだすのかと思ったらそんなことか。私がどこで誰と住もうが勝手じゃないか。プライバシーの侵害で逆に訴えてやるぞ」

やはりか。莉子は内心溜め息をつく。できればここで終わりにしたかった。莉子としては鶴岡が改革案を呑んでくれさえすれば、それでよかった。多少の弊害はあるかもしれないが、彼が院長のままでも構わないと思っていた。だが、ここまで強情かつ偏屈な男であるなら、ここは退場してもらうのも解決策の一つだろう。

「そうですか。では次はこちらをご覧ください」

もう一枚の紙をデスクの上に置いた。北相模市立病院への寄付金リストだ。問題となっているスズオ製薬株式会社の箇所には蛍光ペンでマーキングしてある。

「これが何だと言うんだね」

「去年、スズオ製薬から当院に寄付がなされています。金額は三百万円」

「それのどこが問題なんだ？　寄付は合法だ」

たしかに寄付は合法である。この情報をもたらしてくれた清水という職員は、たまに鶴岡の運転手を任されることがあるという。去年、清水はゴルフ場に鶴岡を迎えにいった。早めに着いてしまったため、ラウンジで一人待っていた。すると鶴岡が数人の男とともに歩いてきた。スズオ製薬がセッティングした接待ゴルフだった。

以下、清水が聞いた会話だ。

鶴岡「だからそれはどうにもならんよ、いくら私でもね」

男「そこを何とかお願いします」

鶴岡「だったら寄付してくれ。うちの病院に。そしたら薬剤部に話してみようじゃないか」

男「ありがとうございます。金額はいかほどに?」

鶴岡「私がもらうわけじゃないしな。二、三百くらいでいいんじゃないか」

寄付が合法なものであることは清水も知っており、そのときはたいして気にも留めなかったらしい。ところが……。

「そのゴルフから数ヵ月後、実際にスズオ製薬から三百万円が振り込まれたんです」

「ちょっと待て」と鶴岡が割り込んでくる。「お前は何を言ってるんだ? 寄付だぞ。私個人がもらったわけじゃないんだぞ。問題などない。わかったらさっさと出てってくれ。私だって忙しいんだ」

「おっしゃる通り、寄付は合法です。ただし場合によっては賄賂と認定される可能性もあります。問題は対価関係の有無です。寄付を受けて、あなたが薬剤部に対してスズオ製薬の医薬品を多く購入するように指示を出した。もしそうであれば、寄付と薬品購入の間に対価関係があったとみなされ、その寄付金は立派な賄賂となります」

実はつい先日、似たような事件が関西地方の大学病院で発生しており、関与した大学教授が収賄の容疑で逮捕されていた。その事件のニュースを知り、清水という職員は去年の一連の出来事を思い出し、一人思い悩んでいたという。

「この件に関しては市長に報告するつもりです。私一人で判断するわけにはいきませんから。調査委員会が設置されることになるでしょう。あなたも無傷ではいられないはずです」

鶴岡は莉子のことを睨みつけている。しかしその視線を正面から受け止め、莉子は言った。

「県の医師会の幹部と話をしましたが、うちの病院を陸の孤島と称しておられました。言い得て妙だと思います。この病院を陸の孤島にしてしまった原因の一部は院長先生、あなたにあると私は思っています。その責任は重大です」

鶴岡が手元にあった湯呑みを摑み、それを壁に向かって投げつけた。湯呑みが割れ、床に破片が散らばった。そのときだった。どこか遠くの方で女性の悲鳴が聞こえた。


一瞬、聞き間違いかと思った。耳を澄ますと、次に聞こえてきたのは男性の怒号のような声だ。「どけ」とか「やめろ」といった声が聞こえ、それに女性の叫び声が混じっている。それらの声は徐々に院長室に近づいてくるような気がした。

いったい何事か。莉子は咄嗟にデスクの上の電話機に手を伸ばしていた。短縮ダイヤルを押し、事務課に電話をかける。三コール目で繋がった。莉子は言った。

「真波です。今、院長室にいたら悲鳴のような声が聞こえました。何が起きているんですか？」

「あ、真波さん。実はですね……」

そのとき、いきなり院長室のドアが開いた。一人の男が立っている。作業着のような服を着た五十代の男だった。驚いたことに男はライフルのようなものを両手で持っている。

「院長、やっと会えたな」

そう言いながら男が院長室に足を踏み入れる。その背後には警備員や医療スタッフの姿が見える。男の顔に見憶えがあった。数日前、母の見舞いに来たときに受付で文句を言っていた男だ。院長に会わせろ。しきりにそんなことを言っていた。

「院長さん、俺が誰か、わかるか？」

男が言った。鶴岡はデスクの椅子に座ったまま、完全に硬直していた。ライフルを持った男が乱入してくる。想像もしていなかった展開に理解が追いついていないようだ。

「やっぱりわからねえか。俺の女房はな、この病院に殺されたんだよ。まだ五十歳の若さだった」

男が話しだす。口元には笑みが浮かんでいて、目からは涙が溢れている。完全に自分を見失っている状態だと思われた。

「三ヵ月前だった。夜中に突然女房が苦しみだした。俺は慌てて救急車を呼んだ。そして女房はこの病院に運び込まれた。すぐに手術室に連れていかれたよ。俺は廊下のベンチに座って待っていることしかできなかった。一時間くらいして、若い医者が俺んとこにやってきた。で、女房が助からないみたいなことを言いだしやがって、俺はカッと頭に血が上った。助けるのが医者の仕事じゃねえのか。そう言っても若い医者はオロオロしているだけだった。そもそも俺に説明してる暇があったら治療をしろ。そう言って俺は若い医者の尻を蹴り上げた」

状況は何となく読めた。おそらく男の妻は心筋梗塞などの突発性の疾患で運ばれ、そのまま息を引きとったのだろう。応対した若い医師――多分経験の浅い若手医師――の説明がたどたどしく、そのことが余計に男を苛立たせる結果になった。妻の死をどうしても受け入れられない男は、これは医療事故だと思い込む。そしてどうにかして院長に会えないかと思い、連日のように病院の受付を訪れるようになったのだ。

「院長さんよ。女房はあの若い医者に殺されたんだ。聞いたところによると、あの若い医者はどっか別の病院に行っちまったみてえじゃねえか。となると責任をとるのはあんたしかいねえ。おい、何とか言ったらどうなんだよっ」

鶴岡がゆっくり立ち上がるが、完全に腰が引けてしまっている。当然だ。ライフルを前にすれば誰だってそうだろう。警察はまだか。きっと一一〇番通報はしているはずだ。

「なあ、あれは医療事故だったんだろ。俺の女房はこの病院に殺されたんだよな」

「そ、そうじゃない」鶴岡が震える声で言った。「うちの病院に運ばれてきたとき、すでに手の施しようがなかったと聞いている。あれは事故ではない。あなたの奥さんは……」

「嘘だっ」

男がそう叫び、ライフルを構えた。次の瞬間、銃声が鳴り響いた。莉子は思わず耳を塞いでいた。それほどまでの轟音だった。

壁に黒い穴が空いているのが見えた。銃口の先端から薄く煙が立ち昇っている。男は完全に目が据わっている。何かを覚悟したというより、何かを諦めたような目つきだった。

「俺はな、もう失うものは何もねえんだ。ここで死んだっていい。そういうつもりで来てるんだよ。どうせだったらお前を道連れにしてやってもいい」

男が再びライフルの銃口をこちらに向けた。「ひっ」という声を上げ、鶴岡が莉子の後ろに隠れるようにして背中を丸めた。

「そこの女、どけ。さもないと撃つぞ」

どけと言われても……。それより警察はまだなのか。そう思ったとき、外からパトカーのサイレンが聞こえてきた。しかしそれが逆効果だったらしい。男は焦ったように言った。

「畜生、警察なんか呼びやがって」

この状況なら呼ぶでしょ、普通。そう思ったが口にすることはできなかった。ライフルの銃口が真っ直ぐこちらに向けられている。どうしたらいい？　どれだけ考えても解決策が思いつかない。

もう駄目か。莉子がそう思った、そのとき――。

○

虫の知らせ、とでも言うべきものだったのかもしれない。

城島は車で帰宅中だった。昨夜は赤坂の雀荘でスコッチを飲んでしまったので、そのまま都内にある自宅マンションに泊まった。洗濯などを済ませ、昼過ぎに自宅を出ると、北相模市に向かってプリウスを走らせた。

何日か家を空けてしまったので、畑がどうなっているか心配だった。収穫した方がいいと言われていた大根はどうなっただろうか。そんなことを考えながら信号待ちをしていると、『市立病院は次の交差点を左折』という案内表示が目に入ったのだ。帰ってきたことを莉子に報告するとともに、ＳＰとして彼女の新しい職場環境の確認――防犯カメラの有無や避難経路のチェックくらいはしておいてもいいのではないかと思ったのだ。

北相模市立病院は五階建ての大きな病院で、裏手に専用駐車場があった。駐車場に車を停め、城島は正面玄関から中に入った。莉子のお見舞いに付き添ったことがあるので、すでに何度となく足を運んでいる。

ロビーに足を踏み入れてすぐ、城島は異変に気づいた。どこか緊張感を含んだ空気とでも言えばいいのだろうか。とにかくいつもと違う、妙な緊張感に包まれていた。周囲を見回すと受付の前あたりに職員らしき男たちが三人、集まっていた。

「どうかされました?」

城島はそう声をかけた。首から下げた名札からして正規職員らしいと察した。三人とも目には不安の色が滲んでいる。城島はポケットから会社の身分証を出し、それを見せながら再度訊いた。

「何があったんですか? 私はジャパン警備保障の者です。真波莉子さんの警護を任されています」

すると三人のうちの一人が答えた。

「ライフルを持った男が乱入してきたんです。最近よく来ていたクレーマーです。院長室に向かっていったみたいです。一一〇番通報したので、我々はここで警察の到着を待っているんです」

それは穏やかではない。道理で殺伐としているわけだ。男が続けて言った。

「実は、院長室には真波さんもいるみたいです」

「何ですって? それは本当ですか?」

「私自身が見たわけではないので、確かなことは言えませんが……そういう話です」

「院長室にはどう行けばいいのでしょうか?」

「この通路を真っ直ぐ行って……」

男の説明を聞くや否や、城島は駆けだしていた。通路を走りながら、昨日かかってきた電話の一件を思いだした。

十年前の馬渕銃撃事件は、彼による自作自演だった。それを知った城島はやりきれない思いを感じ、自宅で一人延々と酒を飲んでいた。そんなときだ。いきなりスマートフォンが鳴ったのだ。見知らぬ番号だった。電話に出て、城島は驚愕した。何とかけてきた相手は栗林智樹内閣総理大臣。そう、莉子の実の父親だ。

城島が十年前の顚末を知ったことを馬渕から教えられたのかもしれなかった。労いの言葉をかけられたあと、最後に栗林はこう言った。

莉子を頼む。あの子はああ見えて走りだしたら止まらない傾向がある。そんなあの子の横に付き添ってやってくれ。

十年前のことは水に流してくれ。そういう意味であるのは明白だった。総理直々の言葉に、城島は背筋が伸びるような気がしていた。いや、実際に立ち上がり、直立不動の姿勢でスマートフォンを耳に当てていた。総理から直接電話がかかってくるなど滅多にあることではない。

「あ、すみません」

前から歩いてくる看護師にぶつかってしまい、城島は謝った。階段を一気に二階まで駆け上がった。南側の突き当たりが院長室だと聞いている。そちらの方に人だかりができているのが見え、足を踏みだしたそのときだった。耳をつんざくような銃声が聞こえた。同時に野次馬たちが悲鳴を上げ、こちらに向かって逃げてくる。

城島は急ぐ。逃げてくる職員たちをかわしながら前に進む。院長室のドアは開いたままになっていた。背中を向けてライフルを構えている一人の男。その向こうに莉子が呆然とした表情で立ち尽くしている。莉子の背後には老人の姿がある。この男が院長の鶴岡か。

そのとき、遠くからパトカーのサイレンが聞こえてきた。するとライフルを持った男が言った。

「畜生、警察なんか呼びやがって」

さきほどすでに一発撃っている。もはや一刻の猶予もならない状況にあると判断した。男が手にしているのは単身ボルト式のライフルだ。おそらく猟銃だろう。

城島は足音を忍ばせて院長室に入った。そして背後から近づき、ライフルの銃身を摑んで天井に向けた。

「城島さんっ」

莉子の声が聞こえたが、応じている余裕はなかった。膝の裏に蹴りを入れると、男がバランスを崩した。その隙を逃さず、城島はライフルを奪いとる。セーフティレバーでロックをかけてから、ライフルを滑らせるように遠くにやる。そして男を後ろ手に拘束した。

院長らしき老人が逃げるように部屋から飛びだしていくのが見えた。莉子が恐る恐る近づいてくる。

「城島さん、大丈夫ですか?」

「私は大丈夫です。それよりお怪我は?」

男は観念したのか、抵抗する気配がない。それどころか声を出して泣いていた。城島は顔を上げた。不安そうな顔つきで莉子が立っている。本当に良かった、と心底思った。彼女は無事だった。それが何より嬉しかった。

○

「ていうか、本当にそんなこと言ってたっけ? 私、全然憶えていないんだけど」

「言ったってば。お前が忘れてるだけだろ」

真由美は助手席に座っている。運転しているのは夫の孝介だ。孝介は最近、求職中のため日中はハローワークに行ったり、面接に行ったりしている。元々は都内のシステム開発会社でシステムエンジニアとして働いていた。

「でもこんな時期に魚なんて釣れるの?」

「釣れるさ。アジとかイシモチとかな」

今日、孝介は高校時代の友人とともに海釣りに行くらしい。今日は彼が車を使用するため、こうして孝介の運転で病院まで送ってもらっているのである。吉田家に自家用車は一台しかなく、普段は真由美が通勤用に使っている。明日は釣りに行くから車は俺が使う。昨晩そう言ったと孝介は断言しているのだが、まったく記憶になかった。

「あの犯人どうなった？　捕まったんだろ、警察に」

「みたいだね。どうなったかは知らないわ」

ライフルを持った男が院長室に乱入したのは三日前のことだ。テレビのニュースでも大きく報道されたほどの事件だった。乱入してきた男はここ最近受付に来ていた例のクレーム男だという。一発だけ銃弾が発射されたようだが、幸いなことに怪我人はいなかったようだ。とり押さえたのは真波莉子が個人的に雇っているＳＰだったらしい。

「そういえばさ、小学校の修学旅行のとき、あなたが告白してフラれたの、憶えてる？」

真由美がそう訊くと、孝介が苦笑しながら答えた。

「憶えてるよ。ていうか、どうして今その話題になるんだよ」

「いや、何となく。じゃあ相手の女の子のことも憶えてるんだ」

「当然だ。真波莉子だろ。あの子、実は栗林総理の隠し子みたいだぜ。あ、この話したっけ？」

「どうだったかな」

当時から真由美は孝介に対して心を寄せていた。家が近所だったため、放課後も一緒に遊ぶことが多かった。だから孝介が莉子に告白をして、さらにこっぴどくフラれたという話を聞いたとき、自分でも制御できないほどに頭に血が上ってしまったのだ。

「でも今となってはちょっとした自慢だよな。俺、総理の隠し子にコクってフラれたんだぜ。そんな奴、滅多にいないよな」

孝介は何だか嬉しそうだ。実は今、その真波莉子が市立病院で働いている、と知ったら孝介はさぞかし驚くことだろう。しかし言わないでおくことにした。初恋の人に会いたいとか言いだしたら面倒だ。

車が停まった。市立病院の職員専用口の前だった。助手席から降りながら真由美は言った。

「帰りは友達に送ってもらうから」

「わかった。夕飯は釣ってきた魚だからな」

「期待しないで待ってる」

職員専用口から中に入る。受付で職員カードをバーコードにかざし、アルコール消毒と検温を済ませてから院内に入った。時計を見ると午前八時二十五分だった。あと五分で朝のミーティングが始まってしまう。ヤバい、急がないと。

廊下を早足で歩き、階段を使って三階に向かう。ロッカーで白衣に着替えてからナースステーションに駆け込んだ。すでに看護師長の周りには看護師たちが集まっている。ギリギリセーフだった。

「では朝のミーティングを始めます。今日の午前中は二件のオペが入っています。二件ともそのまま入院になりますので、準備をお願いします。担当は……」

いつも通りのミーティングが進められていく。最後に看護師長は言った。

「個人向けの院内メールでも届いたと思うんだけど、フェニックス作戦でしたっけ？　その作戦本部が作られるみたいで、看護部からも数名出すように言われてるの。いまだに看護部からの志願者はゼロみたいだから、やりたい人があったら是非手を挙げてくださいね。以上で朝のミーティングを終了します。本日もよろしくお願いします」

「よろしくお願いします」

ミーティングは終わった。それぞれが仕事に向かっていく中、真由美は看護師長のもとに向かった。

「あの、ちょっといいですか？」

「吉田さん、どうしたの？　もしかして三一〇号室のオカダさんのこと？　あの方だったら昨夜容態が急変して今はＩＣＵにいるはずよ」

「そうなんですか。知らなかったのですぐに様子を見てきます。話っていうのは作戦本部の件です。私、行ってみてもいいかなと思ってます」

莉子が語ったフェニックス作戦は院内でも相当噂になっている。反発の声が四割、賛同の声が四割、残りの二割は中立派といった情勢だった。真由美自身は莉子の言葉に乗せられてしまったというか、どうにかして地域に貢献できる病院に変えたいという気持ちになっている。少なくとも飲み会に行ったときに「市立病院は暇そうだね」と言われるよりも、「忙しそうだね」と言われたい。

「わかったわ。部長には私から伝えておく。吉田さんなら間違いなく推薦されると思う。大変だろうけど頑張って」

「はい。全力を尽くします」

近くにいた若い看護師——バレー部の後輩——がこちらを見て、音を出さずに拍手をしている。看護師を代表して、少しでもこの病院に貢献できればと思っていた。そして何より、莉子に会ったらまずは一言言っておきたかった。フェニックス作戦ってネーミング、ちょっとダサくない？　と。

○

夜の廊下は薄暗かった。莉子が歩く足音だけが響き渡っている。午後九時を過ぎていた。

最近帰りは大体このくらいの時間になってしまう。

作戦本部を発足させてから、早一ヵ月が経過していた。最初のうちは聞こえていた反対の声も徐々に鳴りをひそめ、一致団結とはいかないまでも、多くの職員がやる気になってくれている。そうした職員のやる気に応えるため、莉子はほぼ毎晩残業をしていた。特に市職員の給与カットの件について、連日のように職員組合との交渉が続いている。

スマートフォンにＬＩＮＥのメッセージが届いていることに気づいた。送り主は馬渕で、内容は麻雀の誘いだ。かれこれ二ヵ月以上、赤坂の雀荘に足を運んでいない。

冷えたシャンパーニュと、欲しかった牌が手元に来たときの気持ちよさ。想像しただけでワクワクしてくるが、さすがにこの時間から雀荘に行くのは難しそうだ。麻雀休暇とかあったらいいのに、と冗談半分に考える。厚労省の友人に進言してみようかしら。

職員専用口から外に出る。雨が降っていた。それほどの降りではなかったが、傘が必要だと思われた。そのとき頭上に影を感じた。ふと隣を見ると、傘を広げた城島が立っている。

「ありがとうございます」

「お疲れ様です。行きましょうか」

駐車場に向かって歩く。莉子が濡れないように気遣っているのか、傘の中心は莉子の頭の上にあった。それに気づいた莉子は言う。

「城島さん、濡れてしまいますよ」

「私のことは心配なさらずに」

隣を見る。四十を過ぎた男の横顔だ。不思議なものだった。最初は単なる運転手だと思っていた。父が雇ってくれた運転手であり、何年かすれば交代するのだろうと考えていた。でも今は莉子にとっては必要不可欠な存在になっていた。そう、莉子は自分の中で芽生えつつある、その気持ちに気づいていた。

莉子にとっての男性の価値というのは、どれだけの情報を有していて、どれほど多岐にわたる人脈を持っているか、その二点に尽きた。それは交際相手を選ぶ際でも同じだった。情報量と人脈。この二つの観点から交際相手を選んできた。去年の秋まで付き合っていた経済産業省の官僚も然り、その前に付き合っていたCNN東京支局勤務の日系アメリカ人記者もまた然りだ。

城島は彼らと比べれば、たいした情報も持っていないし、幅広い人脈があるわけでもない。ましてや四十を過ぎたバツイチ子持ち。それでも彼は温かいのだ。一緒にいると、自然と心が温かくなってくる。そして変な気遣いも不要だし、リラックスした状態で一緒にいられる。こういった男性は初めてだった。

それに先月、ライフルを持った男が病院に侵入したとき、間一髪のところで助けてくれたのも彼だった。そして今、自分が濡れるのも厭わずに、私を雨から守ってくれているのも彼だ。

「あの、城島さん」

「何でしょうか？」

「最近、外食とかあまりしないじゃないですか。たまには外で食事をするのもいいかもしれませんね」

「そうですね。帰ったら愛梨に訊いてみましょう。あいつが何を食べたいか」

違う。そうではない。四十を過ぎて女心もわからないのか。

「でも愛梨ちゃん、最近忙しいみたいですね。週末にはミニバスの試合もあるみたいだし」

「だったらこういうのはどうでしょうか。愛梨の試合の応援に行って、そのあと三人でどこかのレストランにでも……」

城島が押し黙る。莉子が突然彼に身を寄せ、腕を絡ませたからだ。動揺したのか、城島はあたふたと目を泳がせている。莉子は言った。

「ほら、濡れてしまうといけないので」

「な、なるほど。そういうことですか」

腕を絡ませたまま、駐車場に向かって歩いた。しばらく二人は無言だった。先に沈黙を破ったのは城島だった。咳払いをしてから彼が言う。

「さっきの食事の件ですが、愛梨は多分忙しいと思いますので、三人で行くのはやめましょう」

「それでいいと思います」

「もしよかったら今から軽く一杯っていうのもいいですね」

「賛成です。私、お腹ペコペコです」

「だったらどうしましょうか。たしか駅前に……」

かすかな振動がバッグの中から伝わってくる。スマートフォンに着信が入っていた。父の秘書からだ。すぐに莉子は電話に出た。

「はい、真波です」

「すみません、夜分遅く。実はさきほど、日本海側にミサイルが落下したそうです。防衛省から連絡がありました。計四発発射され、うち二発は日本の排他的経済水域に落下した模様です。十分後にニュース速報が出ます」

某国からのミサイルだろう。以前ほどではないが、たまにこうしてミサイル実験がおこなわれる。

「それで父は?」

「実は」と秘書は声を落とす。「酔って寝ておられます。かなりの量を飲まれたらしく、官邸に行けるとは思えません。ここは真波さんしか頼りになる方が思い浮かばなくて……」

外務省に主導権を握られたら厄介だ。外務大臣はあの牛窪だ。ここは何としても内閣府主導で事を進めなければならない。父の代わりに記者会見をするのは官房長官あたりだろうか。いずれにしても調整することは多い。

「わかりました。すぐに行きます。指示は追ってメールで出しますので」

通話を切った。莉子は城島に向かって言った。

「総理公邸までお願いします」

「わかりました。ところで食事は……」

「途中でコンビニに寄ってください。ゼリー飲料で十分なので」

プリウスの後部座席に乗り込んだ。私はミス・パーフェクト。仕事は迅速に、そして正確に推し進めなければならない。膝の上でタブレット端末を広げ、キーボードを操作する。莉子の頭はすでに仕事モードに切り替わっている。

第四問　赤字経営が続く某市立病院の経営を立て直しなさい。

解答例

採算のとれないセクションは縮小もしくは廃止。市職員の給与を一定割合カットし、医師の派遣を大学病院に要請する。その後は多くの患者を受け入れ、病床使用率を上げる。無能な院長には退陣を迫るのも可。

【参考文献】

『流しの公務員の冒険—霞が関から現場への旅—』山田朝夫著　時事通信社

本書は書き下ろしです。

横関大（よこぜき・だい）

1975年、静岡県生まれ。2010年、「再会のタイムカプセル」（書籍化にあたり『再会』と改題）で第56回江戸川乱歩賞を受賞し、デビュー。著書に、映像化された「K2 池袋署刑事課 神崎・黒木」シリーズや「ルパンの娘」シリーズ、『彼女たちの犯罪』『アカツキのGメン』『誘拐屋のエチケット』『わんダフル・デイズ』など多数。近刊に『罪の因果性』『ゴースト・ポリス・ストーリー』。

2021年12月10日　第1刷発行

ミス・パーフェクトが行く！

著　者　横関 大
発行人　見城 徹
編集人　森下康樹
編集者　宮城晶子

発行所　株式会社 幻冬舎
〒151-0051　東京都渋谷区千駄ヶ谷4-9-7

電　話　03（5411）6211（編集）
　　　　03（5411）6222（営業）
振　替　00120-8-767643

印刷・製本所　株式会社 光邦

検印廃止

ISBN978-4-344-03887-5　C0093
幻冬舎ホームページアドレス　https://www.gentosha.co.jp/

この本に関するご意見・ご感想をメールでお寄せいただく場合は、comment@gentosha.co.jpまで。